Dorothea Böhme

Ein Dorf zum Verlieben

Buch

Wanda ist fast 30, Single, und sie liebt das kleine Dörfchen Osterbüren, in dem sie lebt, Yogakurse gibt und hin und wieder im Wirtshaus Jäger aushilft. Und natürlich liebt sie ihre beiden verfeindeten Großmütter, Gertrud und Margarete, die ein Auge auf ihre Enkelin haben, seit Wandas Eltern wegen eines Jobs ihres Vaters nach Brasilien auswanderten. Wen sie leider auch immer noch ein bisschen liebt, ist ihre Jugendliebe Richard, der ihr vor vielen, vielen Jahren das Herz brach, als er mit seiner Familie nach München zog und keinen ihrer zwölf Briefe je erwiderte. Das ganze Dorf litt damals mit ihr – und niemand ist sonderlich erfreut, als Richard, der inzwischen sein Medizinstudium abgeschlossen hat, plötzlich wieder in Osterbüren auftaucht. Vier Wochen will er bleiben, um den alten Dr. Lehmkuhl in seinem Urlaub zu vertreten. Das geht natürlich gar nicht, finden allen voran Gertrud und Margarete. Zusammen mit den anderen Dorfbewohnern hecken sie einen Plan aus, wie verhindert werden kann, dass Richard und Wanda sich in den vier Wochen zu Gesicht bekommen. Aber kann das gutgehen? Und will Wanda das überhaupt? Denn ihr Herz gerät eben immer noch aus dem Takt, wenn sie an Richard denkt …

Autorin

Dorothea Böhme wurde 1980 in Hamm (Westfalen) geboren. Es hat sie immer schon in die Welt hinausgezogen: Sie studierte in Deutschland und Österreich, verbrachte einige Monate in Ecuador und Italien und arbeitete als Deutschlehrerin in Ungarn.

Von Dorothea Böhme bei Blanvalet bereits erschienen:

Neben der Spur ist auch ein schöner Weg · Auf dem falschen Dampfer kommt man auch ans Ziel

Dorothea Böhme

Ein Dorf zum Verlieben

Roman

blanvalet

Der Verlag weist ausdrücklich darauf hin, dass im Text enthaltene externe Links vom Verlag nur bis zum Zeitpunkt der Buchveröffentlichung eingesehen werden konnten. Auf spätere Veränderungen hat der Verlag keinerlei Einfluss. Eine Haftung des Verlags ist daher ausgeschlossen.

Dieses Buch ist auch als E-Book erhältlich.

MIX
Papier aus verantwortungsvollen Quellen
FSC® C014496
www.fsc.org

Verlagsgruppe Random House FSC® N001967

2. Auflage

Dieses Werk wurde vermittelt durch die
Literarische Agentur Thomas Schlück GmbH, 30827 Garbsen.
Redaktion: René Stein
Umschlaggestaltung: www.buerosued.de
Umschlagmotiv: living4media/Jalag/Julia Hoersch
LH · Herstellung: sam
Satz: KompetenzCenter, Mönchengladbach
Druck und Bindung: GGP Media GmbH, Pößneck
Printed in Germany
ISBN 978-3-7341-0338-4

www.blanvalet.de

Vierzehn Jahre zuvor

Richard deutete nach oben. »Das da ist der Kleine Bär.«

Wanda lag neben ihm auf der Wiese, und es duftete nach frisch gemähtem Gras und Sommer.

Weil es so dunkel war und Wanda ihre Brille zu Hause gelassen hatte – oh Gott, doch nicht mit Brille zu einem Date mit Richard –, konnte sie nicht richtig erkennen, wo er hinzeigte.

Es war beinahe Mitternacht und trotzdem noch so warm, dass sie in ihrem Rock nicht fror. Die Gänsehaut an ihren Armen lag nicht an der Temperatur, sondern an Richard. Richard, den sie aus der Schule kannte, den sie im langweiligen Geschichtsunterricht anhimmelte und der sie am Ende des Schuljahres, direkt vor den großen Ferien, plötzlich gefragt hatte, ob sie mit ihm ins Kino wollte.

In den letzten drei Wochen waren sie außerdem in der Disco gewesen, sie hatten Eis gegessen und waren mit dem Fahrrad nach Münster gefahren. Eigentlich war alles perfekt. Nur, dass er sie immer noch nicht geküsst hatte.

Und jetzt lagen sie mitten in der Nacht auf der

Wiese des Bauern Schulze-Meerbusch, ganz dicht nebeneinander, und Wanda wusste nicht, ob es ein Grashalm oder ein Haar von Richard war, das ihre rechte Wange kitzelte. Sie drehte ihren Kopf ganz leicht zu ihm.

»Und dort drüben« – er deutete in die andere Richtung –, »das ist der Kleine Wagen.«

Er lag auf dem Rücken, sie konnte sich also die Zeit nehmen, sein Profil zu betrachten. Da er so nah neben ihr lag, brauchte sie nicht einmal ihre Brille. Außerdem kannte sie die Nase, die vielleicht ein kleines, winziges bisschen zu groß war, den Mund, auf dem sich fast immer ein Lächeln zeigte, und seine dunklen Haare, die vom Gras noch zerstrubbelter waren als sonst, sowieso in- und auswendig.

»Ich dachte, das ist das gleiche Sternbild.«

»Oh.« Er ließ seine Hand sinken. »Echt?«

»Hat der Heitmeier mal in Physik erzählt. Vielleicht solltest du im Unterricht aufpassen, statt Zettelchen zu schreiben«, neckte Wanda ihn.

Er drehte sein Gesicht zu ihr, sie konnte trotz der Dunkelheit seine Mundwinkel zucken sehen, dann biss er sich auf die Lippe und wandte sich wieder dem Himmel zu. »Ich habe keine Ahnung, wovon du sprichst. Wir haben Ferien. Und ich bin Sternenprofi.« Jetzt hob er seine rechte Hand, die linke Hand legte er ins Gras, sodass sich ihre Fingerspitzen berührten.

Wanda hielt den Atem an. Irgendwo zirpte eine Grille.

Er bewegte seinen kleinen Finger. Sie ließ ihre Hand genau da, wo sie war, und hoffte so sehr, er würde endlich, endlich ihre Hand nehmen.

»Machen wir mit den Sternen dort hinten weiter«, flüsterte er. »Da ist der Winzige Tiger und hier die Riesige Vogelspinne. Dort drüben ist das Krokodil.«

Jetzt bewegte Wanda sich doch, weil sie kichern musste. »Und das Krokodil ist wie – mittelgroß?«

»Sei nicht albern.« Seine Hand drückte ihre ganz kurz. Viel zu kurz. »Das Krokodil ist natürlich genau richtig groß.«

»Spinner!«, flüsterte sie und lächelte. Aber die Sterne leuchteten besonders hell. Sie schienen ihre neuen Namen zu mögen.

»Sternenprofi«, korrigierte er. Dann drehte er sich ganz zur Seite, sah sie an und blieb mit seinem Gesicht ganz dicht an ihrem liegen.

Wandas Herz klopfte schneller. Für einige Augenblicke waren sie beide still. Die Grille zirpte ein zweites Mal, bevor Wanda fragte: »Was ist dein Lieblingsstern?«

»Mein Lieblingsstern …« Er fuhr mit seinem Zeigefinger an ihrer Handfläche entlang. »Mein Lieblingsstern heißt Wanda. Und er ist direkt über uns.«

Wanda sah nach oben. In diesem Moment zischte eine Sternschnuppe am Himmel entlang.

»Wünsch dir was«, flüsterte Richard, und während Wanda die Augen schloss, verflocht er seine Finger mit ihren.

Sommer, Gras und Heimat. Es gab nur eins, was sie sich noch wünschte, jetzt und hier.

Als sie die Augen wieder öffnete, blickte sie direkt in seine.

»Du darfst nicht sagen, was du dir gewünscht hast«, sagte er ganz leise und strich ihr eine Haarsträhne aus der Stirn.

Wanda schüttelte sacht den Kopf. »Du auch nicht.«

»Vielleicht …« Er drückte ihre Hand. »Vielleicht haben wir uns ja das Gleiche gewünscht?«

Und dann spürte sie seine Lippen auf ihrem Mund.

Heute

1. Kapitel

»Einatmen. Und ausatmen«, instruierte Wanda ihre Yogagruppe, während sie die Arme über den Kopf hob, wieder senkte und sich anschließend nach vorn beugte, sodass ihre Fingerspitzen den leicht staubigen Boden berührten. Sie war froh, dass sie im Gemeindezentrum dank christlicher Nächstenliebe so einen günstigen Raum zur Verfügung gestellt bekam, da würde sie sich nicht über die Putzfrau beschweren. Platz war genug da, es gab sogar eine angrenzende Teeküche, in der die Kursteilnehmer sich mit Wasser und Tee versorgen konnten, und eine große Fensterwand. Der Raum war lichtdurchflutet, was machte da das bisschen Staub! Es hätte weitaus schlimmer kommen können: Wenn sie an den Sportunterricht in der Schule dachte, wie der Boden der Turnhalle damals ausgesehen hatte … Schnell schüttelte sie den Kopf. Nein, daran dachte sie nicht. Nicht an die Schule, die Turnhalle und ganz sicher nicht daran, wie sie mit R… Nein. Daran dachte sie nicht. Nie.

Frau Gruber vor ihr nieste, dass ihre grauen Löckchen flogen. Wie üblich trug sie einen dunkelblauen Trainingsanzug mit den »schnellen« Seitenstreifen, wie sie sie nannte, dessen Modell vermutlich schon 1975 aus der Mode gekommen war.

Vielleicht sollte Wanda für die Allergiker selbst kurz zum Lappen greifen, doch für den Moment war sie froh über die Ablenkung.

»Einatmen«, wiederholte sie, während sie sich aufrichtete und die Arme noch einmal über den Kopf hob.

Sieben hochrote, aber freudestrahlende Gesichter schauten sie an.

»Und ausatmen«, fuhr Wanda fort und beugte sich hinunter. »Mit den Fingerspitzen den Boden berühren.«

»Chottverdammmich.«

Wanda sah auf, registrierte Rechtsanwalt Mönkebüschers tapferen Versuch, mit den Fingerspitzen auch nur bis zu den Schienbeinen zu kommen, und sagte: »Wer es nicht ganz bis zum Boden schafft, berührt einfach die Knie. Nichts erzwingen, alles ganz locker. In ein paar Monaten können Sie das im Schlaf.«

Melanie, die ihre Matte neben Frau Gruber in der ersten Reihe ausgelegt hatte, nickte Mönkebüscher aufmunternd zu, während er rief: »Dieses Wunder würde nicht einmal Jesus vollbringen können.«

Die Kursteilnehmer lachten, doch Frau Gruber munterte ihn auf: »Mach dir nichts draus, dafür hast du die schönsten Knie.«

»Und den dicksten Bauch!«

Wo er recht hatte, hatte er recht. Sein Lebensstil hatte dazu geführt, dass er ordentlich an Körperfülle zugelegt hatte – während die Haare immer spärlicher wurden, wurde der Bauchumfang immer größer, sodass der kleine Mann mittlerweile so breit wie hoch war, wie er es selbst zu sagen pflegte. Melanie bescheinigte ihm eine gewisse Ähnlichkeit mit Danny DeVito, der aber noch jede Frau rumkriegen könne, wenn er wolle!

Im letzten Sommer war die Quittung für seinen Lebensstil in Form eines Herzinfarktes gekommen. Nach der Reha hatte seine Frau ihn zu Wandas Kurs angemeldet. Überfürsorglich, wie Frau Mönkebüscher war, bekam ihr Mann nun hauptsächlich Suppen und Salate zu essen, leider ohne Salz, und bis auf seine Abende im Skatclub verzichtete er auch auf Alkohol. »Sie krempelt mein Leben komplett um, damit ich 100 werde«, hatte Mönkebüscher in der ersten Yogastunde gestöhnt. »Ja, will ich das denn?« Aber weil der gemütliche Rechtsanwalt seine Frau dann doch mehr liebte als seine Lebensweise, beteiligte er sich nun mit Feuereifer an Wandas Yogagruppe.

Seine letzte sportliche Betätigung lag Jahrzehnte zurück, wenn man von gelegentlichen Kegelabenden absah, bei denen er seine Arme jedoch eher beim Heben des Bierglases als beim Kegeln trainierte. Aber eben das war ja ein Vorteil vom Yoga: Es war so sanft, dass es auch für Nicht-Sportler geeignet war, und verlangte dem Körper keine unmenschlichen Anstrengungen ab – außer, man wollte es sich so richtig geben. Denn für ihre Fortgeschrittenen-Gruppe hatte Wanda Übungen auf Lager, die auch einen Profisportler ins Schwitzen brachten.

»Ein Mann ohne Bauch ist wie ein Bier ohne Schaumkrone«, sagte Melanie schließlich.

Wanda machte noch einen Durchgang, dann beendete sie die Übung.

»Chottverdammmich.« Mönkebüscher plumpste auf seine Matte.

Es war Zeit, bei der nächsten Position ihre Schüler miteinzubeziehen.

»Wer erinnert sich noch an den Baum?«, fragte Wanda. Es war immer gut, die Übungen nicht nur vorzugeben.

Herr Mönkebüscher deutete die Stellung der Hände während des Baums an. »Und dann noch was ganz Schlimmes mit den Beinen.«

Wanda nickte stolz. Herr Mönkebüscher war vielleicht nicht der Gelenkigste, in Bezug auf das Engagement aber ein Vorzeigeschüler.

Das Schlimme hieß, den linken Fuß vom Boden zu nehmen und ihn im Stehen auf den rechten Oberschenkel zu legen.

Frau Gruber nieste erneut. »Da nehm ich schon ständig irgendwelche Pillen und bin trotzdem erkältet«, klagte sie.

»Ich glaube, das ist eine Allergie.« Wanda deutete auf ihre verstaubten Fingerspitzen.

»Mein Lebtag hab ich noch keine Allergie gehabt!«, rief Frau Gruber entrüstet.

»Trinken Sie einen Schnaps, das hilft«, sagte Melanie. »Ich nehm auch wirklich faire Preise.« Melanie gehörte das Gasthaus *Zum letzten Jäger*, das sie vor über zehn Jahren von ihren Eltern geerbt hatte. Damals war sie erst Mitte 20 gewesen, seitdem führte sie das Gasthaus und die Pension allein weiter – mit Erfolg.

»Vielleicht gehen Sie besser zum Arzt«, riet Wanda Frau Gruber und versuchte, die ungebetenen Gedanken wegzuschieben, die sie daran erinnerten, dass *er* auch immer Arzt hatte werden wollen. Um Leben zu retten, um Menschen zu helfen. Nein, daran dachte sie nicht, schon gar nicht während der Arbeit. In ihrer Freizeit auch nicht. Nein, sie dachte nicht an *ihn*, das war doch längst vorbei, und sie war glücklich. Mit einer Hand fuhr sie sich durchs Gesicht. Vielleicht sollte *Wanda* es mal mit einem Schnaps probieren.

»Machen wir weiter«, wechselte sie also schnell das Thema, stellte sich aufrecht hin und hob die Hände über den Kopf, wo sie die Handflächen zusammenführte. Nach und nach machten die Teilnehmer es ihr nach, vor allem Almut von der Floristik *Tausendschön* und ihre Auszubildende schafften die Übung spielend.

»Jetzt kommt der schwierige Part.« Langsam löste Wanda im Stehen ihren linken Fuß vom Boden und legte ihn auf den rechten Oberschenkel.

Melanie, die zwar nicht besonders schlank war, aber

durchs Kellnern immerhin eine Grundkondition aufwies, bewältigte die Position fast ganz ohne Schwierigkeiten. Die übrigen Schüler wackelten ein bisschen hin und her, standen aber schließlich mehr oder weniger fest auf ihren Matten.

»Chottverdammmich.« Mit einem Rums landete Herr Mönkebüscher auf dem Boden.

»Vielleicht sollten wir mit einer Übung im Sitzen fortfahren«, improvisierte Wanda, und der Rechtsanwalt nickte dankbar.

Frau Gruber nieste.

Ein Arzt wäre wohl wirklich zu empfehlen. Schon seit Jahrzehnten war der alte Doktor Lehmkuhl Anlaufstelle für die Wehwehchen der Dorfbewohner. Kurz vor dem Abitur hatte sie sich vorgestellt, wie es wäre, wenn er ihn hier im Ort ablösen würde, R…

Wanda räusperte sich. Sie setzte sich gerade hin, die Knie angewinkelt, die Fußsohlen aneinandergelegt. »Der Schmetterling.«

»Genauso fühl ich mich. Wie 'n schöner, schöner Schmetterling.« Herr Mönkebüscher grinste über das ganze Gesicht.

Einige Minuten lang konzentrierten sie sich nur auf ihre Atmung, bis Wanda mit der Katze fortfuhr, für die man sich auf alle viere begeben musste.

»Jetzt legen wir uns hin und lassen die Stunde mit etwas Meditation ausklingen«, läutete Wanda schließlich das Schlussritual ihres Kurses ein. Sie drückte auf den Knopf des CD-Players, den sie mitgebracht und auf den Boden neben sich gestellt hatte, um die Entspannung durch meditative Musik zu unterstützen. Während der nächsten Minuten dachte Wanda daran, wie viel Glück sie im Leben erfahren hatte – nicht nur mit ihrem Yogakurs. Sie lebte in ihrem Heimatdorf Osterbüren, dem schönsten Städtchen der Welt oder zumindest Westfalens, sie übte ihren Traumberuf als Yogalehrerin aus – auch wenn sie im Augenblick aufgrund ihrer vielen anderen Verpflichtungen nur drei Kurse gab –, und ihre Familie, die im Augenblick allerdings nur aus ihren Großmüttern bestand, weil sich ihre Eltern aus beruflichen Gründen in Brasilien befanden, wohnte in unmittelbarer Nähe. Außerdem war gerade Sommer, ihre Lieblingsjahreszeit. Weshalb also kamen immer wieder diese ungebetenen Gedanken an R…? Abrupt setzte sie sich auf und drückte die Stopptaste.

Mit aneinandergelegten Handflächen und dem rituellen Gruß *Namaste* beendete sie die Stunde. »Wir sehen uns wie immer nächste Woche. Bis dahin: Bleiben Sie beweglich.«

Die Teilnehmer applaudierten, bedankten sich und begannen, ihre Sachen zusammenzupacken.

»Ach, Wanda, meine Schultern fühlen sich an wie neugeboren.« Melanie rollte sie vorwärts, rückwärts und wedelte dann mit den Armen. »Ohne dich könnte ich nicht mehr kellnern.«

»So ein Glück! Denn noch mehr Zeit hätte ich nicht, bei dir auszuhelfen.« Wanda zwinkerte ihr zu.

»Drei Jahre Krankengymnastik, und was hat es gebracht? Nichts. Aber nur sechs Monate in deinem Kurs, und alles ist paletti.«

Wanda strich sich eine ihrer halblangen dunklen Locken, die sich aus ihrem Pferdeschwanz gelöst hatten, hinters Ohr und drückte Melanies Hand. »Du weißt gar nicht, wie sehr mich das freut!«

»Schöne Grüße auch von meiner Frau«, rief Herr Mönkebüscher, der damit kämpfte, seine Matte einzurollen. »Sie lässt fragen, ob noch ein Plätzchen für sie frei ist?«

»Ich melde mich, sobald jemand abspringt.« Im Augenblick gab es drei Kurse in der Woche: am Dienstagabend für Anfänger, am Donnerstagabend für Fortgeschrittene und Freitagvormittag für alle, die gern morgens ein bisschen Sport treiben wollten. Jeder der drei Kurse war mit jeweils sieben Leuten ausgebucht. Der leerstehende helle Raum im Gemeindezentrum bot gerade genug Platz für alle sieben plus Wanda, sodass es nicht nur genug Platz um die Matten herum gab, sondern Wanda auch Aufwärmübungen vorbereiten konnte, bei denen sie sich frei durch den Raum bewegten.

»Ich werd's ihr ausrichten. Und du kannst stolz auf dich sein, Wanda«, sagte Herr Mönkebüscher. »Du bist die beste Yogalehrerin, die ich je kennen gelernt habe.«

»Und die einzige.« Sie lachte. »Aber ja, man macht die Dinge gut, die man gern macht, nicht wahr?

Sie sind doch auch mit Leib und Seele Rechtsanwalt.«

»Vor allem mit Leib.« Er tätschelte seinen Bauch.

»Man sieht dir wirklich an, dass du glücklich bist«, sagte Melanie zu Wanda.

»Das bin ich.« Wanda lächelte. »Und an Richard denke ich auch überhaupt nicht mehr.«

Chottverdammmich.

»Nun beeil dich, mein Vater wartet!«, rief Janine und trommelte ungeduldig mit den Fingern auf der Tür ihres roten Cabriolets. Heute war das Wetter so schön, dass sie das Verdeck heruntergeklappt hatten.

Während Richard noch versuchte, sich mit Hilfe des Rückspiegels die Krawatte zu binden, war sie schon ausgestiegen.

Janine hatte recht, sie waren zu spät, schon vor zehn Minuten hätten sie zum Treffen mit Janines Vater hier sein sollen, aber da hatten sie noch im Stau gestanden. Dass sie so spät losgefahren waren, um in den schlimmsten Verkehr zu geraten… Schuldbewusst verzog Richard im Rückspiegel den Mund, ja, eindeutig seinetwegen.

»Verflixtes…« Er löste den Knoten des widerspenstigen Schlipses erneut und probierte es anders. Er hatte ihn extra für diesen Anlass aus dem Schrank geholt. Hemden trug er gern, meist zu Jeans, aber in Krawatte und Anzug fühlte er sich wie zu Karneval – oder besser Fasching, wie die Münchner sagten. Doch auch nach zehn Jahren in Süddeutschland konnte Richard seine westfälische Heimat nicht verleugnen, ein Bier war für ihn ein Pils und kein Helles, und ordentliche Würste hießen Mett- oder Brat-, aber nicht Weißwurst. Mit Händen und Füßen hatte er sich damals, kurz vor dem Abitur, gegen den Umzug seiner Eltern gewehrt. Aber schließlich hatte er sich von den Qualitäten der Münchner Universität und des dortigen Studentenlebens doch überzeugen lassen.

»Jetzt komm schon.« Janine – wie immer tadellos in einem engen Kleid, die langen blonden Haare trotz des Cabrios kein bisschen zerzaust – beugte sich über das offene Verdeck, band ihm die Krawatte und fegte noch eine Fluse von seinem Anzugkragen.

Dann stöckelte sie über den Parkplatz auf den Haupteingang der Privatklinik zu, die ihrem Vater gehörte.

Richard folgte ihr seufzend. »Ich weiß gar nicht, wieso wir so einen Aufwand betreiben müssen, ich hab den Job doch schon längst.«

»Papa legt eben Wert auf ein gepflegtes Äußeres, du kennst ihn doch.«

Leider, hätte Richard beinahe geantwortet. Aber ja, er kannte Herrn Doktor Erlenbach, der nicht weniger Wert auf ein gepflegtes Äußeres legte als seine Tochter, die – aufgewachsen in einer Münchner Vorstadtvilla – selten ohne Mailänder Markenkleidung aus dem Haus ging.

Um ihr diesen Luxus auch für die Zukunft ermöglichen zu können, würde Richard ab September die letzte Station seiner Facharztausbildung antreten – in der privaten Schönheitsklinik ihres Vaters. In der Inneren und Chirurgie hatte er schon gearbeitet, nach zwei weiteren Jahren unter Dr. Erlenbach würde er dann Facharzt für plastische Chirurgie sein. Plastische Chirurgie, Schönheitsdoktor. Das Wort tat nur noch manchmal weh, wenn er daran dachte, weshalb er Arzt geworden war. Menschen helfen, das war immer sein Ziel gewesen.

»Plastische Chirurgie ist nicht nur Fettabsaugen und Brüstevergrößern«, murmelte er. »Auch als plastischer Chirurg kann ich Menschen helfen.«

»Natürlich. Beim Besser-Aussehen.« Janine grinste ihn frech von der Seite an.

»Brandopfer zum Beispiel.« Er nickte. »Weißt du, wie viele Brandopfer dein Vater behandelt?« Allerdings hatte er die vage Vermutung, dass sich die meisten Brandopfer Doktor Erlenbachs Privatklinik nicht leisten konnten. Außer vielleicht prominente Brandopfer. Er würde sich erkundigen.

»Wirklich, Schatz. Ich verstehe, dass du lieber der heroische Arzt ohne Grenzen wärst. Aber weißt du, wie gefährlich das ist? Mit den ganzen Bomben und so?«

Um Krisengebiete musste er sich ja nicht reißen. Aber das letzte Jahr hatte er in der Unfallchirurgie gearbeitet und tatsächlich manchmal Leben gerettet. So ähnlich hatte er sich das vor Beginn seines Studiums vorgestellt. Der Krankenhausalltag grenzte zwar schon an Akkordarbeit, weshalb er viel zu wenig Zeit für seine einzelnen Patienten gehabt hatte, aber wenn er daran dachte, dass Menschen ohne ihn gestorben wären, nicht mehr hätten laufen können …

Ab September würde er Menschen verschönern.

»Ich habe jedenfalls lieber einen Mann, der nicht im Kugelhagel stirbt. Und sich stattdessen ein Penthouse am Marienplatz leisten kann.« Sie zwinkerte ihm zu.

Das Penthouse gehörte natürlich ihr, ein Geschenk ihres Vaters zu Beginn des Studiums.

Janine war nicht oberflächlich, das nicht. Sie war nur als einziges Kind der Erlenbachs furchtbar verwöhnt worden und sah ein Einkommen von 100 000 Euro im Jahr als Armutsgrenze an. Typisch … Münchnerin eben.

Nein, das war unfair, München war eine wunderschöne Stadt, in der Richard sich die meiste Zeit über sehr wohlfühlte und mit deren Bewohnern er klarkam. Insgesamt war ihm die Stadt zwar ein bisschen zu groß, als Dorfkind liebte er es übersichtlich, aber auch damit hatte er sich arrangiert. Was heute mit ihm los war, wusste er nicht. Vielleicht war es einfach die Endgültigkeit. Schließlich war das Angebot ihres Vaters mehr als nur großzügig. Und nach allen Abwägungen und Überlegungen war Richard zu dem Schluss gekommen, dass es die beste Alternative war, wenn er sich mit Janine eine gemeinsame Zukunft aufbauen wollte. Weshalb also sträubte sich gerade innerlich alles dagegen?

Mittlerweile waren sie am Haupteingang angelangt, die Schiebetüren öffneten sich von allein, und Janine winkte nach rechts und links, um Schwestern, Pfleger und Patienten gleichermaßen zu begrüßen, während sie zum Aufzug hinter der Eingangshalle hastete.

Sie drückte auf den Knopf, und wenige Sekunden später öffnete sich nach fast lautloser Fahrt die Lifttür wieder mit einem »Pling«. Die Durchsage »4. Stock. OP. Station Erlenbach« ertönte.

Janines Vater kam ihnen schon auf dem Flur entgegen, der weiße Arztkittel, ein Harnisch, flatterte hinter ihm her wie eine Siegesflagge – für Richard Zeichen seiner Kapitulation. Seiner Kapitulation vor dem Kapital. *Nun reiß dich zusammen*, schalt er sich, *und werd nicht albern*. Plastische Chirurgie war nicht das Ende der Welt, er würde trotzdem noch genau das tun, was er immer hatte tun wollen: als Arzt Menschen helfen. Wie genau diese Hilfe aussah, das war doch alles eine Frage der Interpretation.

Doktor Erlenbach gab Janine einen Kuss auf die Wange und begrüßte Richard mit einem Handschlag. »Schön, dass es geklappt hat.«

»Dann wollen wir uns die heiligen Hallen mal ansehen«, sagte Richard und lächelte so aufrichtig wie möglich. Er hatte nichts gegen Doktor Erlenbach, den er auch nach fünf Jahren Beziehung mit Janine immer noch siezte. Richard malte sich rührselige Brüderschafts-Szenen auf seiner Hochzeit aus. Dieses Thema hatte Janine neulich angesprochen. Da er doch jetzt in der Klinik ihres Vaters … Unauffällig versuchte Richard, seine Krawatte zu lockern. Hier war es aber auch stickig!

»Im vierten Stock liegen unsere Elite-Patienten.«

War das ein Code für … Promis?

»Ich muss natürlich niemandem etwas über das Arztgeheimnis erzählen«, fuhr Doktor Erlenbach fort.

Tatsache, er musste richtige Berühmtheiten meinen, der Durchschnittspatient der Klinik gehörte ja ohnehin zu den oberen Zehntausend.

Als Janine ihm den Ellenbogen in die Seite stieß, bemerkte Richard, dass die Frage nach dem Arztgeheimnis nicht rhetorisch gemeint war. Beinahe war er beleidigt, dass sein zukünftiger Schwiegervater bei ihm absolutes Allgemeinwissen nachprüfte.

»Natürlich«, beeilte er sich dennoch zu sagen.

Doktor Erlenbach führte sie durch die verschiedenen Stationen, zeigte ihnen zunächst die Schwestern- und Ärztezimmer sowie mehr als nur ein – leeres – Patientenzimmer. Alles war sauber, wie in normalen Krankenhäusern auch, alles war jedoch auch unglaublich … schick. Keine billigen Kunstdrucke an den Wänden, sondern echte Bilder. Als Richard einen Blick auf den Namen eines Malers erhaschte, zog er sich erschrocken wieder zurück. Das konnte doch nicht etwa … ein Chagall? Janine zwinkerte ihm zu.

Die Privatklinik Erlenbachs verdiente wahrlich

ihren Ruf als eine der exklusivsten Kliniken Deutschlands. Wieso nur konnte er so wenig Begeisterung dafür aufbringen?

»Und hier wirst du arbeiten!« Mit Schwung öffnete Doktor Erlenbach die Tür eines gerade nicht genutzten OP-Saals. Er stellte sich in die Mitte des Raums, drehte sich einmal im Kreis und breitete die Arme aus. »Die modernsten Geräte, die am besten ausgebildeten OP-Schwestern, alles, was du dir in einem staatlichen Krankenhaus nur wünschen kannst.«

»Siehst du?«, sagte Janine. »Dir stehen hier ganz andere Möglichkeiten offen, als du sie in den letzten Jahren hattest.«

Da er befürchtete, sich mit seiner Stimme zu verraten, nickte Richard nur.

»Nasen- und andere Gesichtskorrekturen sind meine Spezialität«, erklärte Doktor Erlenbach weiter. »Für deinen Facharzt wirst du natürlich auch in diesem Bereich Erfahrung sammeln müssen« – bisher hatte Richard es in der Unfallchirurgie mit gerissenen Kreuzbändern zu tun gehabt, den HNO-Bereich aber ausgespart –, »aber hauptsächlich möchte ich dich für Bruststraffungen und -vergrößerungen sowie bei der Liposuktion einsetzen.«

Einige Sekunden später, als Doktor Erlenbach und Janine ihn erwartungsvoll ansahen, wurde Richard klar, dass er etwas erwidern musste. Brustvergrößerungen, Fett absaugen – was sagte man dazu? Er räusperte sich. Das Einzige, was ihm schließlich einfiel, war ein typischer Spruch aus Bewerbungen: »Da kann ich meine bisherigen Kenntnisse gut einbringen und erweitern. Ist euch eigentlich auch so heiß?«, wechselte er abrupt das Thema.

Die beiden starrten ihn an.

Nach einem kurzen Augenblick der Irritation sprach Erlenbach schon weiter, ohne auf seine Frage einzugehen. Mit den Worten »Generell sollten wir langfristig planen« führte er sie wieder aus dem OP heraus.

»Was ist los mit dir?«, zischte Janine Richard zu, während sie ihrem Vater den Flur entlang zu seinem Büro folgten.

Er wusste es doch auch nicht.

»Wenn du in zwei Jahren deinen Facharzt hast, wird der Oberarzt nicht lange auf sich warten lassen, das kann ich dir jetzt schon versprechen«, fuhr Doktor Erlenbach fort. »Ich will doch mein Töchterchen versorgt wissen.«

»Wollen Sie das Erbe noch schnell versaufen?«, rutschte es Richard versehentlich heraus. Normalerweise dachte er so etwas höchstens, aber sagte es nicht. Es musste an seiner merkwürdigen Verfassung liegen. Oder an seinem zukünftigen Einsatzgebiet im Bereich Brustvergrößerungen, das er Dr. Erlenbach übel nahm.

Doch Doktor Erlenbach hatte heute gute Laune, lachte nur über den dummen Witz und sagte dann: »Mein Erbe geht direkt an die Enkelkinder.«

»Oh, du wirst nicht Großvater, bevor Richard

nicht seinen Oberarzt in der Tasche hat!«, bemerkte Janine lachend.

Richard zerrte an seinem Kragen. Hatten sie die Heizung aufgedreht? Bei 25 Grad draußen?

»Ja, genau«, murmelte er geistesabwesend. Jetzt stieg auch noch Übelkeit in ihm auf, schwarze Punkte tanzten vor seinen Augen. Vielleicht würde er einfach krank? Er sollte nach Hause gehen, sich hinlegen, ein bisschen relaxen. Die ersten Jahre der Facharzt-Ausbildung waren nicht ohne gewesen, vielleicht war es auch einfach nur der Stress.

Moment. Sprachen sie da gerade von einem Ring? Und wieso merkten die beiden nicht, dass man hier drin nicht atmen konnte?

»Entschuldigt mich, bitte. Ich würde gern bleiben, wirklich, aber ich habe noch einen Termin.«

Erneut starrten sie ihn an, Janine nun eindeutig verärgert. Verzweifelt zuckte er mit den Schultern. Er musste hier raus. Er musste sich erholen und seine Gedanken ordnen.

»Einen Termin?«, fragte Janine.

»Bei der Bank.«

»Was willst du denn bei der Bank?«

Er hatte doch selbst keine Ahnung, das war nur die schnellste Ausrede gewesen, die ihm eingefallen war. »Ich muss etwas … Finanzielles klären.« Das machte man schließlich bei der Bank, da gab es immer was zu klären. »Tut mir leid. Bleib ruhig noch, ich nehme den Bus.«

»Den BUS?«

»Wir sehen uns heute Abend!« Er gab Janine einen Kuss, dann verabschiedete er sich von ihrem Vater. »Tut mir wirklich leid«, wiederholte er.

So schnell es ging, hastete er dem Ausgang zu. In dieser Klinik konnte man ja kaum atmen!

Heute fand der Kuchenverkauf der Grundschule statt, und Wanda hatte Melanie versprochen, ihr am Getränkestand unter die Arme zu greifen. Abgesehen davon, freute sie sich auf einen gemütlichen Nachmittag mit den übrigen Dorfbewohnern – und da Osterbüren nur eine Grundschule hatte, die praktisch das ganze Dorf einmal besucht hatte, fanden sich auf dem Sportplatz genug Menschen ein, die ihr Geld für einen guten Zweck loswerden wollten. Der Pfarrer reichte einen Loseimer zwischen den Tischen herum, man konnte Kuchen essen und Apfelschorle trinken – oder auch Hochprozentiges, denn Melanie verkaufte Bier und Selbstgebrannten.

Frau Gruber saß dort hinten auf einer Bierbank beim noch älteren Herrn Brockmann, Bernhard von der Post spielte mit ein paar Kindern Fußball, und neben dem Sandkasten standen Jessica und Vanessa mit dicken Bäuchen und glänzenden Augen. Das schlechte Gewissen überkam Wanda, sie hatte noch die besten Yogaübungen für Schwangere heraussuchen wollen.

»Hier drüben, Wanda!«, rief Melanie ihr entgegen,

die ihre langen rotblonden Haare zu einem Pferdeschwanz zusammengebunden und ein leichtes Tuch darum geknotet hatte. Mit Sicherheit hatte sie auch Sonnencreme aufgetragen, trotzdem konnte Wanda auf ihren nackten, sommersprossigen Armen schon einen leichten Sonnenbrand erahnen. Ganz Geschäftsfrau, hatte Melanie Profit gewittert und neben der Zapfanlage ein Werbeplakat aufgestellt. Bier und Korn gab es im Doppelpack gleich noch einen Euro günstiger. Den rötlichen Gesichtern der Männer vom Skatclub nach zu schließen, stieß das Angebot auf große Zustimmung.

Der Skatclub bestand aus vier Mitgliedern, damit auch bei schwersten Katastrophen wie der Geburt eines Kindes oder einem Schlaganfall der »Spielbetrieb« nicht in Gefahr war.

»Prost, Jungs«, grüßte Wanda die Herren, deren Jüngster 30 Jahre älter war als sie selbst.

Sichtlich erfreut über ihre Anwesenheit, hoben sie die Gläser.

»Gut, dass du da bist«, stöhnte Melanie. »Ich brauch dringend eine Pause.« Sie rollte ihre Schultern, als ob sie Verspannungen lösen wollte.

Wanda sollte ihrer Yogagruppe mal eine Übungssequenz speziell für Rücken und Schultern zusammenstellen. Am besten eine, die sie selbst jeden Morgen zu Hause praktizieren konnten.

»Chottverdammmich!« Herr Mönkebüscher, ebenfalls Mitglied im Skatclub, hatte Huberts Bierglas umgeworfen. Ein Großteil des Inhalts war auf Lars' Hose gelandet.

Vielleicht eine einfache Übungssequenz, bei der auch Herr Mönkebüscher keine Gefahr lief, sich zu verletzen.

Melanie nahm einen Lappen, während Wanda schon einmal ein neues Bier zapfte. Nachdem der Skatclub wieder versorgt war, löste Melanie den Knoten ihrer schwarzen Schürze und hielt sie Wanda hin, die sie sich umband. »Nils hat auch schon nach dir gefragt.«

Nils war Wandas bester Freund seit Kindheitstagen und arbeitete auf dem Hof seiner Eltern.

Wanda stellte sich auf die Zehenspitzen, um nach seinem blonden Schopf Ausschau zu halten. »Na, das war ja klar. An Oma Gerties Verkaufsstand.« Wanda musste lächeln, Nils war immer schon ein Leckermaul gewesen – und trotz seiner Größe war es ein Wunder, dass er so dünn geblieben war, bei den Mengen, die er in sich reinschaufelte. Vor allem Oma Gerties Kuchen hatten es ihm angetan.

»Wo sonst?«, fragte auch Melanie. »Es gibt eben nur eine Kuchenkönigin.«

Und auf diesem Thron saß Wandas Oma Gertie schon, seit es Kuchen überhaupt gab. Im Augenblick verteilte sie an ihre Untertanen mit einem Tortenheber lächelnd Kuchenstücke auf Pappteller, von denen Nils gleich zwei balancierte. Als er Wanda sah, winkte er ihr wegen seiner süßen Fracht etwas ungelenk zu und setzte seine langen Gliedmaßen in Bewegung, um zu ihr herüberzukommen.

»Hat Gertie heute auch Erdbeerkuchen?«, wollte Melanie nun wissen.

»Erdbeer, Käse und Marmor«, sagte Wanda. Zumindest hatten diese Rezepte auf dem Küchentisch gelegen, als sie kurz bei Oma Gertie vorbeigeschaut hatte. Über dem dunklen Rock mit der obligatorischen weißen Bluse hatte sie ihre blaukarierte Schürze getragen, das hochrote Gesicht und die aufgelösten Haarsträhnen aus dem sonst immer so fest gesteckten grauen Dutt hatten Wanda deutlich gezeigt, dass Oma Gertie sich mal wieder selbst hatte übertrumpfen wollen.

Nils' glückseligem Gesichtsausdruck nach zu urteilen, schien sie das auch geschafft zu haben.

Melanie schnappte sich einen Fünfer aus der Kasse. »Soll ich dir was mitbringen?«

»Nein, danke.« Wanda lächelte und zapfte auf Nils' Nicken ein Bier. Für sie hatte Oma Gertie mindestens zwei Stück von jedem Kuchen extra aufgehoben. Egal wie sehr Wanda protestierte, sie bekam nur zu hören: »Kind, du bist ohnehin zu dünn.« Und dann brachte ihr Oma Gertie noch ein Stück Kuchen oder eine Lasagne vorbei.

»Aber ich nehm einen!«, rief Herr Mönkebüscher und hob sein Glas. »Erdbeer. Passt auch zum Bier.«

Wanda lachte, konnte es sich aber nicht ganz verkneifen, die Nase krauszuziehen.

»Würd ich nicht runterkriegen, so gesundes Zeug«, kommentierte sein Skatbruder Lars.

»Mit 'nem Schnaps rutscht das schon«, sagte Melanie, nahm Herrn Mönkebüschers Kleingeld entgegen und wollte gerade in Richtung Kuchenstand verschwinden, da knisterte ein Mikrofon.

»Hallo, hallo, eins, zwei, eins, zwei …« Ein Husten erklang, dann folgte eine laute, sonore Stimme: »Liebe Schwestern und Brüder!«

Ah, Pfarrer Wittkemper.

Wanda sah sich um, genau wie Melanie und der Skatclub. Mit einer Losschale in der linken und dem Mikrofon in der rechten Hand kämpfte sich der Pfarrer zwischen einigen Verkaufsständen und Dorfbewohnern hindurch, um sich in die Mitte des Sportplatzes zu stellen. Sein rundes Gesicht mit dem spärlichen weißen Haarkranz war wie üblich gerötet. Jetzt strahlte Wittkemper von einem Ohr zum anderen, als er feierlich verkündete: »Wir kommen nun zum Höhepunkt des Nachmittags! Zur Ziehung der Tombola.«

Er machte eine kleine Verbeugung in Richtung Oma Gertie und fügte hinzu: »Womit ich Ihre Kuchen natürlich nicht schmälern will, Frau Holtkamp. Vielleicht gibt es einfach zwei Höhepunkte am heutigen Nachmittag.«

»Alter Schleimer«, flüsterte Nils Wanda ins Ohr, »der will doch bloß nächsten Sonntag ein ganzes Blech für sich allein absahnen.« Er zwinkerte Wanda zu, für die seine Vermutung tatsächlich nicht ganz abwegig klang.

Oma Gertie strahlte, errötete und machte einen kleinen Knicks, das Kuchenblech hatte Pfarrer Wittkemper also in der Tasche.

»Für die Ziehung möchte ich meine gute Fee Melanie zu mir herüberbitten«, rief der Pfarrer nun.

Melanie, die damit offenbar nicht gerechnet hatte, schluckte hastig den Bissen Marmorkuchen hinunter, den sie sich von Nils' Teller gemopst hatte.

»Zu gewinnen gibt es, haltet euch fest, ein Romantik-Wochenende im Wellnesshotel Dettmann!«

»Wow«, rief Wanda ehrlich erstaunt aus. Wie der Pfarrer da nur drangekommen war? Die Loskasse musste wirklich mit jeder Menge Geld prall gefüllt sein, Wanda konnte sehen, wie ringsum Zettel gezückt wurden, die meisten hatten mindestens zwei, viele sogar noch mehr Lose gekauft.

»Romantik-Hotel, na, das wär doch was für uns beide.« Nils stupste sie an.

Wanda war sich nie sicher, ob er seine Avancen ernst meinte oder nicht. Und wie sie sowohl die eine als auch die andere Möglichkeit finden würde, darüber wollte sie lieber nicht nachdenken. Glücklicherweise wurde sie durch den Pfarrer einer Antwort enthoben.

»Zuerst zum 3. Platz!« Pfarrer Wittkemper, der seine Losschale inzwischen an Melanie übergeben hatte, hielt eine Packung Geschirrhandtücher in die Höhe.

Ob sich außer Oma Gertie tatsächlich jemand darüber freuen würde? Nils schien Wandas Zweifel zu teilen, er grummelte etwas Unverständliches, bevor … das Los tatsächlich ihn traf.

»Juhu!«, rief er dennoch und riss beide Arme in die Höhe, was die beiden Söhne von Jessica und Vanessa freute, die sofort in sein Jauchzen einstimmten.

»Platz zwei!«, rief der Pfarrer und zeigte eine reich verzierte und bunt bemalte Blumenvase.

Auch dieser glückliche Gewinner war schnell ermittelt: Bauer Schulze-Meerbusch, der sich am Kopf kratzte und mit den Schultern zuckte, bevor er zu Wanda an den Stand kam. »Soll Marita einen Platz für finden«, entschied er und hielt ihr sein Bierglas hin. »Tu mir lieber noch mal ein Bier.«

»Trommelwirbel für Platz eins.« Der Pfarrer schien ganz in seinem Element zu sein, wie er sich dort in der Mitte im Kreis drehte, die Arme hob und Stimmung für die Tombola machte. Melanie neben ihm versuchte so gut es ging mitzuhalten. Wanda goss ihr zur Belohnung schon einmal einen Schnaps ein.

»Die Gewinnnummer«, rief Melanie, »das Los, das unserem glücklichen Gewinner gehört, lautet …« Sie machte eine dramatische Pause. Dann fuhr sie mit höherer Stimme fort: »32748!«

Gleich zwei Mal wurden Arme hochgerissen. Einmal Oma Gertie an ihrem Kuchenstand und einmal …

»Oh, oh.« Nils drückte genau das aus, was Wanda dachte.

Es hatte offenbar einen Fehler gegeben, vielleicht

ein Fehldruck, denn offenbar war die Gewinnerlosnummer zweimal ausgegeben worden. Ausgerechnet an diese zwei, an Wandas Großmutter Gertrud Holtkamp und Wandas andere Großmutter Margarethe »Nenn mich Maggie« Strassmann, die just in diesem Moment in Pluderhosen und einer bunten indischen Bluse wieder beim Grundschulfest aufgetaucht war. Die mit dunklem Henna gefärbten Locken hatte sie locker aufgesteckt, Arm- und Fußreifen klingelten bei jedem Schritt, den sie machte.

Maggie gab mit ihrer farbenfrohen, manchmal auch freizügigen Kleidung nicht nur optisch das Gegenteil von Oma Gertie ab, auch vom Charakter her hätten zwei Menschen kaum verschiedener sein können: Bevorzugte Oma Gertie ein sauberes Zuhause, legte sie Wert auf Kochen, Backen und Stricken, putzte Maggie ihre Wohnung frühestens, wenn die Staubschicht begann, bei ihr einen Hustenreiz auszulösen.

»Oh, oh.« Die vier vom Skatclub stellten ihre Gläser ab, als Maggie von der einen, Oma Gertie von der anderen Seite auf Pfarrer Wittkemper zuschritten.

»Oh, oh.« Dem Pfarrer traten Schweißperlen auf seine gerötete Stirn.

So legendär Oma Gerties Backkünste auch waren, ihre Fehde mit Oma Maggie war noch berühmter. Oder besser berüchtigter.

Wanda zog die Schürze aus und eilte los, um sich notfalls zwischen ihre Großmütter zu werfen.

Ringsum machte man Platz, und für einen kurzen

Augenblick schoss Wanda das Bild einer Kampfarena durch den Kopf, mit dem Pfarrer als Ringrichter. Melanie hatte sich mit dem Loseimer in der Hand zurück an die Zapfanlage verkrümelt. Feigling.

»Ich habe gewonnen«, rief Maggie und führte grazil eine Hand zur Hüfte.

»*Ich* habe gewonnen!«, rief Oma Gertie und stemmte gleich beide Hände in die Hüfte.

»Also, meine Damen …«, stammelte der Pfarrer.

»Ist das nicht schön?« Wanda versuchte so glücklich auszusehen wie möglich. »Das ist doch ein Wochenende zu zweit, da könnt ihr ja beide fahren!«

Die Besucher des Festes sahen sich entgeistert an, und wahrscheinlich hatten sie recht, es würde Mord und Totschlag geben. Aber Wanda war daran gelegen, die beiden Streithennen jetzt auseinanderzubringen, bevor der Streit hier vor allen Leuten eskalierte; die Einzelheiten des »romantischen Wochenendes« konnten sie später noch klären.

»Ich glaub, es geht los!«, machte jedoch zunächst Maggie ihrem Schlichtungsplan einen Strich durch die Rechnung.

»Mit diesem Weibsbild ein Wochenende verbringen?«, rief auch Oma Gertie.

»Alte Spießerin!«, gab Maggie zurück.

»Aber liebe …«, stotterte der Pfarrer.

»Das Wochenende gehört mir!«, fauchte Maggie. »Ich habe wenigstens jemanden, mit dem ich es verbringen kann!«

»Der Gewinn gilt nur für zwei, Margarethe, da kannst du nicht deine sämtlichen Liebhaber mitnehmen«, reagierte Gertie schlagfertig. Wanda war sich nicht sicher, ob sie die Worte »liederliches Miststück« im Anschluss richtig verstanden hatte.

»Du bist doch nur neidisch!«, rief Maggie und schüttelte ihre rot gefärbten Haare.

»Auf dich? Du liederliches Miststück?«

Wanda hatte richtig verstanden. »Beruhigt euch doch«, versuchte sie zu schlichten.

Auch der Pfarrer stand nervös und hilflos in der Mitte, den Gutschein für das romantische Wochenende in Händen.

Gleichzeitig fielen Maggies und Oma Gerties Blick darauf.

Maggie griff nach dem Gutschein, der Pfarrer hob ihn in die Höhe, Maggie machte sich sprungbereit.

»Wag es ja nicht!« Nun machte Oma Gertie ihrerseits Anstalten zu springen.

Schnell stellte Wanda sich schützend vor den Pfarrer, die Arme beschwichtigend nach beiden Seiten ausgestreckt. Und jetzt? Verzweifelt sah sie zu Nils, der nicht einmal versuchte, sein Grinsen zu unterdrücken.

»Ihr kennt euch doch schon so lange …«, begann Wanda, hatte aber keine Ahnung, wie sie den Satz weiterführen sollte. *Und habt euch noch nie leiden können*? Vielleicht keine gute Idee.

»Hupfdohle!«, rief Oma Gertie.

»Langweilerin!«, gab Maggie zurück.

Oma Gertie krempelte bereits die Ärmel ihrer Bluse hoch. Wanda rechnete so langsam mit dem Schlimmsten.

»Es geht doch um die Grundschule!«, rief sie. Dann wisperte sie dem Pfarrer zu: »Tun Sie was!«

»Was denn?«, flüsterte der verzweifelt zurück.

»Irgendwas!«

Wittkemper räusperte sich. »Nehmt einander an, wie Christus euch angenommen hat«, zitierte er.

Immerhin hielten die beiden Kampfhennen für einen Augenblick inne.

»Genau«, unterstützte Wanda den Pfarrer. Vor allem Gertie hatte Respekt vor ihm, und es reichte vielleicht, wenigstens eine von ihnen zu beruhigen. »Wie war das noch mit der anderen Wange?«

Doch da machte Maggie überraschend einen Satz, sprang in die Luft, griff über Wanda hinweg und schnappte sich den Gutschein aus den Händen des verdutzten Pfarrers. Bevor Wanda überhaupt reagieren konnte, riss Oma Gertie schon von der anderen Seite am Gutschein.

»Das ist mein Gewinn!«, rief die eine.

»Meiner!«, die andere.

»Könnt ihr euch nicht ein Mal vertragen?« Wanda seufzte. Wie die Kleinkinder! Dabei waren beide schon über 70!

»Meine Damen …«, stammelte der Pfarrer, bevor er ein weißes Taschentuch aus der Hose zog und endlich den Schweiß von der Stirn wischte.

Jetzt holte Oma Gertie mit ihrer Handtasche aus, gleich würde es eskalieren.

Jemand musste Wanda helfen, die beiden auseinanderzubringen. Sie sah sich um: Nils amüsierte sich prächtig, Wandas Blick fiel auf Lars von der Skatrunde, der sich jedoch daraufhin zwei Schritte nach hinten verzog.

»Herr Mönkebüscher!«, rief Wanda in ihrer Verzweiflung dem Rechtsanwalt zu, der immer noch am Zapfhahn stand. »Sie übernehmen Maggie, ich Gertie.«

Sie hoffte, dass die Anwesenheit des Pfarrers ausreichen würde, um ihnen himmlischen Schutz zu gewähren, dann griff sie sich Oma Gertie und zog sie weg. Herr Mönkebüscher eilte auf sie zu, tat das Gleiche mit Maggie, und so schafften sie es schließlich, die beiden auseinanderzubringen.

Ihr Retter in der Not. Wanda atmete auf und lächelte den Rechtsanwalt dankbar an. Die Spannung, die bei den versammelten Zuschauern – und ja, es hatten sich mittlerweile so einige versammelt – immer weiter gestiegen war, ließ mit einem Schlag nach.

»Jetzt könnt ich aber einen Schnaps gebrauchen«, seufzte Melanie, die ihr Versteck am Zapfhahn offenbar auch irgendwann verlassen hatte. »Noch jemand? Sonderangebot, zwei Euro das Bier zur Feier des Tages!«

Auch Oma Gertie entspannte sich wieder. Sie hatte den Gutschein losgelassen, Maggie hob ihn stolz in die Höhe. Da reichte es Wanda endgültig. So schnell, dass Maggie keine Zeit zum Reagieren blieb, schnappte sie sich den Gutschein und reichte ihn zurück an den Pfarrer, der ihn vor Schreck zunächst beinahe zu Boden fallen gelassen hätte.

»Behalten Sie den erst einmal«, sagte Wanda.

Wittkemper sah zu Oma Gertie, die zerknirscht den Kopf senkte, dann zu Maggie, die verlegen eine Haarsträhne zwischen den Fingern zwirbelte, und murmelte schließlich: »Gelobt sei Jesus Christus.«

»Das ist ja noch mal gut gegangen«, flüsterte Wanda Nils zu, als sich die Menge auflöste, Oma Gertie an ihren Tisch zurückkehrte und Maggie zu Melanies Verkaufsstand eilte, zweifellos, um dort mit den Skatbrüdern anzustoßen. Maggie kam mit Männern ausnehmend gut zurecht.

»Und dem Pfarrer luchsen wir den Hotelgutschein auch noch ab«, antwortete Nils.

Aber Wanda war gerade nicht nach Lachen zumute. Sie schlang die Arme um den Oberkörper und seufzte. »Wieso müssen die sich auch immer streiten?«

Seit ihre Eltern in Brasilien lebten, waren Oma Gertie und Maggie ihre einzige Familie, und sie liebte beide heiß und innig. Warum mussten sie sich immer in der Wolle haben? Wie schön wäre es, wenn die beiden sich gut verstehen würden. Wenn Wanda ihre Sonntage nicht immer aufteilen müsste, wenn nicht jedes Mal eine Nase gerümpft wurde, wenn sie im Beisein der einen von der anderen erzählte. Wenn sie noch an Sternschnuppen glauben würde, wäre das ihr Wunsch: eine Freundschaft oder zumindest Waffenstillstand zwischen ihren beiden Großmüttern. Aber Sternschnuppen hatten schon bei ihrem letzten großen Wunsch vor Urzeiten kläglich versagt.

»Ach was.« Nils knuffte sie in die Seite. »Ohne die beiden Streithennen hätten wir hier im Dorf nur halb so viel Spaß!«

Im Bus auf dem Weg zur U-Bahn fiel Richard das Atmen ein wenig leichter. Er hatte seine Krawatte gelockert, außerdem war es nicht mehr so heiß, sodass auch die Übelkeit langsam abklang. Er fuhr sich mit der Hand übers Gesicht. Was war nur mit ihm los? Heirat, Kinder – er gehörte nicht zu den bindungsängstlichen Männern, das war immer in seiner Lebensplanung enthalten gewesen. Und nun war er 30, genau im richtigen Alter eigentlich, und er bekam Panik? Nein, das konnte es nicht gewesen sein, ganz sicher nicht. Mit 20 hätte er ja am liebsten schon geheiratet. Schnell lenkte er seine Gedanken in eine andere Richtung.

Dass er nie vorgehabt hatte, Schönheitschirurg zu werden, war kein Geheimnis. Aber auch das war kein Grund, sich so anzustellen. Eine verfrühte Midlife-Crisis? Oder die Angst vor der Zukunft? Fragte sich nur, ob sie begründet war oder nicht.

Der Bus hielt an der U-Bahn-Station »Universität«, und Richard überlegte sich, nach Hause zu fahren.

Doch da würde er bald auf Janine treffen und ihr vermutlich einige Fragen beantworten müssen.

Er beschloss, seiner alten Uni einen Besuch abzustatten. Die vielen Studenten, die langen Gänge mit den Seminarräumen, die Vorlesungssäle hatten immer schon eine beruhigende Wirkung auf ihn gehabt. Mit Leib und Seele hatte er sich der Medizin verschrieben, dort fühlte er sich in Krisen wohl.

Er musste noch einmal umsteigen, aber schließlich betrat er »sein« Gebäude der LMU. Allein dieser Geruch nach Desinfektionsmitteln und Staub ließ Erinnerungen in ihm hochschwappen, das hatten Gerüche immer schon bei ihm ausgelöst. Er konnte kein frisch gemähtes Gras riechen, ohne an seinen ersten Kuss zu denken, auf der Wiese des Bauern Schulze-Meerbusch in einer Sternschnuppennacht.

Schnell drehte Richard sich um, auf solche sentimentalen Gedanken sollte er sich gleich gar nicht einlassen. Da zog er sich lieber eine Cola aus dem Automaten und schlurfte den Gang hinunter zum Schwarzen Brett mit den Stellenangeboten. Nicht dass es ihn interessierte, welche Jobs dort aushingen, er hatte nicht vor, seinem Schwiegervater in spe auf den letzten Drücker doch noch einen Korb zu geben. Allein schon, weil Janine ihn dann umbringen würde. Er wollte nur mal … schauen. Nur mal schauen, was es sonst so gab, was seine Kommilitonen für Möglichkeiten hatten. Seine eigene Facharzt-Ausbildung zum Plastischen Chirurgen war beschlossen, fertig, aus, Ende.

»Ey, Richie, du hier? Herabgestiegen aus dem Königsschloss zum niederen Volk?«, rief in diesem Augenblick jemand hinter ihm.

Er drehte sich um und erblickte Mark, seinen ehemaligen Kommilitonen und WG-Mitbewohner, der feixend, aber mit tiefen Ringen unter den Augen auf ihn zukam.

Mehr als einmal hatten sie über ihren Büchern gemeinsam die Nacht durchgemacht, sein bestandenes Examen hatte Richard Red Bull, dem Pizzaservice mit Studentenrabatt und vor allem Mark zu verdanken. Mit dem Königsschloss spielte Mark auf Janines Penthouse am Marienplatz an, für das Richard ihre enge und dunkle WG-Bude verlassen hatte.

»Du hast ein Post-Doc-Stipendium, seit wann gehört so jemand zum niederen Volk?«, fragte er und boxte Mark im Spaß gegen die Schulter. Sein Freund hatte sich entschieden, in die Forschung zu gehen, etwas, was Richard zwar auch sehr gut gefiel, doch er brauchte den täglichen Kontakt zu den Menschen.

»Seit ich meinen ersten Gehaltsscheck gesehen habe … Aber mal im Ernst, bleibt es beim Angebot von Janines Vater?«

»Ja, es geht alles klar, ich fang im September an. Heute haben wir eine Besichtigung gemacht. In der Schönheitsklinik. Wo ich dann Menschen operieren werde, damit sie … schöner aussehen.« Er sah zur Stellwand. *Facharzt für Augenheilkunde* – nein, danke, davon hatte Richard sich im Studium weit entfernt gehalten. Schönheitsklinik war … besser als Augen. Auf jeden Fall.

»Alter, du glaubst nicht, wie sehr ich mir eine Freundin mit solchen Connections wünschen würde.« Mark seufzte übertrieben laut. Mit seinem Neid auf das Penthouse hatte er nie hinterm Berg gehalten. »Du hast ausgesorgt, mein Junge. Du wirst steinreich und auf eine High-Society-Party nach der nächsten eingeladen. Du wirst auf der Wies'n jeden zweiten Prominenten kennen!«

»Mach mir keine Angst«, murmelte Richard. Er versuchte zu lächeln, während seine Augen wieder zu den Stellenausschreibungen wanderten. *Oberarzt für Radiologie*. Genau, Oberarzt, das stand in zwei Jahren direkt nach seinem Facharzt auf dem Programm, hatte Doktor Erlenbach heute versprochen. Ein Hoch auf Vitamin B und die Schönheitsklinik, ein krisensicheres Geschäft – zumindest in München.

»Du siehst gar nicht glücklich aus.« Mark kniff die Augen zusammen. »Ist was mit Janine? Habt ihr Probleme?«

»Nein, nein, wir planen …« Die Hochzeit. Oder besser: Janine plante schon. Richard konnte das Wort nicht aussprechen und machte stattdessen eine unbestimmte Handbewegung. »Du weißt schon.«

Mark sah ihn weiterhin besorgt an. »Kalte Füße? Hey, Mann, wenn du darüber reden willst, ich bin für dich da.« Er breitete die Arme aus.

Unwillkürlich musste Richard jetzt doch lächeln.

»Nein, alles okay, ich brauche nur ein paar Tage, um mich an den Gedanken zu gewöhnen.« Er hatte schließlich schon einmal ans Heiraten gedacht, nicht bei Janine, aber ... Er war damals auch noch furchtbar jung gewesen, da dachte man halt die unmöglichsten Dinge. Dass er jetzt nicht so Feuer und Flamme war, hatte überhaupt nichts damit zu tun, dass er Wanda mehr geliebt hatte oder so etwas.

»Und die Schönheitsklinik ist super«, sagte er schnell. »Richtig super. Da hängt sogar ein echter Chagall im Zimmer. Einfach ... super.«

»Total super.« Mark zog skeptisch die Augenbrauen hoch.

»Außerdem ist die Ausstattung ein Traum, ich werde da ganz andere Möglichkeiten haben. Und mit plastischer Chirurgie kann ich mich weiterentwickeln *und* Menschen helfen.«

»Klar«, stimmte Mark ihm bereitwillig zu. »Schönheitschirurgie ist mehr als Brüste vergrößern und Falten unterspritzen.«

»Genau das hab ich auch gesagt.«

»Alles wird gut, Richie. Der Job wird easy, eure Hochzeit Stadtgespräch und die Kinder niedlicher als Prinz James. Oder wie hieß der kleine Windsor noch gleich? Jim?«

»George.«

»Genau.« Mark schlug ihm auf die Schulter. »Und in depressiven Phasen nimmst du einfach ein Bad in deinem Geld.«

In Janines Geld. Doktor Erlenbachs Geld. Andererseits würde er es als Oberarzt in der plastischen Chirurgie vermutlich selbst zu einem Dagobert Duck bringen. »Ich will den Menschen helfen, das Geld ist zweitranging!«, echote ihm sein jüngeres Ich durch den Kopf. Er seufzte. Sein jüngeres Ich war nicht nur in der Liebe blind und naiv gewesen, sondern auch in Bezug auf die Berufsfindung.

»Ich muss wieder los, das Heilmittel gegen Krebs finden. Komm bald mal auf ein Bier vorbei«, sagte Mark und zwinkerte Richard zu, bevor er sich am Automaten einen Kaffee zog und dann den Flur hinuntereilte.

Facharztausbildung Neurochirurgie – spannend. Aber Gehirne waren ihm fast genauso suspekt wie Augen – wenn er daran dachte, was seines heute für Sperenzchen anstellte … Ohnehin sollte er sich langsam auf den Weg machen, er musste Janine auch noch beichten, dass er den Banktermin nur vorgeschoben hatte, und deshalb noch schnell beim Blumenladen vorbei.

Außerdem habe ich bereits einen Job, erinnerte er sich selbst. Er würde sich jetzt also umdrehen und gehen. Kein weiteres – eins noch. Ein Stellenangebot und dann nach Hause zu Janine. Sein Blick blieb an einem völlig unprofessionellen Text hängen.

Praxisvertretung/Urlaubsvertretung
in Osterbüren gesucht

Osterbüren. Sein Heimatdorf in Westfalen, das er mit 20 kurz nach dem Abitur verlassen hatte. Es schien irgendwie schicksalhaft, dass er nach den Gedanken an Wanda ausgerechnet dieses Stellenangebot las. Aber wie war die Anzeige überhaupt hier in München gelandet? Ja, manchmal wandten Arbeitgeber sich einfach an die Unis, in der Hoffnung, dass deren Stellenbörse ihr Angebot so weit streute wie möglich. Aber Osterbüren lag nicht gerade um die Ecke.

Auch langfristige Planung! Suche Nachfolger, allgemeinmedizinische Facharzt-Ausbildung möglich. Wichtig: Idealismus und Liebe zum Land. Wer nur Geld verdienen will, ist fehl am Platz.

Den Namen darunter kannte Richard: Es gab nur einen Dr. Lehmkuhl in Osterbüren. Es gab überhaupt nur einen Arzt in Osterbüren. Richard schüttelte den Kopf. Da suchte Dr. Lehmkuhl einen Nachfolger als Landarzt und stellte auch noch Forderungen. Landarzt war der Beruf, vor dem es den meisten Medizinstudenten grauste. Man verdiente nichts, hatte schwierige Patienten und lebte einsam und allein auf einem Dorf.

Doktor Lehmkuhl, ja, der liebte Osterbüren, zumindest hatte er das vor 20 Jahren noch getan. Aber ein Berliner, Kölner oder Münchner? Der würde die Nase rümpfen, sich einmal im Kreis drehen und dann ganz schnell seine Koffer packen.

Richard schüttelte den Kopf. Landarzt in Osterbüren. Er schüttelte heftiger seinen Kopf, um die ungebetenen Gedanken, die so etwas wie »Heimat« flüsterten, zu vertreiben. »Wanda« sagten sie plötzlich. Er schluckte und wischte sich die schweißnassen Hände ab.

Er würde in der Schönheitsklinik anfangen, im September.

17. Juli bis 16. August Urlaubsvertretung

Er biss sich auf die Lippen. Das war noch nicht September.

Da vibrierte sein Handy in der Jackentasche. Bestimmt Janine, die wissen wollte, wie der Termin bei der Bank gelaufen war und wann er nach Hause kommen würde. Mit schlechtem Gewissen ignorierte er das Telefon. Besser gleich mit Blumen vor ihr stehen. Wenn das reichte.

Er besah sich wieder das Stellenangebot.

Nein. Das war nichts für einen Münchner, und es war auch nichts für einen Nach-München-Zugezogenen. Er hatte Großstadtluft geschnuppert. Er würde bald ein Heidengeld verdienen. Auch wenn er dafür Fett absaugen und Brüste vergrößern musste.

Außerdem: Der 17. Juli, heute war der 14., das war doch alles viel zu kurzfristig.

Nein, so ein Schwachsinn. Wie er auch nur daran denken konnte. Osterbüren war Vergangenheit.

Seine Zukunft war … Erneut vibrierte sein Handy. Genau, Janine. Janine war seine Zukunft, Janine und München.

Er würde jetzt einen Blumenstrauß kaufen und zu ihr nach Hause gehen. Heimgehen, so sagten die Münchner. Nach Hause ging man in Westfalen, nach Hause gehen könnte er höchstens nach Osterbüren, nein, er ging ja eben *nicht* nach Hause. Er ging heim. Langsam irritierten seine Gedanken ihn. War die Temperatur in der Uni jetzt plötzlich auch gestiegen? Kam die Übelkeit zurück?

»Janine. München«, sagte er zu sich selbst, um Ordnung in sein inneres Chaos zu bringen. »Schönheitsklinik.« In der er *gern* arbeiten würde, die hatten einen echten Chagall!

Mit Doktor Erlenbach zusammen, seinem zukünftigen Schwiegervater. Na also, es war alles geregelt. Und so einfach.

Osterbüren und Wanda waren Vergangenheit. Er hatte nicht einen Augenblick über die Schnapsidee nachgedacht, die nächsten Wochen in Osterbüren zu verbringen. Nicht eine Sekunde. Nicht eine Millisekunde. Quasi überhaupt nicht. Die Idee war ihm im Grunde gar nicht gekommen.

Zufrieden nickte Richard und lief los, dem Blumenladen, Janine und seiner Zukunft in Doktor Erlenbachs Schönheitsklinik entgegen.

Am Haupteingang der Fakultät drehte er sich noch einmal um.

Wanda klickte sich durch YouTube und das Yogaforum. Sie wollte eine einfache Übungssequenz speziell für den Rücken zusammenstellen, die ihre Schüler auch allein zu Hause durchführen konnten. Ein Video, in dem eine Katze auf einer Frau herumturnte, die Yogaübungen machte, wie süß – das könnte sie vielleicht den internetfähigen Schülern als kleine Aufmunterung schicken.

Wanda klickte weiter. Der Baum war immer gut, mit dem Baum anfangen schadete auch dem Rücken nicht, Wanda liebte den Baum. Anschließend konnte sie fortfahren mit …

»Ausbildung zur Lachyoga-Trainerin«, blinkte ihr eine Anzeige entgegen. Ein dreiwöchiger Kurs auf Mallorca. Lachyoga, was für eine tolle Zusatzausbildung. Und wenn sie da an ein paar der älteren Semester in Osterbüren oder Herrn Mönkebüscher dachte, konnte es nicht schaden, statt komplizierter Bewegungsabläufe einfach den Lachmuskel etwas zu trainieren.

In diesem Augenblick klingelte das Telefon. Die ersten Ziffern auf dem Display waren 0055, also beeilte sie sich, auf den grünen Knopf zu drücken.

»Hallo Mama«, grüßte Wanda. »Wie geht's euch?«

Seit zwei Jahren wohnten ihre Eltern in Brasilien, und auch wenn Wanda sie manchmal vermisste, so hatte sie mit Oma Gertie und Maggie doch alle Hände voll zu tun und genug Familie.

»Gut, sehr gut, wir wollen gleich an den Strand.«

Natürlich.

»Hast du die Blumen gegossen?«

Ebenfalls natürlich. Das war immer die erste Frage, die ihre Mutter stellte. Wanda reckte den Kopf, um aufs Fensterbrett zu sehen. Eine Pflanze, deren Namen sie nicht kannte, ließ traurig die Blätter hängen.

»Ich bin gerade dabei«, sagte Wanda, stand auf und schnappte sich die kleine Kanne, ein Geschenk von Oma Gertie, damit sie das Blumengießen nicht immer vergaß. Der Plan war nicht aufgegangen.

»Was macht denn Nils?«, fragte ihre Mutter in diesem Augenblick so beiläufig wie möglich, und Wanda verdrehte die Augen. So wenig sie selbst über Nils nachzudenken versuchte, so oft tat ihre Mutter das. Ganz im Gegensatz zu ihren beiden Großmüttern, die Nils als Schwieger-Enkel ablehnten (wenn auch aus unterschiedlichen Gründen, denn Oma Gertie schüttelte immer nur den Kopf, wenn die Rede auf ihn kam, und Maggie seufzte etwas von »fehlendem Sexappeal«), fand Wandas Mutter, dass er doch ein »prima Kerl« und vor allem ein praktischer Heiratskandidat für ihre Tochter war.

»Dem geht's gut«, erzählte Wanda, »nur etwas im Stress. Seine Mutter hat jetzt noch ein paar Hühner angeschafft.« Es gab zwei Bauernhöfe in Osterbüren, der eine gehörte Nils' Eltern, den Reimers, die dort Schweine züchteten, Mais anbauten und auch Gemüse zogen – hin und wieder half Wanda an Markttagen in Münster beim Verkauf, obwohl sie sich zu der Uhrzeit, zu der sie auf dem Markt stehen mussten, üblicherweise noch im Tiefschlaf befand. Schulze-Meerbusch und seine Frau hielten ein paar Schafe, Kühe und besaßen einige Maisfelder rund um Osterbüren. Vor allem aber gehörte ihnen die große Wiese, auf der sie immer gelegen und die Sterne betrachtet hatten, damals, mit R…

»Und wollt ihr zwei nicht mal ausgehen? Er mag dich doch!«

»Er mag dich«, das hatte *er* auch immer über Nils gesagt, mit einem ganz leichten Anflug von Eifersucht, R…

»Du, Mama, da ist jemand auf der anderen Leitung«, sagte Wanda schnell und widerstand dem Drang, die Finger hinter dem Rücken zu kreuzen. »Könnte was Wichtiges sein. Grüß Papa schön!«

Die Abschiedsworte ihrer Mutter hörte sie nur noch leise, dann drückte sie auf den roten Hörer und wandte sich wieder ihren Yoga-Übungen zu.

Nils.

R…?

Sie klickte auf die Lachyoga-Anzeige. Vielleicht war es gar keine schlechte Idee wegzufahren.

2. Kapitel

Gertrud hielt ihren Hut fest, während sie mit fliegenden Röcken über die Ochtruper Straße hetzte. Ein Einfamilienhaus stand hier neben dem anderen, und normalerweise schaute sie immer nach den Vorgärten, aber dazu hatte sie nun wirklich keine Zeit. Sie war froh, dass die Straße menschenleer war und sie niemandem erklären musste, wohin sie lief.

So schnell war sie seit bestimmt 20 Jahren nicht mehr gerannt, und nicht nur die Knie, auch die zusätzlichen Kilos, die sie in dieser Zeit zugelegt hatte, machten ihr zu schaffen. Ihre gehäkelte Einkaufstasche schlug gegen den Oberschenkel, aber da sie nicht mehr zum Einkaufen gekommen war, machte ihr immerhin das nichts aus. Ihr Atem ging stoßweise, aus ihrem akkuraten Dutt hatte sich eine Nadel gelöst, als sie endlich an der Nummer 32 ankam. Der kleine Vorgarten bestand aus einer Rasenfläche, auf der eine Sonnenliege und ein kleines Tischchen standen. Ein halbvolles Glas Likör war gestern darauf vergessen worden, außerdem ein überquellender Aschenbecher.

Neben der Haustür, zu der drei Stufen führten, beherbergte ein Blumentopf eine grüne Pflanze, die

Gertrud sich lieber nicht genauer ansah. Stattdessen blickte sie zu den Fenstern. Natürlich.

Sie schüttelte den Kopf. Es war kurz nach acht, und das Weibsbild hatte die Rollläden immer noch unten. Gertrud selbst war seit sechs Uhr auf den Beinen, der Hausflur war geputzt, die Gardinen gewaschen, und der Hefeteig für den Butterkuchen stand schon warm. Aber Margarethe – Gertrud weigerte sich standhaft, sie Maggie zu nennen, auch in Gedanken – verschlief den ganzen Tag. Typisch.

Mit einem Schnaufen richtete Gertrud ihre grauen Haare, steckte die Nadel wieder fest und strich sich noch einmal den Rock glatt. Kein Grund, selbst nicht adrett auszusehen, nur weil diese Person so nachlässig war.

Dann drückte sie auf den Klingelknopf.

Ein Mal. Ein zweites Mal. Erst beim dritten Mal regte sich endlich etwas im Haus. Sie hörte Margarethe vor sich hin murmeln, dann über den Flur schlurfen, schließlich wurde die Tür einen Spalt breit geöffnet. Der Geruch nach Räucherstäbchen schlug ihr entgegen, verschlafene Augen unter einem dunkelrot gefärbten Pony sahen sie an.

»Du!« Margarethes Blick wurde misstrauisch.

Gertrud blickte misstrauisch zurück. Vielleicht war es ein Fehler gewesen herzukommen. Ja, ganz bestimmt war es ein Fehler gewesen. Aber … Sie holte tief Luft. Besondere Situationen erforderten besondere Maßnahmen.

Margarethe raffte mit einer Hand ihren Morgenmantel über dem faltigen Dekolleté zusammen, und der ohnehin schon schmale Türspalt wurde noch ein wenig schmaler. Instinktiv legte Gertrud ihre Hand an den Türrahmen. Sie traute es Margarethe zwar durchaus zu, die Tür dennoch zuzuschlagen, aber besondere Situationen … .

»Richard ist wieder da.«

Die Hand fiel nach unten, der Morgenmantel klaffte auf, und Margarethes Unterkiefer klappte herunter. »Richard? Hier?«

Gertrud nickte grimmig. »Richard. In Osterbüren.«

Margarethe öffnete die Tür.

Wanda knöpfte sich im Gehen die Strickjacke zu und versuchte, nicht zu gähnen. Heute fand ihr Kurs »Yoga am Morgen« statt, und sie war spät dran. Yoga am Morgen hatte sie für diejenigen eingerichtet, die nachmittags keine Zeit hatten – die jungen Mütter Jessica und Vanessa zum Beispiel, aber auch Frau Gruber war wieder dabei, die mit einer Verbissenheit turnte, dass Wanda überhaupt nicht verstand, warum ihre Cholesterinwerte so schlecht waren – Doktor Lehmkuhl sagte schließlich immer wieder, dass Sport das Mittel der Wahl gegen zu hohes Cholesterin war.

Leider war der frühe Morgen noch nie Wandas Zeit gewesen – in der Hinsicht war sie doch eindeutig Maggies Enkelin. Oma Gertie rümpfte schon die Nase, wenn man es wagte, später als sechs aus den Federn zu springen. Da hatte sie viel gemein mit Nils, dachte Wanda, der zu solchen Unzeiten immer irgendwelche Tiere füttern musste.

Nun war es schon fünf vor neun, und sie war viel zu knapp dran. Auf dem Weg ins Gemeindezentrum verfluchte Wanda ihren sanften Radiowecker. Mit Musik geweckt zu werden war zwar wesentlich angenehmer als schrilles Klingeln, aber offenbar auch wesentlich weniger effektiv, denn sie war erst um Viertel vor neun so richtig wach geworden und hatte nicht einmal Zeit für einen Kaffee gehabt. Fatal.

Vor dem Gemeindezentrum hielt sie abrupt an. Ein weiß-rotes Absperrband war rundherum aufgestellt, zwei Bauarbeiter mit Masken vor dem Gesicht verließen gerade das Gebäude. Was war denn hier los? Ihr Yogakurs war doch wohl nicht in Gefahr?! Und das auf nüchternen Magen, da konnte sie nicht klar denken. Neidisch blickte Wanda auf die Kaffeebecher, die ein weiterer Bauarbeiter rechts auf einem grauen Verteilerkasten abstellte. Als Wanda, immer noch leicht schlaftrunken, das Gemeindezentrum betreten wollte, stellte er sich ihr in den Weg.

»Was soll denn das?«, fragte Wanda und versuchte, ihren Blick von den Kaffeebechern zu lösen.

»Asbest. Bis auf Weiteres Betreten verboten.«

Einer der beiden Männer, die das Gemeindezentrum verlassen hatten, zog seine Maske herunter und nickte ernst.

Das durfte doch nicht wahr sein! »Sie müssen sich irren. Ich habe heute einen Yogaku…«

»Meinetwegen, gern, jederzeit – aber nicht hier«, unterbrach der Mann sie.

»Da muss ein Fehler vorliegen.« Wanda schob ihre Tasche auf der Schulter zurecht. »Sehen Sie, ich unterrichte schon seit Ewigkeiten im Gemeindezentrum.«

Er schürzte die Lippen und nickte. »Und da meinen Sie, auf ein bisschen Gift mehr oder weniger kommt es jetzt auch nicht mehr an?«

»Genau!« Schnell schüttelte sie den Kopf. Der fehlende Kaffee. »Nein, so meinte ich das nicht. Aber bisher war doch auch alles gut.«

»Nee, bisher war gar nichts gut.« Der Bauarbeiter kratzte sich am Nacken. »Hören Sie, mir persönlich ist es völlig egal, ob Sie das Zeug einatmen oder nicht. Aber es gibt hier Regeln und Richtlinien. Sie« – er deutete mit seinem Zeigefinger auf Wandas Brust – »kommen da« – er wies aufs Gemeindezentrum – »die nächsten Monate jedenfalls nicht mehr rein.«

»*Monate*?« Entsetzt riss Wanda die Augen auf. Mit einem Schlag war sie hellwach. »Wo soll ich denn mit meiner Yogagruppe hin?«

Er zuckte mit den Schultern und nahm einen Schluck aus seinem Kaffeebecher.

Die gesamte Tragweite des Problems schien ihm nicht bewusst. Ohne Yoga würden Melanies Rückenschmerzen wieder schlimmer werden, und sie konnte nicht mehr kellnern. Frau Grubers Werte würden sich weiter verschlechtern, ihre Medikamentendosis müsste erhöht werden. Vanessa und Jessica hatten keinen Ausgleich mehr zum Kinderhüten, ganz zu schweigen von sanfter Schwangerschaftsgymnastik, Herr Mönkebüscher würde mit Herzinfarkt ins Krankenhaus eingeliefert werden müssen und, und, und … Zen! Vrksasana, der Baum, tief verwurzelt in der Erde.

Wanda zwang sich, ruhig zu atmen. Sie würde das Problem lösen können. Es würde alles in Ordnung kommen. Sobald ihr Gehirn in Fahrt kam, mit vielleicht ein bisschen Kaffee.

»Darf ich mal riechen?« Sie beugte sich über den Becher des Bauarbeiters.

»Sie dürfen auch einen Schluck trinken.« Verdutzt hielt der Mann ihr den Kaffee hin.

Innerlich dankte Wanda Maggie, die nie besonders zimperlich gewesen war, was anderer Leute Bakterien anging. Da sie aber auch gleich noch die Stimme von Oma Gertie im Ohr hatte, drehte sie den Becher ein wenig und nahm von der anderen Seite einen großen Schluck. Dann zog sie die Augenbrauen zusammen. »Wieso haben Sie den Asbest erst jetzt gefunden? Das ist doch schon seit Jahrzehnten bekannt, dass der gefährlich ist.«

Wieder zuckte der Bauarbeiter mit den Schultern. Als Wanda ihm den Kaffeebecher wieder hinhielt, beäugte er ihn kritisch. Er hatte wohl keine Maggie in seiner Kindheit gehabt. Wanda zuckte ebenfalls mit den Schultern und trank den Rest Kaffee aus.

»Ich meine, müssten wir da nicht benachrichtigt werden? Gefahrenwarnung, Entschädigungen, Schmerzensgeld? Wir haben einen Rechtsanwalt in unserer Gruppe.« Vielleicht konnte Herr Mönkebüscher einen Ersatzraum für sie herausschlagen.

Der Bauarbeiter schnalzte verächtlich mit der Zunge. »Sie wollen sich mit der Verwaltung anlegen? Na dann … viel Glück.«

»Das heißt, wir bekommen keinen Ersatzraum?«

»Sie können von Glück sagen, wenn Sie keinen Krebs bekommen. Hören Sie, es tut mir wirklich leid für Ihre Yogagruppe. Aber wir müssen hier jetzt auch mal weitermachen.«

Wanda seufzte, dann nickte sie. »Ist ja nicht Ihre Schuld.« Sie versuchte ein schiefes Lächeln. »Und danke, dass Sie sich um unsere Sicherheit kümmern.«

Sie dankte noch mal für den Kaffee, drehte sich um und entdeckte die Teilnehmer ihrer Yogagruppe auf der anderen Straßenseite. Sie unterhielten sich mit dem anderen maskierten Bauarbeiter und sahen bedröppelt herüber.

»Und jetzt?«, fragten Jessica und Vanessa mit großen Augen, als Wanda zu ihnen hinübergewechselt war.

»Jetzt …« Wanda setzte ein Lächeln auf, von dem sie hoffte, dass es siegessicher aussah. »Jetzt finde ich eine Lösung, die noch zehnmal besser ist als unser

Gemeindezentrum!« Das wäre doch gelacht. Sie wollte nicht Wanda Holtkamp heißen, wenn sie ihre Yogaklasse wegen eines bisschen lächerlichen Asbests im Stich lassen würde.

Richard holte tief Luft. Seit drei Tagen hatte er zum ersten Mal das Gefühl, wieder atmen zu können. Er stand am Fenster des kleinen Fremdenzimmers, von dem er einen herrlichen Ausblick über die Maisfelder hatte, und saugte die noch kühle Morgenluft tief in seine Lunge. Frische Landluft, wie oft hatte er darüber Witze gemacht?

Er war gestern Abend erst angekommen und hatte sich im Wirtshaus *Zum letzten Jäger* eingemietet, das zu seiner Zeit noch den Eltern der Wirtin Melanie Jäger gehört hatte.

Osterbüren.

Janine hatte es nicht verstanden. Seine Urlaubsvertretung. Seine *Flucht*. Der Gedanke kam ungebeten, und er wischte ihn schnell weg. Es hatte Streit gegeben am Samstag, sie hatten sich sogar angeschrien, auch ein Teller war zu Bruch gegangen. Janine hatte Richards Entscheidung, nach Osterbüren zu gehen – auch wenn es nur vier Wochen waren –, ungefähr so gut aufgenommen, als hätte er ihr erzählt, er würde sich ab sofort nur noch von Menschenfleisch und kleinen Kätzchen ernähren.

Dabei wollte er doch bloß … etwas Landluft schnuppern. Erfahrungen sammeln. *Fliehen. Jetzt hör aber auf, alles zu dramatisieren*, schalt er sich selbst. Nur ein paar Wochen raus aus der Stadt, einmal was anderes sehen. München und Janine konnten so lange warten.

Auch wenn er es zunächst nur für eine Laune gehalten hatte, aus der er Dr. Lehmkuhl angerufen hatte – während des Streits mit Janine war ihm klar geworden, dass es ihm tatsächlich wichtig war, diese vier Wochen in seinem Heimatdorf zu verbringen.

Osterbüren.

Zehn Jahre war er nicht mehr hier gewesen, zehn Jahre hatte er möglichst vermieden, überhaupt an Osterbüren zu denken. Hier erinnerte ihn alles an seine Kindheit. Das Zimmer des Jägers war mit dunklen Holzmöbeln ausgestattet, die denen im Wohnzimmer seiner Großeltern ähnelten. Das Bett war mit blütenweißen Leinenlaken bezogen, die einen schönen Kontrast zum Mobiliar boten. Unter all dem konnte Richard noch das Fachwerk riechen: Der Jäger war eines der ältesten Häuser in Osterbüren, allein stehend, ganz am Rande des Dorfes neben einem uralten Kirschbaum, der nur noch wenige Kirschen trug. Für diese Sorte war es schon zu spät im Jahr. Auf den Baum war er als Kind oft geklettert, und als Jugendlicher diente er ihm als romantische Kulisse. Sie hatten den 50. Geburtstag seines Vaters hier gefeiert, im Jäger. Damals war es Frühjahr gewesen, der Baum hatte in voller Blüte gestanden, und bei der langen Rede von Onkel Jochen hatte er sich mit Wanda nach draußen verdrückt. Zum Kirschbaum. An die schweißnassen Hände erinnerte er sich noch genau, vor doppelter Aufregung, weil er die Ehrenrede für seinen Vater verpasste und wegen Wanda.

Wanda.

Der Wecker an seinem Smartphone piepste, er musste los! Einen letzten Blick ließ Richard über die Felder streifen, dann schloss er das Fenster, nahm sich den Pullover, den er gestern achtlos über den einzigen Stuhl im Zimmer geworfen hatte, und trat auf den Flur. Beim Hinuntergehen strich er liebevoll über das alte Holzgeländer der Treppe.

Von überall her prasselten die Erinnerungen auf ihn ein, und als er schließlich die Tür öffnete und das Dorf vor ihm lag, umso mehr. Gestern Abend war es für eine Besichtigungstour zu dunkel gewesen.

Jetzt schien ihm die Sonne ins Gesicht, während er durch die Straßen lief, und er konnte alles in Ruhe betrachten. Dort war das Rathaus – »Rathäuschen« hatten er und Wanda es im Gegensatz zum Münsteraner Rathaus getauft –, und da hinten, hatte da nicht sein Klassenlehrer gewohnt?

Und wenn man dort vorn nach links ging und später noch einmal rechts, kam man zu Wandas Elternhaus. Richard schluckte und beschleunigte seine Schritte. Die Gedanken, die er zehn Jahre lang unterdrückt hatte, konnte er aber nicht mehr aufhalten.

Was sie wohl inzwischen machte? Lebte sie noch in Osterbüren? Schließlich war ihre Beziehung an der Entfernung gescheitert, an der Tatsache, dass er gegangen und sie nicht bereit gewesen war mitzukommen.

Wanda war nicht bei Facebook, das hatte er … zufällig bemerkt, als er sie … zufällig gesucht hatte. Das Einzige, was er wusste, war, dass sie offenbar als Yogalehrerin arbeitete: Auf Seite 5 der Google-Ergebnisliste, auf die er … zufällig auch noch geklickt hatte, gab es eine kleine Notiz über ihre Yogaschule. Ohne Foto. Er dachte an ihre dunklen Locken, die immer irgendwie in Unordnung geraten zu sein schienen, die Sommersprossen und das warmherzige Lächeln. Allein äußerlich stellte sie schon das Gegenteil zu Janine dar, an deren blonder Frisur selten auch nur ein Härchen außer Rand und Band geriet. Der Gedanke an Janine und seine Beziehung zu ihr ließ ihn kurz zusammenzucken: Hatte auch Wanda einen neuen Freund? Natürlich, sie waren zehn Jahre auseinander, sie hatte ihn abserviert damals, auf jeden Fall hatte sie einen neuen Freund. Vielleicht dachte sie ebenfalls ans Heiraten oder hatte es gar schon hinter sich. Die Vorstellung tat ein wenig weh, auch wenn er sich einredete, dass es dazu gar keinen Grund gab, er selbst dachte ja ebenfalls ans Heiraten und Kinderkriegen. Zu seiner Überraschung jedoch mit … Janine.

Hätte man ihn damals gefragt … Es gab nur die eine für ihn, die mit dem Faible für Sternschnuppen und der Abneigung gegen ihre Brille. Er hatte sie schon immer gemocht, sich wegen Nils, ihrem besten Freund, aber lange nicht getraut, sie auch anzusprechen. Aber dann hatte es gefunkt. Im wahrsten Sinne des Wortes. Es war im August gewesen, in einer dieser Sternschnuppennächte, die ihnen von da an heilig waren. Geburtstag? Silvester? Weihnachten? Nichts so wichtig wie Wandas und Richards Sternschnuppennächte.

Weshalb dachte er jetzt überhaupt darüber nach? Und weshalb auch noch so melancholisch? Er hatte Janine. Doktor Erlenbach und die Schönheitsklinik fielen ihm wieder ein. Wanda Holtkamp, nein, Wanda war Vergangenheit, Janine die Zukunft.

Er war nicht wegen Wanda hier. In Osterbüren. Wanda hatte damit überhaupt nichts zu tun.

»Richard!« Lautes Rufen riss ihn aus seinen Gedanken. Dr. Lehmkuhl lehnte aus dem Fenster seines Behandlungszimmers und winkte ihm zu. Im Hintergrund konnte Richard eine ältere Dame sehen, die auf Dr. Lehmkuhls Rücken einredete.

Ältere Damen gab es in Osterbüren zur Genüge, allen voran Wandas Großmütter, an die Richard nicht nur gute Erinnerungen hatte. Gertrud war er heute Morgen über den Weg gelaufen, als er seine Jacke aus dem Auto vor dem Gasthaus geholt hatte, und ihr Blick hatte Bände gesprochen. Leider eher Horrorliteratur als Geschichten über die Freundschaft.

»Da sind Sie ja! Kommen Sie nur rauf!«

Als Richard auf die Klingel drückte und der Türsummer ertönte, bemerkte er ein kleines Schild: *Praxis Dr. Lehmkuhl, hausärztliche Versorgung. Vertretung bis zum 16. August: Dr. Richard Mensing.*

»Willkommen in meiner bescheidenen Praxis!« Der betagte Arzt streckte zur Begrüßung beide Arme aus und fasste Richard an den Schultern. Sein beinahe weißes Haar war noch erstaunlich voll, die hellblauen Augen blitzten klar und freundlich. Im Grunde sah er noch genauso aus, wie Richard ihn in Erinnerung hatte. Zwei, drei Falten mehr fanden sich in seinem Gesicht, auch die Haare waren damals etwas dunkler gewesen, aber insgesamt hatte er sich weit weniger verändert als Richards Eltern. Oder Richard selbst natürlich.

»Kommen Sie, kommen Sie.« Freudestrahlend zog Dr. Lehmkuhl ihn ins Wartezimmer, wo drei ältere Damen und ein noch weitaus älterer Herr mit Krückstock saßen. Letzterem – mit beiger Windjacke und dicker Brille geradezu das Paradebild eines Rentners – half die Sprechstundenhilfe gerade dabei aufzustehen.

»Meine lieben Patienten! Und Sabine Köchlin, die Freude meiner alten Augen!«, sagte Dr. Lehmkuhl in die Runde.

»Na, der Ohren auf jeden Fall nicht.« Frau Köchlin, die Arzthelferin, eine große Frau um die 50, richtete sich auf und sah Richard über den Rand ihrer Brille hinweg an. Die kurzen Haare ähnelten mit ihrem Dunkelviolett dem Farbton vom Gestell der

Brille, und ihr Mund war leicht nach unten gebogen. Ein Lächeln schien ihr fremd zu sein.

»Ich höre wie ein Luchs.« Dr. Lehmkuhl hob seinen Zeigefinger und grinste schelmisch. Richard musste schmunzeln, die Schwerhörigkeit des Arztes war schon vor 20 Jahren kein Geheimnis gewesen. »Aber hier geht es nicht um mich. Darf ich Ihnen meine Urlaubsvertretung und den potenziellen Nachfolger vorstellen?«

Er schob Richard nach vorn.

»Urlaubsvertretung, nur Urlaubsvertretung«, murmelte Richard, aber das ging schon im allgemeinen Protestgeschrei unter. Er hätte nicht gedacht, dass vier alte Menschen solch einen Krach veranstalten konnten.

»Aber Doktor Lehmkuhl, Sie sind doch noch so jung!«, rief die eine der älteren Damen, während ihre Sitznachbarin entsetzt stöhnte.

»Was sollen wir denn ohne Sie machen?«, jammerte die dritte, und der ältere Herr, der sich mit einer Hand bei Frau Köchlin abstützte, hob die andere mit dem Krückstock, um zu meckern: »Sich Ihrer Pflicht entziehen, das wollen Sie, jawohl. Ach, ihr jungen Leute seid doch alle gleich!«

Es folgten Bekundungen der Damen, dass Dr. Lehmkuhl der einzig Wahre sei, der Beste, der sie nicht im Stich lassen könne, und weiteres Geschimpfe über die fehlende Loyalität der heutigen Jugend seitens des älteren Herrn.

Dr. Lehmkuhl hörte sich die Beschwerden in aller Seelenruhe an, dann schob er Richard aus dem Wartezimmer vor sich her in ein Sprechzimmer. Hinter einem wuchtigen Schreibtisch stand ein Ohrensessel, davor zwei kleinere Stühle mit Armlehnen. Die Wand wurde von einem deckenhohen Bücherregal aus dunklem Holz gesäumt. Ein arabischer Teppich bedeckte einen großen Teil des Parkettbodens, und an der Wand hingen zwei goldgerahmte düstere Landschaftsbilder. Eine Patientenliege war an die rechte Wand geschoben und wirkte dabei, als wäre es Dr. Lehmkuhl erst nachträglich eingefallen, dass dafür ja auch noch Platz herhalten musste.

»Mir ist es wirklich ernst damit, die Praxis aufzugeben. Ob nun Sie oder jemand anders die Nachfolge übernimmt«, erklärte Dr. Lehmkuhl, nachdem er hinter seinem Schreibtisch Platz genommen hatte.

Richard hatte es sich auf einem der Stühle davor bequem gemacht. »Ihre Patienten scheinen davon jedenfalls nicht begeistert zu sein.«

»Die werden sich auch noch daran gewöhnen. Sie werden sehen, in zwei Wochen haben die Sie so ins Herz geschlossen, dass sie sich gar nicht mehr an mich erinnern können.« Der alte Arzt lachte, dann lehnte er sich in seinem Sessel zurück und faltete die Hände vor dem Bauch. »Ich bin jetzt 67, die meisten meiner Altersgenossen sind längst in Rente und genießen die Sonnenstrahlen der Karibik.« Er überlegte kurz. »Oder auf den Kanaren, das ist auch nicht so weit weg …

Nein, ich will da keine falschen Versprechungen machen: Das Geld dafür kriegt man als Arzt auf dem Land nicht zusammen, da müsste man schon in eine Großstadt wie München gehen, vielleicht als Privatarzt in eine Schönheitsklinik. Ich habe übrigens auch mal in München studiert. Nur kurz, bevor es mich wieder zurück in die Heimat zog, aber …« Er lächelte, bevor er fortfuhr: »Richard, Großstadtmenschen können das hier nicht verstehen, die werden auf dem Dorf nicht glücklich. Aber für Menschen wie Sie und mich, die vom Land kommen, die das Leben und die Menschen hier kennen … Sie werden sehen, die Arbeit macht weitaus mehr Freude als die eines namenlosen Arztes in einem großen Krankenhaus.« Er machte eine Pause und fügte dann hinzu: »Sie sollen es ja auch nicht heute entscheiden. Denken Sie einfach drüber nach.«

Richard räusperte sich. Die Worte hatten ihn mehr berührt, als er gedacht hatte. Er war doch kein Dorfmensch – mehr.

»Nun …« Nein, er würde nur die Vertretung absolvieren, er hatte keinerlei Ambitionen auf eine Nachfolge. »Ich hatte eigentlich daran gedacht, Chirurg zu werden«, sagte er schließlich. Das Wörtchen »plastischer« davor ließ er lieber weg.

»Chirurgie!« Dr. Lehmkuhl lächelte nachsichtig und winkte ab. »Viel Ruhm, viel Ehre und keinerlei menschliche Kontakte.« Er hob den Zeigefinger, das schien sein Markenzeichen zu sein. »Lassen Sie sich das gesagt sein, Richard, nichts macht so glücklich wie der tägliche Kontakt mit Ihren Patienten.«

»Doktor Lehmkuhl!«, rief in diesem Augenblick jemand aufgebracht vor der Tür. »Ich warte nun schon über eine halbe Stunde. Wo treibt sich der Doktor denn herum?«

Der Arzt machte keinerlei Anstalten aufzustehen, stattdessen grinste er Richard an und streckte einladend die Hände aus: »Ihr Patient, Doktor Mensing. Sehen wir uns mal an, ob man nicht aus einem Chirurgen auch einen anständigen Hausarzt machen kann.«

»Maggie!« Wanda klopfte an die Haustür ihrer Großmutter. »Bist du angezogen?« Es war immer besser, vorher zu fragen, das hatte Wanda schmerzlich lernen müssen.

»Kindchen!« Maggie öffnete die Tür einen Spalt, und Wanda zog die Augenbrauen zusammen. Seit wann nannte Maggie sie Kindchen? Das war eigentlich Oma Gerties Tick.

»Ich brauch deinen Rat«, begann Wanda und wartete darauf, dass Maggie sie hereinbat, doch sie beließ es bei dem Spalt. »Es geht um meine Yogagruppe. Im Gemeindezentrum wurde Asbest gefunden.«

»Schön, dass du da bist.« Maggie schien überhaupt nicht gehört zu haben, was Wanda ihr da gerade gesagt hatte. Ihre Augen huschten von Wanda zum Inneren des Hauses und wieder zurück.

Die Tür blieb, wo sie war.

Wanda legte den Kopf schräg. »Kann ich reinkommen?«

»Du, grad ist es nicht so gut«, sagte Maggie.

»Hast du Besuch?«

»Nein, nein! Nur … ich … also vielleicht ein bisschen Besuch.«

Ja, sicher, hin und wieder trank Maggie ein Gläschen zu viel, und was sich in den Zigarettenstummeln in ihrem Aschenbecher außer Tabak noch befand, wollte Wanda gar nicht wissen. Aber verwirrt war Maggie noch nie gewesen.

»Oma, geht es dir gut?«

»Nenn mich nicht Oma!«

Okay, immerhin das war ihr noch wichtig. Dann konnte es nicht so schlimm sein. Wanda warf ihr zwar noch einen zweifelnden Blick zu, aber Maggie formte einen Kussmund, sagte »Morgen, ja?« und schloss die Tür.

Wenn es beginnende Demenz war, konnte Wanda heute auch nichts mehr tun. Sie lief die drei Stufen von der Haustür bis zum Garten wieder hinunter, dann überlegte sie. »Ein bisschen Besuch.« Wer war bei Maggie, dass Wanda es nicht wissen durfte? Kurz haderte sie mit ihrem schlechten Gewissen, dann entschied sie sich doch dazu, einen schnellen Blick durchs Wohnzimmerfenster zu werfen. Wenn Maggie frisch verliebt war und mit einem neuen Mann durchbrennen würde, wollte sie das rechtzeitig wissen. Wanda schlich also durch den Garten zur Längsseite des Hauses, stellte sich auf die Zehenspitzen und … Oma Gertie! Unglaublich! Wanda blinzelte, doch ihre Augen täuschten sie nicht. Gertrud zu Besuch bei Maggie? Genauso gut hätte man ihr eine Stippvisite im nächsten Stripclub empfehlen können – wobei es tatsächlich einige Ähnlichkeiten zwischen Maggies Wohnzimmer und einem Stripclub gab, wie Wanda zugeben musste. Orient-Feeling mit Räucherstäbchen und viel Plüsch – und oft genug nackte Menschen.

Was Oma Gertie jedoch bei Maggie machte? Eigentlich hatte sie sich dieses Bild doch immer gewünscht, aber so plötzlich nach der Beinahe-Schlägerei während des Grundschulfestes? Ein mulmiges Gefühl machte sich in ihr breit. Was gab es so Wichtiges zu besprechen? Es schien ja beinahe so, als hätten die beiden einen Waffenstillstand vereinbart. Wieso schlossen sie Wanda aus? Sie knabberte auf ihrer Unterlippe herum und überlegte, dass sie wohl am besten mit ihnen reden musste.

Allerdings hatte sie Almut von der Floristik versprochen, ihr beim Gestecke-Binden zu helfen. Sorgen machen half da wenig. *Aufgeschoben ist nicht aufgehoben*, dachte sie und beschloss, später oder spätestens morgen mit ihren Omas zu sprechen.

Und eine Lösung für ihre Yogagruppe fiel ihr bis dahin möglicherweise auch selbst ein.

»Nein, nein, ich habe *wirklich* etwas, ich möchte einen Termin bei Doktor Lehmkuhl«, erklärte die beige gekleidete Dame am Empfangstresen der Sprechstundenhilfe, als Richard gerade aus einem Behandlungszimmer kam, um sich einen Kaffee zu holen.

»Herr Doktor Mensing ist auch ein richtiger Doktor.« Frau Köchlin lächelte etwas steif, und Richard war sich nicht sicher, ob das an der Patientin oder an ihm lag.

»Dann warte ich eben, bis Doktor Lehmkuhl aus der Mittagspause zurückkommt.« Die alte Dame stützte sich resolut mit den Armen am Tresen ab.

Richard beschloss zu übernehmen. So konnte er gleich seine Fähigkeiten als echter Landarzt unter Beweis stellen. Nachdem der alte Doktor Richard bei den ersten Patienten noch unter die Arme gegriffen hatte, war er schließlich mit den Worten »Wenn's brennt, rufen Sie mich einfach an« nach Hause verschwunden.

»Herr Doktor Lehmkuhl ist derzeit leider nicht im Dienst. Er hat sich ein paar Wochen wohlverdienten Urlaub genommen. Aber ich versichere Ihnen, Frau …?«

Die alte Dame dachte gar nicht daran, ihren Namen preiszugeben, und presste ihre Lippen fest zusammen.

Frau Köchlin hatte schließlich ein Einsehen und soufflierte: »Frau Gruber.«

»Frau Gruber«, wiederholte Richard, »ich versichere Ihnen, dass ich alles tun werde, um Ihnen die beste Behandlung zukommen zu lassen.«

Jetzt öffnete die alte Dame doch ihren Mund. »Das kann ja nicht viel sein.« Abschätzig betrachtete sie Richard von oben bis unten, dann drehte sie sich zurück zum Empfangstresen und schob störrisch das Kinn vor. »Ich will Doktor Lehmkuhl.«

So viel also zu seinen Fähigkeiten als echter Landarzt, dachte Richard. So viel auch zu Dr. Lehmkuhls Versprechen, das Landarzt-Dasein mache mehr Spaß als die Arbeit in einer Münchner Schönheitsklinik.

»Dr. Lehmkuhl ist bis zum 16. August im Urlaub«, erklärte er.

»In der Karibik?«

»Soweit ich weiß, ist er nicht weggefahren. Er nutzt die Zeit …«

»Gut«, schnitt Frau Gruber ihm das Wort ab und wandte sich an Frau Köchlin, »dann rufen Sie ihn an.«

Richard fuhr sich mit der Hand übers Gesicht. »Ich brauche einen Kaffee. Und dann bin ich in Sprechzimmer zwei«, sagte er zu Frau Köchlin und ließ sie mit dem Problem allein. Zugegeben, mit etwas schlechtem Gewissen, aber ein guter Arzt erkannte, wann er kapitulieren musste. Sagte er sich zumindest, als er mit seiner Tasse Kaffee zurück im Behandlungszimmer war. Während der ersten Jahre seiner Facharztausbildung in der Unfallchirurgie hatte er hauptsächlich mit kooperativen Patienten zu tun gehabt, die sich meist glücklich schätzten, wenn man ihnen half.

Andererseits wäre die widerspenstige Frau Gruber vielleicht eine gute Übung für die Schönheitsklinik gewesen. Er nahm an, dass Prominente auch eher schwierige Patienten waren.

Er setzte sich an den großen dunklen Eichentisch mit dem Computer und nahm einen Schluck Kaffee. Sollte er noch mal nach Wanda im Netz recherchieren? Sie hatte ja keinen Facebook-Account oder war dort nicht unter ihrem richtigen Namen gelistet, die Möglichkeit fiel also aus, aber jetzt, wo er in Osterbüren war, konnte er möglicherweise persönlich mit ihr Kontakt aufnehmen. Würde ihr wahrscheinlich ohnehin zufällig über den Weg laufen, das ließ sich im kleinen Osterbüren im Grunde gar nicht vermeiden. Es war auch keine große Sache, sie waren ja schon lange getrennt und … Er war so gut wie verlobt. Mit Janine. Sie war seine Zukunft. Wie oft er an dieses Wort in den letzten Tagen gedacht hatte … Es hing ihm schon zum Hals heraus. Sichere Zukunft, Zukunft in der Schönheitsklinik, im Penthouse am Marienplatz.

Seine Gedanken wurden von Frau Köchlin unterbrochen, die in der Tür stand und sich räusperte.

»Frau Gruber wartet in Sprechzimmer eins.«

»Ach, jetzt doch?«

Ohne auf seine Frage einzugehen, drehte die Sprechstundenhilfe sich um und verschwand wieder hinter dem Tresen im Empfangsraum. Richard nahm noch einen großen Schluck aus seiner Tasse, bevor er aufstand. Auf in den Kampf, machte er sich Mut. Gemessen an der Aufgabe, sein derzeitiges Gefühlsleben in Ordnung zu bringen, konnte eine feindselige alte Dame schon nicht so schlimm sein.

Es war kurz vor halb sieben, und Gertrud betrat angespannt den Jäger. Margarethe, wie üblich in einen ihrer grauenhaft bunten Schals gehüllt, folgte ihr auf dem Fuß. Den ganzen Nachmittag hatten sie über verschiedenen Möglichkeiten gebrütet, waren schließlich aber zu dem einen Schluss gekommen: Richard musste weg.

Er durfte Wanda nicht in seine Fänge kriegen, und dafür brauchten sie die Hilfe von ganz Osterbüren. Wanda hatte einen ruhigen Abend mit ihren Yogabüchern geplant, ihr würde nicht auffallen, dass es eine heimliche Zusammenkunft am anderen Ende des Dorfes gab. Und Richard selbst – der würde schon nicht hereinstolpern.

»Habt ihr mit allen gesprochen?« Melanie kam mit einem Tablett auf sie zu und führte sie zu einem Tisch ganz vorn neben der Theke. Sie hatte den großen Saal des Gasthauses für heute umdekoriert, die Tische aneinandergeschoben und viele Stühle darum platziert, damit die Vollversammlung genug Platz hatte. Wenn es um eine der ihren ging, würde jeder Dorfbewohner dabei sein wollen.

»Osterbürens Westen ist informiert«, sagte Gertrud grimmig.

»Osterbürens Osten weiß Bescheid«, ergänzte Maggie ebenso grimmig.

Dann nickten sie einander mit aufeinandergepressten Lippen zu und setzten sich. »Schnäpschen?« Melanie hielt ihnen ihr Tablett mit drei Gläsern hin.

Gertrud schüttelte den Kopf, sie hatten noch Wichtiges zu tun. Aber Maggie griff fröhlich nach dem angebotenen Alkohol. Gertrud beschloss, das Weibsbild zu ignorieren. Stattdessen sah sie sich im Raum um und stellte noch hier und dort einen Stuhl zurecht.

Die Gaststätte *Zum letzten Jäger*, kurz Jäger genannt, existierte schon seit Urzeiten und besaß trotz einiger Modernisierungsmaßnahmen immer noch den gleichen Charme wie vor 50 Jahren. Das dicke gelbe Glas der Fensterscheiben hatte Melanie durch gewöhnliches ersetzt, aber da die Fenster sehr klein waren, war das Licht im Innern im besten Fall schummrig. Das dunkle geschnitzte Holzmobiliar und die großen gelben Lampenschirme verstärkten den düsteren Eindruck. Einzig die vormals gelben Tischdecken, die Melanie gegen weiße ausgetauscht hatte, hellten den Raum etwas auf.

Nach und nach würde sie dafür sorgen, dass der Jäger so aussah wie diese ganzen neumodischen Lokale in Münster, dachte Gertrud missmutig.

In diesem Moment öffnete sich die Tür, und Herr Mönkebüscher und der Bauer Schulze-Meerbusch mit seiner obligatorischen grauen Schiebermütze betraten den Gastraum.

»Zwei Bier!«, rief Schulze-Meerbusch, noch bevor er ganz über die Türschwelle getreten war.

Und dann ging es los: Einer nach dem anderen strömte herein, die junge Wirtin hatte alle Hände voll zu tun mit Bierbestellungen, und Maggie und Gertrud waren mit Begrüßungen, Platzanweisungen und ersten Erklärungen vollauf beschäftigt.

Schließlich war jeder mit einem Getränk versorgt, der Skatclub hatte als Stammtisch sogar Salzstangen serviert bekommen, und Gertrud trat nach vorn.

»Danke, dass ihr alle gekommen seid«, begrüßte sie das Dorf. Und es waren tatsächlich alle da: der Briefträger Bernie, Nils, die Floristin Almut und ihre Auszubildende, Frau Gruber, die die alte Hagedorn untergefasst hielt, der alte Brockmann, selbst Jessica und Vanessa saßen dort, ihre Kleinkinder auf dem Arm, und da neben dem Skatclub hatte es sich sogar Pfarrer Wittkemper mit einem Weinglas in der Hand gemütlich gemacht, das Gesicht rot glänzend wie üblich.

»Gertrud und Maggie arbeiten zusammen? Wenn morgen die Welt untergeht, möchten wir dabei sein!«, rief der Bauer Schulze-Meerbusch und hob sein Glas, um dem Pfarrer zuzuprosten.

»Charmeur.« Maggie zwinkerte ihm zu, und Gertrud beschloss, diese unmögliche Person zu ignorieren. Was hatte das denn mit charmant zu tun?

»Die Kraft der Liebe und Versöhnung ist eben doch stärker als der Hass.« Mit diesem Ergebnis schien der Pfarrer äußerst zufrieden.

Gertrud erinnerte sich, dass sie ihm ja noch einen Kuchen hatte backen wollen. Dann straffte sie die Schultern und konzentrierte sich auf den Grund der heutigen Zusammenkunft.

»Wie ihr alle wisst, ist Richard zurück.« Sie machte eine dramatische Pause. »Richard Mensing, der Wanda vor zehn Jahren das Herz gebrochen hat. Monate-, wenn nicht jahrelang hat Wanda gelitten, ganz mager war sie, erinnert ihr euch?« Nicht einmal mehr ihren Apfelkuchen hatte sie essen wollen, es hatte Gertrud das Herz gebrochen.

»Und wenn man ihr seitdem einen Mann vorstellt, was kriegt man zu hören? Aber Richard hat dieses gemacht, Richard konnte jenes, Richard wusste …«, warf Melanie ein.

»Sie hat ihn immer noch nicht vergessen, während er nach dem Umzug seiner Eltern vermutlich keinen Gedanken mehr an sie verschwendet hat, der treulose Hund«, ergänzte Gertrud.

»Verlassen hat er sie, um nach Bayern zu gehen«, stellte Nils grimmig fest.

»Bayern!« Frau Hagedorns Stimme schwankte zwischen Entsetzen und Ekel.

»Hört, hört!«, unterstützte Rechtsanwalt Mönkebüscher sie.

»Und jetzt stellt euch vor, er bringt Wanda dazu, dorthin zu ziehen!«, rief Melanie. »Was sollen wir denn ohne sie machen?«

Gertrud sah zu Maggie, die ihrerseits stolz die aufgebrachten Dorfbewohner ansah. Sie waren alle auf ihrer Seite, ja, ihre Wanda wurde von allen geliebt. Beinahe wären ihr die Tränen in die Augen gestiegen, da räusperte Gertrud sich schnell und fuhr fort: »Nun ist er zurück und will Doktor Lehmkuhls Praxis übernehmen.«

»Urlaubsvertretung«, warf Frau Köchlin ein. »Das mit der Nachfolge …«

»… hat Doktor Lehmkuhl uns schon gesagt!«, unterbrach die alte Frau Hagedorn und fuchtelte mit ihrem Stock herum. »Ich war doch dabei! Da braucht er sich gar nicht rauszureden! Diesen Möchtegern-Arzt jagen wir aus dem Dorf!«

Nils nickte begeistert. »Wer will ihn eigentlich hier haben?«, fragte er und reckte das Kinn.

»Also, aber der Doktor Lehmkuhl …«, meldete sich schon wieder Frau Köchlin zu Wort.

Gertrud beschloss, dass es an der Zeit war einzugreifen: »Wo wohnt er überhaupt?«

Melanie sah verlegen zu Boden. »Ich wusste doch erst nicht … Der Name hat mir nichts … Erst als Gertrud gestern dann …«, stotterte sie. »Aber da hatte ich ihm das Zimmer doch schon vermietet.«

Gertrud tätschelte ihr den Arm. Das gute Mädchen unterstützte sie heute Abend mit so viel Einsatz, da konnte man ihr nicht böse sein.

»Das heißt, der feine Herr Doktor kann jeden Augenblick hier reinspazieren?«, fragte Lars vom Skatclub.

»Nein, nein, er ist schon oben in seinem Zimmer. Ich hab die Dusche gehört und schnell den Schlüssel umgedreht. Der kommt da nicht mehr raus, bis wir hier fertig sind.«

Zustimmendes Gemurmel ertönte von allen Seiten. Schließlich klatschte Margarethe in die Hände. »Wir brauchen keinen neuen Arzt«, rief sie. Damit erntete sie lauten Applaus aus den vorderen Reihen, in denen Frau Hagedorn, Frau Gruber und Herr Brockmann saßen.

»Herr Doktor Lehmkuhl ist aber tatsächlich nicht mehr der Jüngste.« Wieder einmal Frau Köchlin.

»Noch keine 70!«, rief Herr Brockmann entrüstet.

Frau Köchlin zuckte mit den Schultern. »Er will aufhören. Nicht, dass ich diesen Richard verteidigen will …« Sie machte eine Pause.

»Wie ist er denn so?«, fragte Jessica von hinten. »Gut aussehen tut er ja.« Das trug ihr einen bösen Blick ihrer Freundin Vanessa ein, und sie fügte hastig hinzu: »Ich kann ihn doch auch nicht leiden! Wandas Feind ist auch mein Feind! Ich wollte nur …«

Wenn das ihr Mann hören könnte, dachte Gertrud. Aber der arbeitete ja immer lang. Wenn man Margarethe fragte, hatte die sicher ihre eigene Meinung dazu, was er dort spätabends trieb.

»Wir brauchen trotzdem keinen neuen Arzt«, rief Frau Gruber schließlich.

»Und wir brauchen ganz sicher keinen Hallodri, der Wanda zum zweiten Mal das Herz bricht!«, fiel

Gertrud ein. »Wanda hat was Besseres verdient! Einen Mann, der sie auf Händen trägt.«

Nils merkte auf, und Gertrud sah schnell in die andere Richtung. Vom Regen in die Traufe! Der würde ihre Wanda auch nicht zum Traualtar führen.

»Ein Mann für Wanda«, wiederholte Frau Hagedorn. »Dann hättet ihr endlich kleine Urenkelchen.«

»Ach, das wär …«, begann Gertrud, wurde dann jedoch von Margarethe unterbrochen: »Pah. Eine Frau von heute …«

Aber in Gertruds Kopf formte sich schon eine Idee.

»Jagt Richard aus dem Dorf!«, rief Nils mit in die Höhe gereckter Faust.

»Aber …«, stotterte der Pfarrer.

»Jagt Richard aus dem Dorf!«, wiederholte Margarethe lautstark.

»Das Wichtigste ist zuerst«, sprach Gertrud in normalem Tonfall weiter, »dass Wanda Richard nicht zu Gesicht bekommt. Wenn sie wüsste, dass er wieder hier ist …« Sie sah zur Seite. Margarethe und Melanie nickten zum Verständnis, und Nils zog finster die Augenbrauen zusammen. Nur der Pfarrer blickte unglücklich drein.

»Oberste Geheimhaltung ist angebracht«, sagte Nils. »Wanda darf nicht erfahren, dass er zurückgekehrt ist.«

»Wir sperren ihn einfach weiter in seinem Zimmer ein!«, rief Frau Gruber. »Dann kann er auch nicht mehr als Arzt arbeiten!«

Gertrud schnalzte abfällig mit der Zunge, aber Margarethe legte interessiert den Kopf schräg. »Hat er da ein Telefon?«

»Leider ja.«

»Also fällt diese Option weg.« Sie schien enttäuscht. Na klar, bei ihrer Vorliebe für anstößige Dinge.

»Wir müssen ihn einfach im Auge behalten.« Gertrud holte aus ihrer Handtasche einen Stapel Papiere. »Hier habe ich Wandas Stundenplan für die nächste Woche aufgeschrieben, zumindest das, was ich noch aus dem Kopf wusste.« Die Yogakurse standen drin, zweimal half Wanda Bernie bei der Post, einmal in Almuts Floristik, und eine Verabredung mit einer Freundin zum Kaffee in Münster hatte Gertrud ebenfalls eingetragen.

»Wir könnten diesen Richard observieren«, schlug Herr Mönkebüscher vor, der wohl in seinem Beruf etwas zu viel mit Verbrechen und polizeilichen Ermittlungen zu tun hatte.

»Gar keine schlechte Idee«, überlegte Margarethe, »wenn wir seine Bewegungen im Auge behalten, könnten wir ein zufälliges Zusammentreffen mit Wanda verhindern.«

»Wir übernehmen die Vormittage zwischen neun und elf«, riefen Jessica und Vanessa.

»Abends ist bei mir ganz schlecht«, sagte Frau Hagedorn, »ich geh immer schon um acht ins Bett.«

»Eine lückenlose Überwachung zu organisieren ist

ohne Fachkräfte und Spezialeinheit fast unmöglich«, erklärte Herr Mönkebüscher entschuldigend. »Aber solange jeder sein Bestes gibt und uns das Glück noch auf die Sprünge hilft, schaffen wir das schon.«

Eine kurze Pause entstand, in der alle zustimmend nickten. Dann fragte Bernie, der Postbote: »Wie sollen wir denn so ein Zusammentreffen verhindern, wenn die beiden sich zufällig über den Weg laufen?«

Margarethe zuckte mit den Schultern: »Notfalls mit Gewalt.«

Dieses Mal war das Zusammenzucken Pfarrer Wittkempers nicht zu übersehen. »Liebe Gemeinde!«, rief er. »Ich bin entsetzt. Was ist denn mit christlicher Nächstenliebe?«

»Hat Richard in christlicher Nächstenliebe gehandelt, als er Wanda das Herz brach?«, gab Gertrud zurück.

»Wenn dich einer auf die rechte Wange schlägt ...«, begann der Pfarrer.

»Auge um Auge, Zahn um Zahn.« Gertrud stemmte die Hände in die Hüften.

»Vergelte niemandem Böses mit Bösem«, fuhr Pfarrer Wittkemper fort.

»Ach, diese ganzen Bibelstellen sind doch alle nur metaphorisch gemeint!«, rief Jessica von hinten. »Pazifismus ist gut und schön, aber irgendwann ist Schluss. Und Richard hat sich absolut unmöglich benommen.«

»Verlassen hat er sie, ohne ein Wort zu sagen.

Nicht einen ihrer Briefe hat er beantwortet!«, unterstützte ihre Freundin Vanessa sie.

»Ja, das ist … das ist sicher nicht … da müsste er schon … vielleicht Reue zeigen.«

»Eben!«, sagte Gertrud triumphierend. »Und hat er das? Nein! Ohne schlechtes Gewissen taucht er hier in Osterbüren auf und will sogar Dr. Lehmkuhl die Arbeit wegnehmen.«

Einen Augenblick herrschte Stille, dann nickte der Pfarrer langsam und in Gedanken versunken. »Reue«, murmelte er noch einmal, dann brandete Applaus auf.

Nils hob beide Arme in die Luft. »Mission gestartet! Jagt Richard aus dem Dorf!«

Der Beifall wurde lauter, dann rief das versammelte Dorf: »Mission gestartet!«

Und ihre eigene zweite Mission würde morgen ebenfalls starten, dachte Gertrud. Ja, sie hatte einen Plan, wie sie Richard endgültig vertreiben konnte. Aber davon mussten die anderen erst einmal nichts erfahren.

Sein erster Tag als Landarzt war … nun, wenn er ehrlich sein sollte, eine mittlere Katastrophe gewesen. Frau Gruber war nicht die Einzige gewesen, die sich zunächst weigerte, ihn als Arzt zu akzeptieren, und als sie sich schließlich doch auf eine Behandlung eingelassen hatte, hatte sie ihn auf seinen Vorschlag, bei ihr einen Allergietest durchzuführen, als Quacksalber beschimpft.

Nun war er zurück in seinem Pensionszimmer, nachdem er eine Kleinigkeit gegessen hatte, und wollte sich umziehen, um anschließend einen Spaziergang zu machen. Er blickte aus dem Fenster. Es war Juli und immer noch sehr lange hell. Aber bald schon würden die Perseiden wieder vorbeiziehen und Sternschnuppen auf die Erde herunterregnen, und Richard wusste nicht, ob es dann nicht noch mehr schmerzen würde, sich Schulze-Meerbuschs Wiese anzusehen.

Pflaster musste man mit einem Ruck abziehen, langsam tat es nur noch mehr weh, das hatte er immer den Kindern erklärt, die in der Unfallchirurgie aufgetaucht waren. Kinder … Doktor Lehmkuhl hatte ihm erzählt, dass er als Landarzt natürlich auch für die Kleinen in der Bevölkerung zuständig war. Als Schönheitschirurg hätte er fast ausschließlich erwachsene Patienten.

Richard schnappte sich seinen Pullover, vor allem draußen auf den Feldern konnte es nachts doch ganz schön kalt werden, und kontrollierte noch einmal, ob er sein Portemonnaie dabeihatte, und legte sein Smartphone auf dem Nachttisch ab. Dann drückte er die Klinke seines Pensionszimmers hinunter und … stieß sich die Nase an der geschlossenen Tür. Hatte er sich vorher eingeschlossen? Aber warum? Die Zimmer besaßen außen lediglich Türknöpfe, sodass sie ohne Schlüssel nicht zu öffnen waren, und so viel kriminelle Energie, dass ihn jemand mit einem Dietrich ausraubte, wenn er den Schlüssel nicht von innen stecken ließ, traute er Osterbüren nicht zu, ganz sicher nicht vor Mitternacht.

Er rüttelte noch einmal an der Tür, dann suchte er den Schlüssel in seiner Hosentasche. Als er ihn ins Schlüsselloch stecken wollte, gab es einen Widerstand – das konnte doch nicht wahr sein. Da steckte etwas im Türschloss. Von außen. Hatte man ihn etwa … Wer hatte ihn eingeschlossen? Und warum? Richard rüttelte noch einmal an der Tür. »Hallo?« Keine Antwort. »Hallo, ist da jemand?« Er klopfte an die Tür, erst leiser, dann fester, legte das Ohr daran, aber draußen auf dem Flur regte sich nichts.

»Was zum Geier …« Er nahm den Hörer des tatsächlich noch uralt und in Grün gehaltenen Zimmertelefons auf seinem Nachtisch ab und wählte die Nummer der Rezeption. Es klingelte. Und klingelte. Nach dem zehnten Klingeln gab er es auf. War Melanie etwa außer Haus? Hatte sie keine Vertretung? Irgendjemand in dieser Pension musste doch arbeiten.

Richard griff zum Handy, das in genau diesem Augenblick klingelte. Das Display zeigte Janine an. Einen Moment lang zögerte er, dann legte er das Handy zurück auf den Nachttisch. Warum er nicht mit Janine sprechen wollte, konnte er sich nicht erklären. Es würde sie sicher freuen zu hören, dass er in seinem Job als Landarzt in Urlaubsvertretung mit viel Ablehnung und Gemeckere begrüßt worden war.

Richard riss seinen Blick vom klingelnden Telefon los und klopfte noch einmal an die Tür. »Hallo? Ich bin eingesperrt! Hallo?« Nichts. Er klopfte erneut. »Helfen Sie mir! Bitte!«

Immer noch nichts.

Er sah sich im Zimmer um. Konnte er vielleicht aus dem Fenster klettern? Prüfend öffnete er es und sah hinunter. Konnte funktionieren, konnte ihm aber auch gebrochene Knochen bescheren. Vielleicht wenn er sein Bettzeug abzog und wie im Film zusammenknotete?

In diesem Augenblick brandete plötzlich Applaus auf, Pfiffe und auch Rufe waren zu hören. Was genau die Menschen schrien, konnte er nicht verstehen, da es im allgemeinen Geklatsche und Getrampel unterging. Was war denn das? Eine Versammlung?

Irritiert schüttelte Richard den Kopf.

Da hörte er plötzlich Geräusche auf dem Flur.

»Hach du meine Güte!«, rief eine Frauenstimme, die zu Melanie gehörte. »Habe ich Sie etwa … ich Schussel!«

Seine Tür öffnete sich, und tatsächlich streckte die Wirtin ihren Kopf hinein. »Gerade habe ich gesehen, dass ich versehentlich di…«

»Wie kann man denn jemanden *versehentlich* einschließen?«

»Es tut mir sehr leid, ich war in Gedanken. Wissen Sie, ich hatte Gäste und …«

»Ja, das habe ich gehört. Eine größere Feier?«

»Der Fernseher«, sagte sie schnell. »Jetzt muss ich auch wieder los. Tut mir leid, dass ich Sie versehentlich eingeschlossen habe. Genießen Sie Ihren Aufenthalt.«

Und schon war sie verschwunden. Versehentlich eingeschlossen. Er schnaubte.

Aber im Endeffekt war ja alles gut ausgegangen. Aber ab jetzt würde er tatsächlich immer von innen abschließen und den Schlüssel stecken lassen. Das Risiko einer Abseilaktion wollte er nicht auf sich nehmen.

3. Kapitel

Nach einer Dusche und einem hastig hineingestopften Frühstück machte Wanda sich auf den Weg zu Klaus' Post-Shop.

Die alte Post in Osterbüren war schon vor sieben Jahren zu solch einem Shop umfunktioniert worden, in dem Bernie, der Briefträger, die Post bei Klaus, dem Kioskbesitzer, abholte, um sie auszutragen. Jetzt konnte man Zigaretten, Schokolade, Zeitungen sowie Lottoscheine kaufen und gleichzeitig ein Päckchen aufgeben.

Ein dampfender Kaffeebecher stand auf der Theke, Klaus hatte an alles gedacht.

»Danke fürs Kommen, Wanda. Du darfst die Superzahl am Samstag umsonst ausfüllen«, sagte er und drückte ihr seinen Schlüssel in die Hand.

Wanda hatte noch nie Lotto gespielt, lächelte aber. »Viel Erfolg!«, rief sie ihm hinterher. Sein Steuerberater musste etwas Wichtiges mit ihm besprechen, und wie so oft bei solchen Terminen sprang Wanda ein, um auszuhelfen.

Das kleine Türglöckchen bimmelte.

»Post!«, rief Bernie laut und winkte mit seiner

noch leeren Tasche. Das Fahrrad hatte er vor dem Laden abgestellt, jetzt würde er im Hinterzimmer die heute früh nach Osterbüren gebrachte Post sortieren und schließlich austragen.

Mit dem Kaffeebecher in der Hand suchte Wanda in der Zeitung, die auf dem Tresen lag, nach den Kleinanzeigen. Sie hatte doch neulich erst so ein großes Banner gesehen, »Geschäftsräume zu vermieten«, gleich an der Münsterstraße.

Das Türglöckchen bimmelte erneut.

»Sag mal, Klaus, wo warst du denn gestern A... Oh, Wanda!« Lars, Stammgast im Jäger und Mitglied im Skatclub, sah sie verlegen an.

»Klaus ist in Münster. Wegen der Steuer. Und gestern war er, glaube ich, eine Tante besuchen.«

»Der arme Hund.« Lars lachte.

»Kann ich ihm was ausrichten? Hat er eure Skatrunde versäumt?«

»Skatrunde? Äh...« Lars' Augen wurden größer, und er sah sich um. »Nein, nein, gestern ... also ja, Skatrunde. Richtig. Da war er nicht im Jäger. Für die Skatrunde.«

Wanda zog die Augenbrauen hoch.

»Hat nichts mit dir zu tun!«, sagte Lars hektisch, und Wandas Augenbrauen wanderten noch ein Stückchen höher die Stirn hinauf. »Ich komm später noch mal wieder!« Er drehte sich auf dem Absatz um und hetzte aus dem Laden.

Was den wohl gestochen hatte?

In diesem Augenblick fiel ihr der gelb unterlegte Schriftzug von »Meier & Meier« in den Kleinanzeigen ins Auge. Genau, die waren es gewesen. Sie nahm ihr Smartphone in die Hand und setzte ein Lächeln auf – angeblich konnte man das durchs Telefon spüren.

»Meier & Meier«, meldete sich eine männliche Stimme am anderen Ende.

»Guten Morgen!« Wanda lächelte noch breiter.

»Morgen. Was woll'n Se?« Bei Meier & Meier vertrödelte man offenbar nicht viel Zeit, man kam direkt zum Punkt. Effizient.

»Sie vermieten doch gewerbliche Räumlichkeiten, nicht wahr?«

»Wo woll'n Se mieten?«

»Ich will noch gar nicht mieten, ich woll…«

»Was rufen Se dann an?«

Tapfer lächelte Wanda weiter. »Ich würde mich gern nach den Möglichkeiten in Osterbüren erkundigen. Ich brauche nämlich einen Raum fü…«

»Meinetwegen könn' Se den Raum für Ihren Kegelclub oder Hexenrituale nutzen«, unterbrach sie Meier & Meier schon wieder, »geht mich nix an. Osterbüren ham wa 'n Objekt.«

Das wusste Wanda, wegen der Werbung rief sie doch an. Ihr Lächeln wackelte dennoch nicht. »Wie teuer wäre das denn?«

»Ein Raum, ham' Se gesacht? Weiß gar nicht, ob wa sowas ham.« Durch die Leitung hörte Wanda Papierrascheln. »Mit Teeküche 650 pro Monat.«

»Für *einen* Raum?«

»Mit Teeküche.«

»Für *einen* Raum mit Teeküche?«

»Is' gewerblich.«

»Das kann ich mir nicht leisten.«

»Wir sind nich die Heilsarmee.«

Wandas Mundwinkel schmerzten mittlerweile vom Dauergrinsen. »Trotzdem vielen Dank«, sagte sie. Bevor sie noch »Auf Wiederhören!« anfügen konnte, hatte der Mann bereits aufgelegt.

650 Euro im Monat! Mit den Kursen, die sie im Augenblick gab, verdiente sie zusammen nicht einmal 650. Ihren Lebensunterhalt sicherte sie sich, indem sie im Jäger kellnerte, bei Klaus und in Almuts Floristik aushalf, hier einsprang, dort etwas tat … Aber ihre Yogakurse … Sie überlegte. In einer Schublade fand sie einen Stift, dann schnappte sie sich einen kleinen Notizblock und fing an zu rechnen. In einem größeren Raum könnte sie zehn Teilnehmer unterrichten, ohne dass die Qualität ihrer Kurse und die Aufmerksamkeit, die sie jedem Teilnehmer schenkte, leiden mussten. Wenn sie dann jeden Tag, vielleicht zwei, drei Kurse … nein, so viele Leute würde sie in Osterbüren nicht zusammenbekommen.

Andererseits, wenn sie Werbung machte und die anderen Ortschaften in der Umgebung einbezog … Osterbüren lag für die Bewohner der umliegenden Dörfer immer noch näher als Münster.

Sie musste sofort anfangen, Flyer zu verteilen. Ein Design! Sie war doch so schlecht im Zeichnen. Und, oh Gott, sie hatten doch keinen Raum!

»Hat Klaus mit dir gesprochen?«, fragte in diesem Augenblick Bernie, der mit dem Postsack im Hinterzimmer offenbar fertig war.

»Worüber?«, fragte Wanda geistesabwesend. »Wenn ich die Leute da abhole, wo sie stehen«, zitierte sie dann einen Lieblingssatz ihrer eigenen Yogalehrerin, das wäre eine Möglichkeit. Sie könnte zusätzliche Schwangerschaftsübungen anbieten, das hatte sie ohnehin schon vorgehabt. »Dafür zeichne ich …« Sie malte ein Strichmännchen mit einem dicken Bauch.

»Ich hab ihm gesagt, er soll es dir sagen.« Bernie trat einen Schritt auf sie zu.

»Klar, er kann immer mit mir sprechen.« Wanda beugte sich wieder über ihr Design. »Außerdem natürlich der Rücken, Problemzone für alle mit Schreibtischjobs.«

»Wanda …«

Sie sah auf und lächelte. »Das wird eine richtige Schule!« Und sie würde Vollzeitlehrerin sein! Natürlich war es viel Arbeit, und sie musste alles erst organisieren. Außerdem …

»Klaus' Mutter ist krank.«

»Wie bitte?«

»Er hat keinen Steuerberatertermin. Und gestern war er auch nicht bei seiner Tante.« Bernie drehte seine Mütze in den Händen. »Es geht ihr ziemlich schlecht, die Ärzte geben ihr noch ein Jahr, vielleicht zwei Monate mehr, zwei Monate weniger.«

»Oh Gott.« Wanda hielt sich die Hand vor den Mund.

Bernie sah unglücklich zu Boden. »Er hat doch sonst niemanden.«

»Wir helfen ihm, so gut wir können.« Damit zerknüllte Wanda ihren Zettel.

»Aus Bayern kommen Sie!« Frau Hagedorn schaffte es, gleichzeitig überrascht und angeekelt zu klingen.

»Sogar aus der Landeshauptstadt«, konnte Richard sich nicht verkneifen zu sagen. Smalltalk war mit der kleinen mageren Dame wohl auch nicht möglich.

»Ich war mal in München«, sagte die alte Frau.

»Aber gefallen hat es Ihnen dort nicht.« Das war ziemlich offensichtlich.

»Zu viel Schickimicki. Und überall diese scheußlichen Lederhosen.« Sie verzog das Gesicht.

Da war was dran. Richard besaß zwar auch eine, ohne konnte man sich auf dem Oktoberfest einfach nicht blicken lassen, aber er fühlte sich immer wie beim Karneval, wenn er sie anzog. *Fesch* war Janines Kommentar gewesen, aber sie hatte dabei doch ziemlich hinterhältig gelächelt.

»Wenn sie neu sind, kneifen sie im Schritt.«

Zu seiner Überraschung lachte die alte Dame. Dann presste sie die Lippen wieder fest aufeinander.

»Bitte einmal tief durch den Mund einatmen.«

Blut hatte schon Frau Köchlin abgenommen, die Laborwerte würden in den nächsten Tagen kommen. Er konnte nichts Auffälliges feststellen, auch der Blutdruck war für ihr Alter und die Statur normal.

Er blätterte in ihrer Krankenakte.

»Bei Frau Köchlin können Sie noch einen Termin vereinbaren, sobald die Werte vom Labor da sind. Wenn ich mir aber die letzten Ergebnisse so ansehe, denke ich nicht, dass wir eine größere Veränderung feststellen werden.« Eigentlich hätten die Werte besser sein müssen. »Wir sollten aber besprechen, ob nicht möglicherweise ein Umstieg auf ein anderes Medikamen...«

»Dr. Lehmkuhl hat das Rezept ausgestellt.«

Richard lächelte. »Das weiß ich doch. Ich vertrete ihn derzeit ja. Es ist nur im letzten halben Jahr ein Medikament auf den Markt gekommen, das vergleichbar ...«

»Ich will meine Tabletten behalten.«

»Die Verträglichkeit des neuen Produk...«

»Wann kommt Dr. Lehmkuhl wieder?« Frau Hagedorn schien nicht vorzuhaben, ihn jemals ausreden zu lassen. Ihre Handtasche fest umklammert, starrte sie ihn feindselig an.

Richard holte Luft. »Wir lassen die Medikation natürlich genau so, wie sie ist. Sie vertragen sie, Sie nehmen sie regelmäßig, dann gibt es keinen Grund, irgendetwas zu ändern.« Er konnte auch sensibel sein und sich auf die emotionalen Bedürfnisse seiner Patienten einlassen. Auch wenn sie fachlich gesehen Quatsch waren. Richard klopfte sich innerlich auf die Schulter.

»Was heißt regelmäßig?«, fragte die alte Dame.

»So, wie Dr. Lehmkuhl es Ihnen aufgeschrieben hat.« Hoffentlich hatte der alte Doktor es ihr aufgeschrieben. Beipackzettel wurden gern ignoriert.

»Eine Tablette nach dem Abendessen.« Sie zögerte. »Nach jedem Abendessen?«

»Das wäre gut für die Wirksamkeit des Medikaments, ja.« Aber immerhin hatte er nun die Erklärung für ihre schlechten Werte. »Frau Hagedorn, es ist wirklich wichtig, die Tabletten regelmäßig einzunehmen.« Bevor sie noch auf die Idee kam, ihm zu widersprechen, fügte er hinzu: »Ich denke, Sie wissen, dass Dr. Lehmkuhl das genauso sieht.«

»Wann kommt der denn nun wieder?«

Richard seufzte und stand auf, um sie zu verabschieden. Das Leben eines Landarztes war tatsächlich nicht so einfach, wie er es sich vorgestellt hatte.

»Sind die alle so kompliziert?«, fragte er Frau Köchlin, als sie ihm den nächsten Patienten ankündigte.

Bewaffnet mit ihrem Plan, einem kleinen Fläschchen Desinfektionsmittel und einer großen Portion Starrsinn hatte Gertrud sich auf den Weg zu Margarethe gemacht.

Nun saß sie in deren Wohnzimmer und rutschte ein bisschen von dem Fleck in der Mitte des Sofas weg. Er war hell und kreisförmig, und sie dachte besser nicht weiter über seine Herkunft nach. Stattdessen zog sie ihre Schultern noch ein bisschen mehr zusammen und versuchte, flach zu atmen. Wer wusste schon, was die Rückstände hier in der Luft an Wahnvorstellungen hervorrufen konnten. »Die Versammlung war ein voller Erfolg.«

»Sie helfen alle mit.« Margarethe nickte stolz und stellte ein Glas mit einer bernsteinfarbenen Flüssigkeit vor Gertrud hin. Dann ließ sie sich in einer fließenden Bewegung auf dem Sofa nieder, was durch ihre Pluderhose und den riesigen goldfarbenen Schal, den sie sich trotz der Temperaturen um den Hals geschlungen hatte, noch unterstrichen wurde.

»Ist das etwa Alkohol?« Außerdem war da ein Lippenstiftfleck am Glasrand. Putzte dieses Frauenzimmer überhaupt irgendetwas? Der Undurchsichtigkeit der Fensterscheiben nach zu urteilen, vielleicht einmal im Jahrzehnt. In den Ecken tummelten sich Staubmäuse, Gertruds Haut an den Armen begann schon zu jucken.

Margarethe stöhnte. »Es ist nach vier.«

»Was hat das damit zu tun?« Nicht, dass Gertrud per se gegen Alkohol war. Aber an einem Wochentag? Am Nachmittag? »Es sind sich jedenfalls alle einig«, kehrte sie wieder zum Thema zurück, »der untreue Schuft wird Wanda nicht noch einmal das Herz brechen.«

Margarethe nickte erneut. »Im Jäger machen sie Schichtpläne, wer ihn abends in der Praxis festhält.«

»Sehr gut. Wir werden ein wachsames Auge auf

den jungen Mann haben. Und dann …« Sie zögerte. Mit dem Weibsbild wollte sie wirklich nicht zusammenarbeiten. Aber ein glänzender weißer Computer stand auf dem Couchtisch, so ein kleiner, zum Aufklappen. Die hölzerne Tischplatte war von Brand- und anderen Flecken nur so übersät, aber im Gegensatz dazu schien Margarethe ihren Computer zu pflegen. Gertrud nickte mit dem Kopf in seine Richtung, der Zweck heiligte die Mittel. »Du kennst dich mit Computern aus? Und diesem Internet?«

»Wieso? Und das ist ein Laptop.«

»Kein Computer?«

Margarethe seufzte. Dann winkte sie ab. »Was willst du damit anstellen?«

Jetzt musste sie Margarethe von der Idee erzählen, die ihr gestern Abend gekommen war. Sie stieß die Luft aus und sagte: »Ich will Wanda einen Mann finden.«

Margarethe zog die Augenbrauen hoch.

»Und in den Westfälischen Nachrichten stand neulich, dass man im Internet Männer finden kann.«

»Auch Männer, ja.«

Margarethe stellte sich augenblicklich aber auch besonders dumm an. Wenn eine sich mit Männerbekanntschaften auskannte, dann doch wohl sie. Und jetzt tat sie begriffsstutzig. »In sogenannten Singlebörsen«, erklärte Gertrud weiter.

»Okay, und *warum* willst du Wanda einen Mann suchen?«

»Feuer mit Feuer bekämpfen.« Gertrud knetete ihre Hände. So ganz wohl fühlte sie sich selbst nicht damit. »Richard aus Osterbüren zu verjagen ist eine gute Idee. Aber es ist nur ein Anfang. Wir müssen ihn …«

»… aus ihren Gedanken verjagen«, vollendete Margarethe den Satz. »Da spukt er nämlich noch viel zu oft herum.«

»Wenn etwas die Gedanken an einen Mann verscheuchen kann, dann ist das ein anderer Mann«, sagte Gertrud.

»Oder zwei.« Margarethe zwinkerte ihr zu.

Gertrud ignorierte ihre Anzüglichkeit. »Sie ist ja jetzt auch schon dreißig. Und wenn sie Familie haben will …«

»Oh Gott, du mit deinen Urenkeln! Wanda wird doch erst 30, heutzutage ist das kein Alter. Außerdem machen Kinder eh nur Ärger!«

»*Dein* Kind.« Es war schließlich Margarethes Tochter Silke, diese Weltenbummlerin, durch die Gertruds Sohn Bernhard erst nach Brasilien gelockt worden war.

»*Mein* Kind ist noch viel zu gut für *deinen* langweiligen Bernhard!«, gab Margarethe zurück. »Der kann von Glück sagen, ein Mädchen wie meine Silke gekriegt zu haben.«

»*Mein* langweiliger Bernhard unterhält seit 30 Jahren *deine* flatterhafte Familie!« Zugegeben, Silke war im Grunde ein anständiges Mädchen, sogar kochen konnte sie halbwegs, ganz im Gegensatz zu ihrer liederlichen Mutter. Aber mitgefangen mitgehangen. Außerdem hatte Silke Bernhard dazu überredet, bei dem Stellenangebot in Brasilien zuzugreifen, es war also ihre Schuld, dass Gertruds einzige Hilfe beim Richard-Wanda-Problem nun Margarethe war!

»Dafür sollte er froh und dankbar sein!« Margarethes unanständig große Ohrringe flogen hin und her, als sie sich Gertruds Glas schnappte und den Inhalt hinunterstürzte.

Angeekelt verzog Gertrud den Mund, doch das schien Margarethe nur noch mehr auf die Palme zu bringen. Sie knallte das leere Glas zurück auf den Tisch und wischte sich mit dem Handrücken über den Mund. »Ohne uns würde deine Familie im Spießertum ersticken!«

»Und du in deinem Dreck!« Wütend stand Gertrud auf und griff nach ihrem Hut. Mit dieser Frau ließ sich ja kein vernünftiges Wort reden. Mit einem Blick deutete sie Margarethe an, was sie vom Zustand ihrer Höhle hielt, dann schritt sie erhobenen Hauptes nach draußen und warf mit einem lauten Knall die Haustür hinter sich zu. Sie würde es auch ohne Margarethe schaffen, einen Mann für Wanda zu finden. Mit diesem Weibsbild würde sie kein Wort mehr reden. Kein Wort!

»Und, wie läuft das Turnen?«

Wanda war gerade auf dem Weg nach Hause, als

der Traktor neben ihr bremste. Nils hielt ihr die Hand hin, damit sie neben ihn auf den Bock steigen konnte.

»Yoga ist ein ganzheitliches Konzept, das mit Turngymnastik etwa so vergleichbar ist wie deine Schweine mit einem afrikanischen Wüstenfuchs.«

Nils lachte.

»Aber da du fragst: katastrophal. Im Gemeindezentrum haben sie Asbest gefunden, wir können da für mindestens zwei Monate nicht mehr hinein.«

»Soll ich meinen Eltern sagen, dass du die nächsten zwei Monate mehr Zeit für den Marktstand hast?«

»Wie bitte?« Erstens war der Marktstand sowieso nicht Wandas liebste Beschäftigung, die Uhrzeit, zu der sie dann aufstehen musste, war nicht mal mehr Uhrzeit zu nennen, und zweitens: »Ich kann doch meine Yogagruppen nicht zwei Monate im Stich lassen! Was wird aus Melanies Schultern? Herrn Mönkebüschers Herzinfarkt?«

»Ist Krankengymnastik da nicht eh besser? Wo kann ich dich eigentlich hinbringen? Nach Hause?«

Wanda nickte, dankbar über den Themenwechsel. »Jetzt habe ich erst mal Pause. Nur später will ich noch zur alten Hagedorn, sie erwartet morgen Besuch, und ich wollte ihr beim Putzen helfen.«

»Die hätte schon längst eine Haushälterin anstellen sollen.«

»Von ihrer kleinen Rente!«

»Apropos Rente.« Nils grinste. »Wie geht's den

Omas? Ist dem Pfarrer schon eine Lösung eingefallen fürs Romantik-Wochenende?«

In diesem Moment klingelte Wandas Handy. »Wenn man vom Teufel spricht.« Oma Gertie war dran.

Nachdem Wanda wieder aufgelegt hatte, sah sie Nils an. »Keine Ahnung, wie es ihnen geht.« Verwirrt zog sie die Nase kraus. »Aber Oma Gertie hat mir gerade einen äußerst seltsamen Vortrag gehalten. Sie will mir das Backen beibringen.«

Nils war sofort Feuer und Flamme. »Oma Gerties gedeckter Apfelkuchen auch noch Jahrzehnte nach ihrem Tod? Auf jeden Fall, Wanda, gib dir Mühe!« Sie stieß ihm den Ellenbogen in die Rippen, und er lachte. »Das wäre doch eine Alternative zu deinen Verrenkungen: Wandas Café am Marktplatz.«

»Ich mag meine Verrenkungen.«

»Klar doch, ich gönn dir ja deinen Spaß. Aber so einen Hobbyjob kann sich halt nicht jeder leisten. Manche Leute müssen richtig arbeiten.«

»Als ob ich dir nicht dauernd helfe.« Abgesehen vom Marktstand kümmerte sich Wanda während der Erntezeit, wenn Nils' Eltern in einem Kurzurlaub waren oder er selbst einmal krank war, um kleinere anfallende Arbeiten auf dem Hof. »Außerdem *ist* Yogalehrerin richtige Arbeit.« Sie verschränkte die Arme vor der Brust, und Nils lachte wieder.

»Schon gut. Sei nicht sauer. Also, es ging um Oma Gertie.«

»Ich hab mich nur gefragt, weshalb sie mich so plötzlich zur perfekten Hausfrau machen will. Bisher hat sie meine Unfähigkeit in dem Bereich ja auch hingenommen.« Bis auf ein paar spitze Bemerkungen hier und da, aber niemals hatte sie so auf »Unterricht« bestanden. »Wie geht's denn deinen Eltern?«, wechselte Wanda das Thema. »Und wo warst du gestern Abend überhaupt? Ich hab versucht, dich zu erreichen.«

Er zuckte mit den Schultern. »Das Übliche. Arbeit auf dem Hof. Hab mein Handy ja nicht immer griffbereit. Den Eltern geht's auch gut. Was machen deine? Das ist doch weit spannender.«

Das Leben auf einem Bauernhof war anstrengend und wurde von Routine dominiert, extravagante Jobmöglichkeiten wie die von Wandas Vater, der für fünf Jahre als Ingenieur an einem Großprojekt in Brasilien mitarbeitete, waren unvorstellbar. Nils und seine Eltern waren bodenständig, was Wanda gut verstehen konnte. Zu Hause war es doch am schönsten. Vor allem bei diesem wunderschönen Wetter. Es war Mitte Juli, die Sonne schien, da konnte ihr niemand einreden, dass es in Brasilien besser war als im Münsterland. Oder in München. Schnell verscheuchte sie diesen Gedanken.

»Ich soll dich von Mama grüßen.« Den weiteren Inhalt des Gesprächs mit ihrer Mutter bezüglich Nils gab sie lieber nicht weiter.

»Hast du Fotos?«

Wanda schüttelte den Kopf. »Mama hat immer noch nicht ganz raus, wie man WhatsApp benutzt. Und Bilder per Mail? Fehlanzeige. Aber immerhin habe ich gestern eine Sprachnachricht bekommen, in der sie Papa erklärt, dass er nicht so viel Knoblauch in den Spinat tun soll. Ich glaube, ansonsten genießen sie vor allem das Leben. Es scheint nicht so, als würden sie jemals wieder zurück nach Osterbüren kommen wollen.«

»Verrückt.« Nils schüttelte den Kopf.

»Mama hat ihre Reiselust von Maggie«, so waren sie in der Familie Strassmann, »und offenbar hat sie Papa angesteckt.« Wanda kam da eher nach Oma Gertie.

Nils bremste, und der Trecker hielt vor ihrem Haus, das sie nun seit zwei Jahren allein bewohnte. »Wenn du deinen ersten Apfelkuchen aus dem Ofen holst, ruf mich an!«, sagte er zum Abschied. »Ich komm auch mitten in der Fütterung – ich lass alles stehen und liegen!«

Wanda lachte, sprang vom Bock und winkte ihm noch einmal zu. »Falls er auch nur ansatzweise genießbar sein wird, bist du der Erste, der es erfährt.«

Schließlich hatte Richard auch den letzten widerspenstigen Patienten des Tages versorgt, Frau Köchlin war schon nach Hause gegangen, und er streckte die Arme über den Kopf. Ohne anstrengende Patienten war es tatsächlich ruhig und friedlich, ganz so, wie er sich das Leben als Landarzt vorgestellt hatte. Er zog seinen Kittel aus und spülte in der kleinen Teeküche seine Kaffeetasse. Jetzt war er schon zwei ganze Tage in Osterbüren und hatte immer noch nicht mit Janine gesprochen. Das schlechte Gewissen meldete sich. Nach ihrem gestrigen Anruf, den er ignoriert hatte, hatte sie es nicht noch einmal probiert. Er hätte zurückrufen müssen, das war ihm klar. Nicht klar war ihm, warum er es nicht tat. Seine innere Stimme sagte ihm, dass es etwas mit Wanda zu tun hatte. Er hatte sie immer noch nicht gesehen, immer noch nichts von ihr gehört. Als er zwei seiner Patienten während eines lockeren Gesprächs ganz zufällig auf Wanda Holtkamp angesprochen hatte, hatte er verkniffene Gesichtsausdrücke und beharrliches Schweigen geerntet. Daraufhin hatte er Frau Köchlin gefragt, ob irgendetwas passiert war, doch sie hatte nur mit den Schultern gezuckt und leichthin gesagt: »Die Leute tratschen eben nicht gern.«

Ein Dorf, das nicht gern tratschte? Richard war sich nicht sicher, ob er das glauben konnte. In München, dem größten Dorf Deutschlands, entkam man Neuigkeiten aus der Promiwelt nicht mal, wenn man es versuchte. Andererseits musste er zugeben, dass die Osterbürener sich noch nie so verhalten hatten wie alle anderen. Er musste lächeln. Oder es hing damit zusammen, dass seine Patienten sich nicht einmal für wenige Tage von Doktor Lehmkuhl trennen wollten? Sein Lächeln verschwand. Mit einem Seufzen beschloss er, nun endgültig Feierabend zu machen. Vielleicht würde er auf dem Weg in die Pension ja jemanden treffen, der etwas mitteilsamer war. Vielleicht sogar Wanda selbst begegnen … Er schluckte, dann nahm er seine Schlüssel. Doch gerade als er das Behandlungszimmer verlassen hatte, betrat noch jemand die Praxis. Ein später Patient?

»Guten Abend, mein Sohn.« Der Pfarrer war noch etwas dicker geworden, sein Gesicht noch rötlicher und die Haare noch weniger.

Aber Richard erkannte ihn sofort wieder, den Mann, bei dem er zur Erstkommunion und später zur Firmung gegangen war.

»Herr Pfarrer!« Er schüttelte Pfarrer Wittkemper die Hand. »Was kann ich für Sie tun?«

»Ja, nun …«, begann der Pfarrer und brach ab. Umständlich zog er ein Taschentuch hervor und knetete es zwischen den Händen. »Also, ich wollte Ihnen anbieten … Wenn es etwas gibt, das Ihnen auf dem Herzen liegt, können Sie jederzeit zu mir kommen.«

Richard zog die Augenbrauen hoch.

»Mein Beichtstuhl – oder auch ein vertrauliches Beichtgespräch in der Sakristei – hat schon vielen geholfen«, fuhr der Pfarrer fort. »Falls Sie selbst also … Jedenfalls empfange ich Sie jederzeit, um mir anzuhören, welche Schuld auf Ihnen lastet«, endete der Pfarrer schließlich etwas atemlos. Dann fuhr er sich mit seinem Taschentuch durchs Gesicht, faltete es ordentlich und steckte es zurück in seine Jacke.

»Das ist sehr nett von Ihnen«, bedankte Richard sich für das unergründliche Angebot. Ging es dem Pfarrer so wie seinen Patienten? Glaubte er wirklich, er wollte Doktor Lehmkuhl quasi vertreiben? Ja, der Doktor hatte Richard tatsächlich vorgeschlagen, seine letzten beiden Facharztjahre bei ihm zu absolvieren, um Hausarzt zu werden, aber das hatte er dankend abgelehnt. Nach der Urlaubsvertretung wollte er zurück nach München.

»Dann wünsche ich Ihnen einen guten Abend«, verabschiedete Pfarrer Wittkemper sich und nahm hastig die drei Schritte zur Tür. »Jederzeit!«, rief er noch einmal vom Flur aus, bevor er endgültig verschwand.

Verwirrt blieb Richard noch einige Sekunden stehen, bevor auch er die Praxis verließ.

Als er auf die Straße in die sommerliche Abendluft trat, fiel sein Blick noch mal auf das Messingschild. *Praxis Dr. Lehmkuhl, hausärztliche Versorgung, Sprechstunde Mo-Fr 9 – 13 Uhr, Mo, Di, Do 15 – 18 Uhr.* Von der darübergeklebten Information *Vertretung bis zum 16. August: Dr. Richard Mensing* war nur noch ein kleiner weißer Fetzen und ein Tesafilmstreifen übrig.

Seltsam. Wind war heute keiner gewesen.

»Warum soll ich denn plötzlich backen lernen?« Wanda stand in Oma Gerties Küche und musste zugeben, verwirrt zu sein. Während ihres Telefongesprächs hatte Gertrud mehrmals geschnaubt und Wanda als ein »unmögliches Weibsbild« bezeichnet, dann war der Vorschlag mit dem Backen gekommen. Als Kind hatte sie mit Oma Gertie gemeinsam Weihnachtsplätzchen gebacken, diese Aufgabe hatte ihre Mutter gern weitergegeben. Wanda hatte viele schöne Erinnerungen an diese Adventsnachmittage in Oma Gerties dunkler Holzküche, deren Tisch mit Kerben übersät war. Aber abgesehen von Vanillekipferln und Ausstechplätzchen fertigte Gertrud sämtliche Geburtstagstorten, Apfel- und Käsekuchen allein an, da durfte ihr niemand mit ungeschickten Fingern in die Quere kommen. Und Wanda hatte sehr ungeschickte Finger.

Weshalb brach sie also gerade mit dieser Regel und band Wanda eine Küchenschürze um?

»Ich kann backen!«, versuchte Wanda es noch einmal.

»Dr. Oetker ist nicht backen.«

»Ich muss Butter *und* Eier hinzufügen!«

»Immerhin. Mehr als deine Mutter kann«, gab Gertrud zu, schob Wanda trotzdem zum Tisch, auf dem sie schon alle Zutaten platziert hatte. »Wir fangen ganz einfach an. Käsekuchen.«

Skeptisch blickte Wanda auf die unzähligen Zutaten, die dort nebeneinander lagen. »Können wir nicht Waffeln machen?«

»Mürbeteig ist die Grundlage für fast alle belegten Obstkuchen. Oder auch Käsekuchen«, sagte Gertrud. Sie hielt Wanda einen Stift und einen Zettel hin. »Am besten schreibst du dir das auf.«

Ein schrecklicher Gedanke drängte sich Wanda auf. »Oma, bist du krank?« Sie musste sich setzen. Gertrud war über 70. Wanda hatte zwar immer gedacht, dass sie auch die 95 ohne Probleme schaffen würde, aber … Sie schluckte. »Ist etwas mit dir? Musst du … musst du sterben?« Hatte sie Krebs? Oder wurde sie dement? Das würde auch den seltsamen Besuch bei Maggie erklären.

»Sei nicht albern, Kind.« Gertrud stellte die Waage vor sie hin.

Das hätte sie auch gesagt, wenn sie tatsächlich an Krebs erkrankt wäre und es verheimlichen wollte. Wanda legte den Kopf schräg. »Weshalb muss ich dann backen lernen?«

»Für meinen Leichenschmaus jedenfalls nicht.« Gertrud setzte sich Wanda gegenüber. »Schätzchen«, begann sie etwas sanfter, »du bist jetzt fast 30 …«

Daher wehte also der Wind. »Zu alt, um einen Geburtstagskuchen geschenkt zu bekommen?«

»Nein, aber zu alt, um einfach so in den Tag hineinzuleben«, beendete Oma Gertie ihren Satz.

»Ich lebe nicht einfach so in den Tag hinein. Ich arbeite! Ich habe eine Yogaschule!« Eigentlich hatte sie Oma Gertie um Rat fragen wollen, ob sie eine Idee für ihr Raum-Problem hatte, aber es schien nicht die beste Gelegenheit zu sein. Vielleicht würde sie ihr wie Nils damit kommen, einfach mal zwei Monate etwas »Anständiges« zu arbeiten.

»Du hast doch mal BWL studiert …«

»Gott sei Dank bin ich wieder zur Vernunft gekommen.«

Gertrud seufzte, dann drückte sie Wanda das Mehl in die Hand. »300 Gramm. Irgendwann möchte ich doch Urenkelchen.«

»Lebkuchen-Urenkel«, flüsterte Wanda, maß aber brav das Mehl ab. »Wieso ist Backen Yoga denn vorzuziehen?«

»Männer lieben es, wenn eine Frau backen kann.«

Durch Yoga wurde man gelenkiger, das wussten Männer durchaus zu schätzen … Wanda biss sich auf die Lippe, das war eher ein Thema für Maggie. Stattdessen sagte sie: »Also Richard war es völlig egal, ob ich …«

Mit einem Krachen ließ Gertrud die Kilopackung Zucker auf den Tisch fallen. »Richard hat dich verlassen und dir das Herz gebrochen«, sagte sie erbost. »Vor zehn Jahren! Also schlag dir diesen Tunichtgut ein für alle Mal aus dem Kopf.«

Überrascht von der heftigen Reaktion, zuckte Wanda zurück. Aber vermutlich hatte sie Oma Gerties Geduld in den letzten zehn – oh Gott, zehn Jahren! – überstrapaziert. Sie hatte ja so recht! Trotzdem konnte Wanda den Stich, den es ihrem Herzen gab, nicht vermeiden.

»Er hat mich vergessen«, sagte sie und nickte. »Ist nach München gegangen und hat nicht mehr an mich gedacht.«

»Wie viele Briefe hast du ihm geschrieben? Aber er

war in München, hat weiß Gott was mit weiß Gott wem angestellt und dich hier in Osterbüren vergessen. Also vergiss jetzt endlich *ihn.*«

Zwölf. Zwölf Briefe waren es gewesen, die sie ihm geschrieben hatte. Sie gab zu, es war ihre Schusseligkeit, dass sie seine Nummer aus dem Handy gelöscht hatte, sie musste einmal zu viel ihren SMS-Verlauf durchgelesen haben. Da die Familie Mensing gerade erst umgezogen war, hatte sie noch keine Festnetznummer gehabt. Der fehlende telefonische Kontakt war ihre Schuld gewesen, das gab sie zu. Aber sie hatte es wiedergutmachen wollen und ihn schriftlich kontaktiert. Das war doch auch viel romantischer. So hatte sie also den ersten Brief mit vielen Herzchen gespickt, liebevoll an den Rand gemalt, voller Zuversicht, dass sie das »Projekt Fernbeziehung« mit Wanda in Osterbüren und Richard in München meistern würden. Dann hatte sie keine Antwort erhalten. Auch angerufen hatte er nicht, keine SMS geschickt. Beim dritten Brief war sie also schon ängstlicher gewesen: Warum meldete er sich nicht, warum reagierte er nicht einmal auf ihre Briefe? Ab Brief Nummer acht waren sie meist tränenbedeckt gewesen, und nach dem zwölften Brief hatte sie endlich eingesehen, dass es sinnlos war. Richard wollte sie nicht mehr und hatte nicht einmal den Mumm gehabt, es ihr zu sagen.

Verstohlen fuhr sie sich über die Augen. Die nächsten Minuten befolgte Wanda dann Gertruds Anweisungen für den Kuchen, maß Zucker, schlug Eier auf, und schließlich kam der Teil, den sie als Kind geliebt hatte: mit beiden Händen in die Schüssel greifen. Während sie den Teig knetete, sah sie ihre Oma an. »Hast du in letzter Zeit mal was von Maggie gehört?«

»Was hab ich denn mit der zu schaffen?« Schnaubend stand Gertrud auf, um ein Messer aus der Küchenschublade zu holen.

»Ich dachte nur, ich hätte dich bei ihr gesehen.«

Gertruds Rücken versteifte sich. Als sie sich umdrehte, hatte sie die Augenbrauen zusammengezogen. »Das musst du dir eingebildet haben«, sagte sie, als sie mit dem Messer ein Stückchen Butter abtrennte, um die Kuchenform einzufetten. Fast hätte Wanda es ihr geglaubt. Aber sie kannte ihre Großmutter nun schon seit 30 Jahren, und ganz konnte Gertrud das schuldbewusste Flackern in ihren Augen nicht verbergen.

Mit etwas zu heftigen Bewegungen knetete sie schließlich den Teig in die Form. »Mit diesem Weibsbild red ich kein Wort mehr!«, schimpfte sie dabei.

Das glaubte Wanda ihr allerdings sofort. Irgendetwas schien vorgefallen zu sein, aber was heckten die beiden alten Frauen aus?

Internet-Dating. So ungern Maggie es zugab, aber Gertrud hatte da eine hervorragende Idee gehabt. Auch wenn die Spießerin ansonsten natürlich völlig abwegige Vorstellungen hatte. Wanda war fast 30, sie konnte noch einige Jahre ihre Freiheit und die Männer genießen, bevor sie an so etwas wie Kinder auch nur zu denken brauchte.

Maggie goss sich einen kleinen – oder lieber einen etwas größeren? –, na, vielleicht gleich einen großen Schluck Whiskey ein, dann machte sie es sich auf ihrem Sofa bequem. Kurz überlegte sie, den vor Gertruds Besuch strategisch platzierten Fleck mit Zuckerwasser herauszureiben, aber das konnte sie auch morgen noch machen.

Heute war es Zeit zu daten. Es war zwar nicht so, dass sie keine Männer kennen lernte, aber in den letzten Jahren hatte die Zahl ihrer Verehrer doch deutlich abgenommen. Das mochte daran liegen, dass sie vermehrt auf Beerdigungen eingeladen war, aber der neue Kanal, um die entstandene Dürre wieder aufzufüllen, gefiel ihr. Dass sie da nicht schon längst von selber draufgekommen war! Es ärgerte sie ein bisschen, dass erst die spießige Gertrud sie darauf gestoßen hatte.

Maggie krempelte ihre bunt gemusterte Bluse hoch und legte sich den Mac auf den Schoß. Während er hochfuhr, nahm sie einen Schluck Whiskey. Oh, sie hätte eine CD auflegen sollen! Also stand sie noch einmal auf, bevor sie sich ans Googeln machte, und stellte Musik an. Tom Jones war doch genau das Richtige, um einen knackigen Mittfünfziger im Internet zu finden.

Zufrieden summte Maggie »It's not unusual« mit und machte sich auf die Suche.

Singles.de, *Partnersuche.de*, *Friendfinder.com*, meine Güte, langweiligere Namen waren denen nicht eingefallen? Kopfschüttelnd klickte Maggie sich durch Singleseiten. *DreamBoat.de – hier wartet das Glück*. In den 70ern war Maggie mal von einem Schauspieler zu einem Segeltörn eingeladen worden, die guten Erinnerungen bewogen sie dazu, sich für diese Börse zu entscheiden. Traumboot – das wäre ein passender Name für die Jacht gewesen, dachte Maggie mit einem Schmunzeln.

Als Erstes musste sie ein Profil ausfüllen. Interessen? Männer. Weshalb sollte sie sich sonst in einer Singlebörse anmelden? Altersangaben ihres Wunschpartners? 40 bis 65, da war sie großzügig. Haarfarbe, na, allzu pingelig musste man auch nicht sein. Rot war zum Beispiel sehr unschön bei Männern, trotzdem hatte sie eine der leidenschaftlichsten Nächte ihres Lebens mit einem rothaarigen Iren verbracht. Nein, sie würde da nicht diskriminieren.

Die einzige Schwierigkeit bot die Frage, was sie suchte: *Langzeitbeziehung*, *Flirt*, *Affäre*, *Abenteuer*, *Freundschaft*. Um diese Entscheidung zu treffen, musste sie eine rauchen. Langzeitbeziehung fiel flach. Einen Mann hatte sie unter die Erde gebracht, sie brauchte nicht noch einen, der in ihr Leben hineinredete und Ansprüche stellte. Freundschaft brauchte sie auch nicht. Zum Quatschen hatte sie Wanda und ihre Münsteraner Mädels. Aber was war der Unterschied zwischen Affäre und Abenteuer? Sie drückte die Zigarette aus und klickte zur Sicherheit dann beides an.

Jetzt brauchte sie nur noch ein Foto, ohne wurde das Profil nicht freigeschaltet. Gut so. Dann konnte sie ungepflegte oder übergewichtige Kerle gleich aussortieren. Sie aktivierte die Webcam, zog einen Kussmund und drückte auf den Auslöser.

Oha, da gab es ja auch eine Rubrik »Private Fotos«, die sie für ausgewählte Online-Verehrer freischalten konnte. Dieses Internet-Dating wurde ja immer interessanter.

4. Kapitel

Neuer Tag, neues Glück, dachte Richard, als er am nächsten Morgen beim Frühstück saß. Die Wirtin Melanie stellte ihm wortlos eine Kaffeekanne auf den Tisch. Freundlich war sie nur am ersten Abend gewesen, danach hatte sie angefangen, ihn zu ignorieren. Offenbar schien ihr etwas die Laune verdorben zu haben, und er hoffte nicht, dass er schuld daran war. Aber er hatte keine Unordnung im Zimmer verbreitet, auch die Handtücher hatte er umweltbewusst zur wiederholten Benutzung zurück an die Haken gehängt.

Gestern hatte noch ein älteres Ehepaar gemeinsam mit ihm gefrühstückt, heute war er der einzige Gast. In dem kleinen Speisesaal war auch kein weiterer Tisch gedeckt. Vielleicht verursachte das die schlechte Laune der Wirtin, bestimmt hatte sie nicht genug Gäste. Er bestrich sein Brötchen mit Butter, legte eine Scheibe westfälischen Schinken darauf und biss herzhaft hinein. Köstlich!

Nachdem er den letzten Bissen seines Brötchens hinuntergeschluckt und seine Kaffeetasse geleert hatte, sprach er die Wirtin an: »Sagen Sie, kennen Sie Wanda Holtkamp?«

»Was wollen Sie von Wanda?« Die Bewohner Osterbürens hatten offenbar ein gewisses Misstrauen Fremden gegenüber, nicht nur, wenn sie von ihnen ärztlich behandelt wurden. Und als Fremder zählte man offenbar auch, wenn man das Dorf zehn Jahre lang verlassen hatte.

Richard versuchte, entspannt zu lächeln. »Oh, ich dachte mir, es wäre doch schön, eine Schulfreundin zu besuchen. Alte Zeiten aufleben lassen. So was.«

Sie kniff die Augen zusammen. »Das mit den alten Zeiten lassen *Sie* besser bleiben.«

Was meinte sie denn damit? Sie konnte unmöglich wissen, mit welchen Hintergedanken er hierhergekommen war.

»Außerdem ist Wanda im Augenblick … nicht abkömmlich. Im Urlaub. Ganz weit weg. Nicht aufzufinden.«

»Was?«

»Auf den … Seychellen. Kommt erst in drei Monaten wieder.«

»Aber sie wohnt noch hier in Osterbüren?«, fragte er zögerlich.

Die Wirtin presste die Lippen aufeinander und erinnerte ihn in diesem Moment ganz stark an Frau Hagedorn und ihre Kooperationsbereitschaft vom Vortag. So feindselig hatte er sein Heimatdorf gar nicht in Erinnerung. Aber das Gedächtnis verklärte bekanntermaßen.

»Danke trotzdem für Ihre Hilfe«, verabschiedete

Richard sich, ohne eine Antwort erhalten zu haben. Die Frau schien wirklich einen extrem schlechten Tag zu haben. Auf dem Weg zurück ins Zimmer bemerkte er aus den Augenwinkeln, wie die Wirtin ihm einen Blick zuwarf und zum Telefon griff. Komische Frau!

Er beschloss, Frau Köchlin nach Wanda zu fragen.

Mit einem Kaffeebecher in der Hand machte Wanda sich auf den Weg zum Jäger. Sie musste immer noch einen Raum für ihre Yogagruppe finden, und wenn Melanie weiterhin ihre Schultern beweglich halten wollte, würde sie unter Umständen den kleinen separaten Gastraum, der fast nie genutzt wurde, zur Verfügung stellen.

Vor dem Jäger stand ein dunkelblaues Auto. Welche Marke konnte Wanda nicht sagen, wenn kein Mercedes-Stern auf der Kühlerhaube prangte, war sie verloren. Sie hatte ihre Führerscheinprüfung damals nicht geschafft und war seitdem mit den Öffentlichen unterwegs. Münchener Kennzeichen, na, so etwas hatten sie aber selten hier. Die einzige Person, die sie in München kannte … Schnell wandte sie sich ab, aber auch der Kirschbaum daneben weckte unzählige Erinnerungen an … Seufzend nahm sie einen Schluck Kaffee und betrat den Jäger.

Als sie an die Rezeption trat, konnte sie niemanden sehen. »Guten Morgen! Jemand zu Hause?«, rief sie in die Küche hinein. Vielleicht traf Melanie schon Vorbereitungen fürs Mittagessen.

»Huch, Wanda, hast du mich erschreckt!« Plötzlich tauchte ihre Freundin hinter der Rezeption auf.

»Hast du da am Boden herumgelungert?«, fragte Wanda.

Melanie stellte das Telefon wieder an seinen Platz. »Schon gut. Hatte nur grad … Du bist niemandem begegnet, oder?«

»Nein«, sagte Wanda langsam, »deshalb hab ich ja so geschrien. Du hast einen neuen Gast, richtig?«

»Einen neuen Gast? Ich? Nee, gar keinen.«

Wanda nickte zum Schlüsselbrett. »Ein Schlüssel fehlt. Und draußen steht ein Wagen mit Münchner Kennzeichen.«

»Ach der!« Melanies Lachen klang gezwungen. »So ein uralter Kerl. Auf der Durchreise. Mindestens 90, total uninteressant.«

»Okay.« Wanda war sich nicht sicher, was sie von Melanies Benehmen halten sollte. Bisher war ihre Freundin eigentlich immer recht normal gewesen. Bis auf ihre Vorliebe für Schnaps, aber die teilte so ziemlich ganz Osterbüren mit ihr. »Ich hätte da eine Bitte«, begann Wanda schließlich das Gespräch, weshalb sie überhaupt hergekommen war. »Das Gemeindezentrum ist ja jetzt wegen Asbest gesperrt.« Sie sah Melanie hoffnungsvoll an, die aber nur geistesabwesend nickte.

»Wenn unser Kurs nicht ausfallen soll, brauche ich dringend einen neuen Raum.«

Wieder ein fahriges Nicken, dann blickte Melanie besorgt nach oben.

»Sag mal, ist irgendwas?«

»Nichts, gar nichts.« Melanies Augen huschten vom Telefon zum Eingang und wieder zu Wanda, die nur mit dem Kopf schütteln konnte.

»Ein ausgefallener Yoga-Termin, und schon merkt man dir den Stress an«, sagte Wanda. »Da siehst du, wie wichtig ein neuer Raum ist.« Mit Subtilität kam sie bei Melanie heute scheinbar nicht weiter.

»Jaja« war ihre einfallslose Antwort.

Oben schlug eine Tür zu, schnelle Schritte waren zu hören. »Scheint ja noch ganz dynamisch zu sein, dein 90-Jähriger.« Wanda runzelte die Stirn.

»Huch, ja! Und schon so spät! Ich muss an die Arbeit! Wanda, du gehst am besten hinten raus.« Noch während sie sprach, kam Melanie um die Rezeption herumgelaufen. »Da fällt mir gerade ein, vielleicht besprechen wir besser noch das Menü fürs Wochenende.«

»Ich denke, ich soll am Wochenende nicht arbeiten?«

»Nur deine Meinung! Was hältst du zum Beispiel von Herrencreme als Nachtisch? Oder lieber Rote Grütze?« Sie machte kleine Handbewegungen, als wolle sie sie von der Rezeption verscheuchen.

Wanda kniff die Augen zusammen. »Darf ich diesen Gast nicht sehen?« Auch schon Melanies vorheriges Verhalten deutete darauf hin, dass etwas Seltsames vor sich ging. Normalerweise war Melanie immer für einen kleinen Schwatz zu haben, weshalb heute nicht?

»Du hast doch nicht etwa einen neuen Freund?« Das war die einzige Theorie, die Wanda zur Hand hatte. Den Aushilfskellner Timo hatte sie schon ein paar Mal dabei beobachtet, wie er Melanie hinterhersah. Melanie war mit ihren 36 Jahren schon zweimal verheiratet gewesen, die letzte Scheidung lag erst ein paar Monate zurück, vielleicht wollte sie die Beziehung für den Anfang geheim halten. Aus Pietätsgründen oder so. Etwas, das Maggie völlig fremd war, Melanie aber mit Sicherheit Oma Gerties Applaus eingetragen hätte. Ihre Ehen hatten zwar beide nicht lange gehalten – Melanie konnte jahrelange Beziehungen führen, aber ein Trauschein war eine Art Todeskuss –, aber da ihr jüngster Ex, Martin, ebenfalls im Jäger gearbeitet hatte, wollte sie möglicherweise ihre Gäste oder die übrigen Mitarbeiter mit Timo nicht überfordern.

»Wie kommst du denn darauf?« Jetzt waren Schritte auf der Treppe zu hören, und Melanie schubste Wanda regelrecht in die Küche, wo sie schnell die Tür hinter sich zuzog.

»Du hast eine blühende Fantasie«, sagte sie dann. Sie schürzte die Lippen. »Aber das wäre doch eine Möglichkeit für dich.«

Jetzt war Wanda vollends verwirrt.

»Na, ein neuer Freund!« Melanie strahlte. »Das würde alle Probleme lösen.«

»Welche Probleme?« Wanda hatte keine Probleme. Das einzige Problem war, dass sie keinen Raum für ihre Yogagruppe hatte. Ansonsten war sie glücklicher Single und trauerte niemandem hinterher, schon gar nicht R… »Ich will keinen Freund.« Sie verschränkte die Arme vor der Brust. »Ich will einen Yogaraum.«

Nun war Melanie diejenige, die der Unterhaltung offenbar nicht mehr folgen konnte.

»Sag mal, hörst du mir überhaupt zu? Ich brauche dein Separee.«

Damit hatte sie schlagartig Melanies Aufmerksamkeit. »Mein … meinen Gastraum?«

Wanda nickte. »Das Gemeindezentrum ist geschlossen, Meier & Meier, so Immobilienheinis, wollen 650 Euro, soll ich den Unterricht in meinem Wohnzimmer abhalten?«

»Das Separee steht völlig außer Frage.«

»Oh?« Mit unumwundener Ablehnung hatte sie nicht gerechnet. Melanie war Freundin, Yogaschülerin und manchmal Arbeitgeberin.

»Entschuldige, Wanda, das ist wirklich nicht böse gemeint. Es ist nur so, dass der Raum … dass der Raum gebucht ist. Die ganzen nächsten Wochen.«

»Von deinem ominösen Gast?«

»Genau.« Melanie nickte heftig. »Ein 90-Jähriger, der seine Abgeschiedenheit liebt. Tut mir leid. Ich hätte dir wirklich gern geholfen.«

»Na dann …« Wanda zögerte. Aber Melanie guckte so unglücklich, da konnte sie ihr nicht lange böse sein. »Soll ich dir am Samstag aushelfen?« Es würde wieder schön werden, da gab es im Jäger genug zu tun: Radfahrer und andere Wochenendausflügler liebten die Terrasse neben dem Kirschbaum.

»Oh nein, nein.« Melanie winkte ab. »Ich brauch dich am Wochenende nicht. Genieß ein paar freie Tage. Ohne Kellnern, ohne das Separee. Ach, komm einfach gar nicht in die Nähe vom Jäger! Du hast dir etwas Entspannung verdient. Meine Güte, deine Großmütter reißen mir sonst den Kopf ab.«

Jetzt war Wanda sich endgültig sicher, dass irgendwas im Busch war. »Was ist denn heute mit dir los? Und was haben meine Großmütter damit zu tun?«

»Na, der Stress!«, sagte Melanie schnell. »Dass du auch mal Pause machst, dich erholst. Du tust so viel, hilfst hier, hilfst dort, du musst dir auch mal ein paar freie Tage gönnen.«

Wanda kniff die Augen zusammen. »Von Entspannung und Ruhe hat Oma Gertie nichts gesagt, eher das Gegenteil. Sie will, dass ich backen lerne.«

»Gute Idee.« Melanie nickte heftig. »Männer mögen Backen.«

»Jetzt fang du nicht auch noch damit an. Erst Oma Gertie, und Nils hat …«

»Oh Gott, bloß nicht Nils. Vom Regen in die Traufe! Weißt du was, Wanda? Wir fahren zusammen nach Münster.«

»Um was zu tun?«

»Da könntest du vielleicht mal einen Mann kennen lernen, der dich auf andere Gedanken bringt.«

»Ich bin auf anderen Gedanken!«, widersprach

Wanda und kümmerte sich weder um Sinn noch Grammatik in ihrem Satz.

»Wer's glaubt.« Melanie winkte ab. »Ich höre da immer so einen bestimmten Namen, der jedes Mal auftaucht, wenn hier im Jäger ein netter Mann sitzt und mit dir flirten will. ›Also Richard war aber ganz anders‹«, äffte sie Wanda nach. Oder versuchte es, Wanda fand nämlich überhaupt nicht, dass sie so jammerig klang. Nie! Und Richard hatte sie inzwischen auch längst vergessen, wie oft sollte sie das noch sagen.

»Ich bin jetzt fast 30. Es ist Zeit, in die Zukunft zu sehen.« So hatte Oma Gertie es neulich am Telefon ausgedrückt. Da hatte Wanda noch mit den Augen gerollt, jetzt schien es ihr eine passende Erwiderung.

»Sehr gut, dann können wir nach der Zukunft in Münster suchen.«

»Ich meinte damit, dass ich keinen Mann brauche. Über Richard bin ich schon seit Ewigkeiten hinweg!«

»Hmmhhmm«, brummte Melanie ungläubig. »›Dieser Alexander hat keinen Humor, Richard konnte mich immer zum Lachen bringen.‹ ›Manuel mag keine Fahrradtouren, mit Richard bin ich so oft durch die Felder nach Münster gefahren.‹« Sie hatte immer noch diese jammerig-piepsige Stimme drauf.

»Alexander und Manuel waren Vollidioten«, verteidigte Wanda sich.

»Und Thomas und Sebastian und Jan und Hein und Klaas und Pitt!«

»Nur weil du dich immer gleich in Ehen stürzt, muss …«, begann Wanda.

»Post!«, rief in diesem Augenblick Bernie von draußen.

Vielleicht besser so. Das Thema »Ehe« war nicht Melanies liebstes.

»Ach, Bernie, gut, dass du da bist. Ich warte auf einen wichtigen, äh, Brief.« Melanie lief dem Postboten entgegen, flüsterte ihm etwas zu, das Wanda nicht verstehen konnte, und auf sein Kopfschütteln hin klatschte sie in die Hände und sagte: »Münster ist beschlossene Sache. Wir gehen aus und flirten. So, und jetzt muss ich weitermachen. Wanda, du gehst am besten nach Hause. Ruhe und so. Komm einfach gar nicht mehr hierher!«

Kopfschüttelnd verabschiedete Wanda sich und verschwand durch den Hinterausgang nach draußen.

Einmal um das Haus herumspaziert, stellte Wanda fest, dass das Auto mit dem Münchner Kennzeichen immer noch vor der Tür stand.

Als Richard die Praxis betrat, war das Wartezimmer noch beinahe leer. Frau Köchlin saß, die Brille weit die Nase heruntergeschoben, am Computer und tippte eifrig.

»Sagen Sie, Frau Köchlin«, begann Richard und lehnte sich an ihren Anmeldetresen. Außer einem leichten Stirnrunzeln bekam er keine Reaktion, aber er beschloss mutig zu sein. »Wanda Holtkamp, wohnt die noch in Osterbüren?«

Sie brummte, die Tastatur klackte.

»Wissen Sie vielleicht, ob sie im Augenblick im Urlaub ist?«

Erneutes Stirnrunzeln, weiteres Klacken.

Richard seufzte. Seine Sprechstundenhilfe war nicht kooperativer als seine Patienten.

»Wo wohnt sie denn eigentlich?«

Jetzt blickte Frau Köchlin doch auf. »Haben Sie nichts zu tun? Sollten Sie nicht ein paar Leben retten?«

Ha! Er dachte wieder an die Schönheitsklinik.

»Sollte ich …«, murmelte er und wandte sich zum Wartezimmer um.

Die alte Frau Hagedorn funkelte ihn missmutig an.

Er seufzte. »Schicken Sie mir die erste Patientin in Behandlungsraum eins.«

Den Informationszettel über seine Vertretung von Doktor Lehmkuhl musste er auch noch erneuern, so lange konnte Frau Hagedorn warten. Noch schlechter konnte ihre Laune ja nicht werden.

Mit dem DIN-A4-Ausdruck, den sein Drucker mittlerweile ausgespuckt hatte, hastete Richard an Frau Köchlin vorbei. »Ich bin sofort wieder da«, rief er ihr zu. Unten an der Haustür klebte er den Tesafilm einmal komplett um das Blatt Papier, damit kein Windstoß es wieder davonreißen konnte.

Vertretung bis zum 16. August: Dr. Richard Mensing

Zufrieden trat er einen Schritt zurück, kniff prüfend die Augen zusammen und wollte gerade schon in seine Praxis zurück, als er ein ganzes Stück die Straße hinunter eine Person näher kommen sah. Dieser beschwingte Schritt, die lockigen Haare, war das … Sein Herz klopfte schneller. Aber Wanda war doch im Urlaub, oder nicht? War es also Einbildung? Oder Wunschdenken, flüsterte sein Herz, das er schnell zum Schweigen brachte. Er hatte Janine. Er war nur … neugierig.

Vielleicht war sie ja früher zurückgekommen. Ohnehin schien die Wirtin nicht besonders gut informiert gewesen zu sein, sie hatte erst scharf nachdenken müssen, bevor ihr wieder eingefallen war, dass Wanda Urlaub auf den Seychellen machte. Richard trat einen Schritt vor, um der Person entgegenzugehen, damit sie nicht in einer Seitenstraße verschwand. Er musste einfach wissen, ob … Unsanft wurde er am Ärmel zurückgezogen, dass er beinahe aus dem Gleichgewicht geriet.

Als er sich umsah, funkelte ihn ein alter Mann mit Krückstock böse an. Den kannte er doch von seinem ersten Tag bei Dr. Lehmkuhl?

»Entschuldigen Sie.« Richard versuchte sich loszumachen, doch nun stieß der alte Mann ihm seinen Stock auch noch gegen die Schienbeine.

»Sie sind doch Arzt.«

Richard sah zu dem Blatt Papier, das seine Vertretung ankündigte. »Schon, aber …«

»Behandeln Sie mich.«

»Natürlich. Sie können gern einen Termin …«

»Jetzt.« Der Alte drückte auf den Klingelknopf zur Praxis, er ließ sich fast dagegenfallen, sodass es oben bei Frau Köchlin sicher Sturm klingelte.

»Na, hören Sie mal!«

»Haben Sie diesen hippokratischen Eid geleistet oder nicht? Es gibt einen Notfall!« Die Tür summte, der Alte stieß sie auf und schob dann Richard mit seinem Stock vor sich her, der keine Chance hatte zu entkommen. Dazu hätte er tatsächlich Gewalt anwenden müssen. Der Kerl wollte ein Notfall sein?

»Was haben Sie denn?«, fragte er den Mann, dem es ja doch erstaunlich gut zu gehen schien, trotz Krückstock wies er enorme Kraft auf.

»Furchtbare Schmerzen« war die knappe Antwort, dann scheuchte der Alte ihn die Treppe hoch zur Praxis.

Augenblicklich stellte sich bei Richard Professionalität ein. Ein Herzinfarkt, Schlaganfall, in dem Alter keine Seltenheit. »Kommen Sie.« Er hielt dem Mann die Tür auf, damit er ungehindert die Praxis betreten konnte, und führte ihn am Ellenbogen untergefasst weiter.

»Frau Köchlin, ich muss einen Notfall vorziehen«, rief Richard der Sprechstundenhilfe zu und brachte den alten Mann direkt in Behandlungsraum drei. »Möchten Sie sich hinlegen?«

Der alte Mann schüttelte den Kopf und setzte sich

umständlich auf die Patientenliege, wobei sein Krückstock klappernd zu Boden fiel.

»Herr Brockmann?« Frau Köchlin, die in der Tür zum Untersuchungszimmer erschienen war, zog erstaunt die Augenbrauen hoch.

Der alte Mann machte eine unbestimmte Handbewegung.

»Ich brauche möglicherweise das EKG«, informierte Richard Frau Köchlin, während er sich hinunterbeugte, um den Krückstock aufzuheben und an die Wand neben der Liege zu stellen. »Wann genau sind die Symptome zum ersten Mal aufgetreten?«, fragte er an Herrn Brockmann gewandt.

»Vorhin.«

»Vor einer Stunde? Vor einer halben?«

Der Mann wiederholte seine Handbewegung. »Na, eben.«

»Direkt vor meiner Haustür?«

»Sieht so aus.« Mit diesen Worten stieg er von der Liege.

»Was …«

»Ich muss nach Hause. Komm doch grad vom Einkaufen, die Milch wird schlecht.«

»Aber Sie können doch jetzt nicht einfach gehen!«

»Warum nicht? Mir geht's gut.«

Was war denn jetzt los? Richard blickte zu Frau Köchlin, die gerade das EKG in den Behandlungsraum brachte.

»Und was ist mit Ihren Schmerzen?«, fragte er den Alten.

»Sind wech.« Herr Brockmann schnappte sich seinen Krückstock sowie die Einkaufstasche und hinkte schneller nach draußen, als Richard reagieren konnte. Verdutzt sah er ihm hinterher. Erst die zufallende Praxistür löste ihn aus seiner Starre.

»Ist der verrückt?«, fragte er langsam.

»Brockmann? Nee. Eigentlich nur dickköpfig.«

Und kurz entschlossener Patient.

»Vielleicht braut sich da gerade etwas zusammen«, sagte Richard schließlich und zuckte mit den Schultern. Altersdemenz, Hypochondrie … »Jemand sollte ihn im Auge behalten.«

Zweifelnd hob Frau Köchlin eine Augenbraue, dann rollte sie das EKG-Gerät wieder aus dem Raum.

Ja, er wusste es doch auch nicht.

Beschwingt drückte Maggie auf den roten Hörer ihres iPhones. Das dritte Telefongespräch mit einem vielversprechenden Herrn. Er hieß Paul und besaß nach eigener Aussage sehr viel Geld. Da fand Maggie es durchaus angebracht, das Date mit ihm vorzuziehen. Und wenn sie ihre eigenen Dates abgewickelt und sich für einen – oder auch zwei oder drei – Kandidaten entschieden hatte, würde sie Wanda einen Mann finden. Da konnte Gertrud, die blöde Spießerin, lange suchen, die wusste doch nicht, was sexy war, wenn es sie ins Schienbein biss! Ja, die heckte sicher gerade irgendeinen Plan aus, wie sie für Wanda einen Steuerberater an Land ziehen konnte. Vermutlich mit Anzeigen in der Zeitung oder ähnlichen Methoden aus dem 19. Jahrhundert.

Ihr Handy klingelte erneut.

»Hier ist Melanie!«, rief es aufgeregt durch die Leitung. »Wanda ist im Urlaub!«

Maggie blinzelte. Wanda? Im Urlaub? Was hatte sie da verpasst? Sie sah auf den Joint zwischen ihren Fingern, den sie sich zur Feier des Tages angezündet hatte. Möglicherweise war der schuld?

»Also, das habe ich zumindest Richard erzählt. Das Risiko quasi minimiert! Er glaubt jetzt, sie ist gar nicht in Osterbüren.«

»Kluges Kind.«

»Sagen Sie auch Gertrud Bescheid?«

»Äh …«

»Super, danke, ich muss dann jetzt auch weiter, hab Gäste.« Damit hatte sie auch schon wieder aufgelegt.

Gertrud Bescheid sagen? Maggie starrte auf ihr Telefon und dachte an die letzten Worte, die sie mit ihr gewechselt hatte. Warum sollte sie ihr Bescheid sagen? Es gab ja kein Problem. Beruhigen musste sie die Alte wirklich nicht. Vor allem, wenn die Wanda womöglich einen Steuerberater auf den Hals hetzte. Das arme Kind! Nein, Maggie musste einschreiten und den eigenen Plan in die Tat umsetzen.

Sie suchte auf dem iPhone eine Nummer heraus.

Als am anderen Ende der Leitung abgehoben wurde, flötete Maggie: »Wanda, Schätzchen, wir gehen shoppen!«

»Frau Reimer, versuchen Sie, Petra nicht die Füße ins Gesicht zu stecken«, sagte Wanda, während sie ihre Yogagruppe beim ersten Sonnengruß begutachtete.

Um nicht noch eine Stunde ausfallen zu lassen, hatte sie den heutigen Unterricht kurzerhand in ihr Wohnzimmer verlegt. Das war doch eine super Idee. Sie brauchte keine teure Miete zu zahlen, sie konnte weiterhin bei Klaus arbeiten, bei Melanie kellnern, auf dem Markt Gemüse verkaufen und Nils auf dem Bauernhof helfen.

Und Yoga würde sie zu Hause machen.

»Ich weiß, der Platz ist beengt« – gerade noch rechtzeitig konnte sie Melanie vor dem Umfallen bewahren, nicht jedoch sich selbst vor Herrn Mönkebüschers Ellenbogen, der sich schmerzhaft in ihre Rippen bohrte –, »aber es kommt ohnehin hauptsächlich auf die innere Haltung an. Es ist einfach toll, wie motiviert Sie dennoch alle sind«, keuchte Wanda, hielt sich kurz die linke Seite, bevor sie wieder nach vorn hechtete, um den Fernseher vor Frau Grubers Füßen zu retten.

Dann stellte sie sich wieder auf ihre eigene Matte vor der Gruppe und kontrollierte, ob unmittelbare Lebensgefahr für jemanden bestand, bevor sie die Handflächen aufeinanderlegte. »Wir wiederholen heute den Diamantsitz«, sagte sie, ging hinunter auf die Matte und atmete tief ein. Der Diamantsitz war gut, für den Diamantsitz brauchte es nur minimalen Platz und kaum Bewegungsfreiheit. Außerdem hatte sie eine Verschnaufpause nötig, und im Sitzen konnte sie zumindest wieder zu Atem kommen. Nach ihren Yogastunden war Wanda regelmäßig schweißgebadet.

Frau Gruber nieste.

»Waren Sie schon beim Arzt?«, fragte Wanda besorgt. »Ist es eine Allergie?«

»Ach, Arzt! Dieser Jungspund …« Gleichzeitig mit Melanies Fuß, der sie am Schienbein traf, schlug sich Frau Gruber die Hand über den Mund. »In Münster«, sagte sie schließlich langsam. »Ich muss zu Doktor Lehmkuhl, diese jungen Kerls heutzutage haben doch alle keine Ahnung.«

»Vielleicht kennen sie neuere Behandlungsmet…«

»Papperlapapp!« Frau Gruber machte eine wegwerfende Handbewegung. »Denen fehlt die Erfahrung.«

»Wie wär's mit einem Schnaps?«, fragte Melanie. »Altes Hausmittel.«

Wanda konzentrierte sich wieder auf die Übung. »Yoga kräftigt die Muskeln, stärkt die Beweglichkeit und trainiert selbst die Kondition«, wiederholte sie die Worte ihrer eigenen Yogalehrerin aus Münster, die sie inzwischen voll und ganz nachvollziehen konnte.

»Chottverdammmich!«

Nur für eine Sekunde hatte sie die Augen geschlossen. Nur für eine Sekunde im Diamantsitz, wo doch eigentlich nichts hätte passieren sollen. Und jetzt saß Herr Mönkebüscher mit bedröppelter Miene und einer zerbrochenen Sammeltasse von Oma Gertie in der Hand auf seiner Matte. Wo auch immer die Sammeltasse herkam, eigentlich hatte Wanda die meisten Gegenstände auf der Kommode und dem Couchtisch weggeräumt – nur die Vase hatte bleiben dürfen, weil sie hoffte, dass der Strauß frischer Wiesenblumen eine entspannte Atmosphäre schaffte.

»Machen Sie sich keine Sorgen um das alte Ding!«, rief Wanda fröhlich, sprang auf und überlegte sich in Gedanken schon, wie sie das jemals wiedergutmachen sollte. *Das alte Ding* gehörte zu Oma Gerties Heiligtümern, mit denen sie Wanda eine Freude gemacht hatte. Aber das musste der zerknirscht dreinblickende Herr Mönkebüscher ja nicht wissen. »Hauptsache, Sie schneiden sich nicht!« Wanda nahm ihm die Scherben ab, ritzte sich selbst in den Finger, unterdrückte einen Fluch und saugte am malträtierten Daumen. »Und zum Schluss entspannen wir uns!«, rief sie ihren Kursteilnehmern zu. »Einfach auf die Matte legen und den Kopf leer werden lassen.« Sie drehte die sanfte Musik einen Tick lauter und lief in die Küche, wo sie die Überreste im Müll entsorgte. Wenn sie Oma Gertie nichts sagte, würde sie die Tasse vielleicht gar nicht vermissen. Schnell lief Wanda wieder zurück ins Wohnzimmer.

»Sehr gut machen Sie das, sehr gut«, lobte sie den

Kurs, während sie sich zwischen den Matten hindurchschlängelte und neben dem Couchtisch sanft Frau Grubers Füße von Jessicas Ohr löste.

In diesem Augenblick klingelte es an der Tür.

Wanda zählte innerlich bis drei. Es klingelte noch einmal, dann schrie jemand laut »Post!«. Bernie. Mit einem Lächeln sprang Wanda auf. »Und denken Sie dran: Entspannen!«, murmelte sie schon auf dem Weg zur Haustür.

»Blumen für dich.« Bernie strahlte sie an. »Melanie hat mir übrigens erzählt, dass du einen neuen Freund brauchst. Dass sie dir einen sucht – klasse Idee!«

Wanda sah auf die Blumen in ihrer Hand, dann in das rosige Gesicht des kleinen Postboten. Wie sollte sie ihre nächsten Worte verpacken? »Bernie, ich mag dich wirklich gern, ehrlich, aber …«

Der Groschen schien bei ihm zu fallen. »Oh, nein, nein!«, wehrte er ab. »Das war keine Anmache, entschuldige bitte. Die sind von Klaus.«

Klaus, der mit über 50 sicher eine gute Partie war für eine, die … 20 Jahre älter war als Wanda.

»Äh …«

»Oooh, nein.« Jetzt wurde Bernie rot. »Die sind nur ein Dankeschön. Und Klaus lässt fragen, ob du ihn morgen noch einmal vertreten kannst? Er muss zum … Friseur.« Bernie verzog den Mund.

Erleichtert atmete Wanda auf. »Sag ihm, ich drück die Daumen. Du weißt schon. Morgen geht klar. Und tut mir leid, Bernie, aber ich muss …« Sie deutete mit der Hand ins Innere der Wohnung.

Er stellte sich auf die Zehenspitzen. »Ihr macht Yoga in deinem Wohnzimmer?«

»Im Gemeindezentrum haben sie Asbest gefunden.«

»Ah. Und habt ihr keinen anderen Raum?«

»Schwierig. Jetzt muss ich aber wirklich …«

»Jaja, kein Problem.« Bernie winkte ab. »Ich hab ein Auge auf ungebetene Gäste.« Er zwinkerte ihr zu.

Wanda verstand zwar nicht, was er damit meinte, war aber froh, als er den steinernen Weg zurück zum Gartentor nahm, schloss die Tür und sauste in die Küche, um die Blumen abzulegen. Ins Wasser stellen konnte sie sie später noch.

Bevor sie jedoch wieder im Wohnzimmer war, klingelte es erneut an der Tür.

»Maggie!«

Umweht von Räucherstäbchen und einem Hauch Orange drückte ihre Oma ihr einen Kuss auf die Wange. »Wir gehen shoppen!«

»Aber doch erst …« Wanda sah auf die Uhr. Ihr Kurs war zu Ende. »Entschuldige. Warte hier.«

Sie hetzte zurück ins Wohnzimmer, schaltete den CD-Player aus und begann ihre Verabschiedung.

»Chottverdammmich.« Herr Mönkebüschers Yogamatte war zurückgeschnellt und ihm um die Ohren geflogen.

Frau Gruber nieste. Als Maggie versuchte, ins

Wohnzimmer zu treten, blieb sie im Türrahmen stehen – es war einfach nicht genug Platz. Frau Gruber zwinkerte ihr zu. Maggie nickte daraufhin, und es folgte ein weiterer Blickaustausch mit Melanie, den Wanda nicht deuten konnte. Vermutlich ging es um die Tage der *Ruhe* und *Entspannung*, weit weg vom Jäger. Stattdessen würde sie eben in Klaus' Post-Shop arbeiten, wo es zugegebenermaßen tatsächlich entspannter zuging.

Schließlich hatten alle ihre Yogaschüler das Haus verlassen, und Wanda konnte sich endlich ihrer Großmutter widmen. »Eigentlich habe ich überhaupt keine Zeit.« Sie deutete auf den Küchentisch, auf dem sich Zeitungen mit Kleinanzeigen, Yogabücher und Notizen stapelten. »Außerdem war ich erst letzte Woche shoppen.« Sie zeigte auf das T-Shirt, das sie trug, das sie in Münster zusammen mit einer Jeans erstanden hatte.

»Das ist ja das Problem.« Missbilligend sah Maggie Wanda von oben bis unten an. Ihre Großmutter selbst war heute in einen wallenden Rock und eine Bluse gehüllt, die weiter ausgeschnitten war als notwendig. Armreifen klimperten an ihren Handgelenken.

»Was ist ein Problem?« Jetzt verstand Wanda gar nichts mehr.

»Jeans und Turnschuhe, mein Kind«, Maggie hakte sich bei Wanda unter und tätschelte ihre Hand, »sind sehr praktisch, wenn man mal den Bus verpasst hat und zur Arbeit rennen muss. Aber sie sind nicht sehr … na ja …« Mit ihrer freien Hand machte sie eine spielerische Bewegung.

»Nicht sehr?«, hakte Wanda nach.

»Nicht sehr … nicht sexy, okay? Es ist einfach nicht sexy.«

»Jeans können sehr sexy sein«, widersprach Wanda. Sie hatte da eine knallenge im Schrank, bei der ihr jeder männliche Gast im Jäger auf den Hintern glotzte, wenn sie sie trug. Und einige der weiblichen ebenfalls.

Maggie gab ein Geräusch von sich, das Wanda bestenfalls als »angewidert« bezeichnen konnte.

Dann zog sie eine Schnute. »Willst du nicht mal mit deiner noch sehr jung gebliebenen Großmutter einen netten Nachmittag verbringen?«

Erst Oma Gertie und ihre Backwut, nun Maggie … Die beiden führten doch was im Schilde? Wanda zog die Augenbrauen zusammen. »Ist es, weil ich bald 30 werde?«, fragte sie. Die alte Frau Hagedorn hatte neulich geseufzt und Wanda gefragt, ob sie nicht endlich an eine Familie denken wollte – in ihrem Alter.

»Natürlich nicht.« Maggies unschuldiger Blick war in Wirklichkeit alles andere als das. »Ich möchte nur Zeit mit meiner liebsten Enkelin verbringen.«

Mit der einzigen. Aber bevor Wanda eine schnippische Antwort geben konnte, fielen ihr Oma Gerties ominöse Worte beim Backen wieder ein, und ihr Gehirn fügte unerbittlich den Nebensatz hinzu: bevor es zu spät ist. War es das? Musste Gertrud sterben?

Hatte auch Maggie Angst vor dem Tod? Ja, beide Omas waren schon über 70, aber das war doch heutzutage kein Alter mehr!

Wanda schluckte und drückte Maggies Hand. »Ich hole nur schnell meine Handtasche. Dann können wir los.«

Weder Maggie noch Wanda besaßen ein Auto. Gut, in der Garage von Wandas Eltern stand eins, das sie sich hätten ausleihen können. Aber Wanda hatte keinen Führerschein, und Maggie fuhr nur im äußersten Notfall. Auf die Frage, warum sie sich so selten ans Steuer setzte, guckte sie nur entsetzt und sagte: »Dann muss ich ja nüchtern bleiben!«

Wanda selbst hatte ihre Fahrprüfung nicht geschafft, damals, als R… Sie verzog den Mund. Jedenfalls hatte sie mit verweinten Augen beinahe nichts gesehen und war dem Fahrprüfer über den Fuß gerollt, bevor er überhaupt eingestiegen war. Danach hatte sie nie wieder ein Lenkrad angefasst.

Aber Busse fuhren, zumindest tagsüber, relativ häufig nach Münster, und so stiegen Wanda und Maggie keine Stunde später am Hauptbahnhof aus und machten sich auf den Weg in die Innenstadt.

»Langweilig, langweilig, langweilig«, kommentierte Maggie die Läden, die sich rechts und links von ihnen befanden. »Jeans, T-Shirts, Turnschuhe… Ooooh! Sieh mal!« Sie griff Wanda bei der Hand und zerrte sie in eine kleinere Seitenstraße, die von der Fußgängerzone abzweigte. »Das ist genau das, was wir brauchen.« Zufrieden blieb sie vor dem Laden stehen, dessen rotes Werbeschild mit einem Teufelsschwanz und einem Kussmund bemalt war. Ein Blick ins Schaufenster bestätigte Wandas Zweifel.

»Das ist ein Sex-Shop!«

»Die haben einen äußerst netten Minirock. Bei deinen Beinen solltest du dich schämen, sie in lange Hosen zu hüllen.«

»Der geht ja nicht mal ganz über den Hintern!«

»Eben.«

»Er ist aus Leder!«

Maggie kniff die Augen zusammen. »Latex, um genau zu sein. Kind, das kann man doch nicht verwechseln.« Anschließend murmelte sie etwas, das Wanda nicht genau verstand, es klang aber verdächtig nach: »Da habe ich noch viel Arbeit vor mir.«

Resolut zog sie die Tür auf, die auch noch lautstark bimmelte, um ihre Ankunft anzuzeigen. So viel also zu Wandas Plan, wenigstens heimlich wieder aus dem Laden zu verschwinden.

»Wir würden gern den Rock aus dem Schaufenster anprobieren«, instruierte Maggie den überraschend durchschnittlich aussehenden Verkäufer, der herbeigeeilt war. »Einmal in Größe S und einmal in … Wanda, was ist das bei dir? Ach, bringen sie noch einmal S und einmal M.« Dann zwinkerte sie dem Mann zu und kicherte.

Wanda wäre am liebsten im Boden versunken. Aber sie musste ihn aufhalten, bevor Maggie sie tatsächlich zwang, das Ungetüm anzuprobieren. Tapfer räusperte sie sich also und fragte: »Haben Sie vielleicht auch ein etwas … dezenteres Modell?«

Jetzt kicherte der Verkäufer und zwinkerte Maggie zu. »Aber klar doch. Auch die etwas … Zurückhaltenderen unter uns sollen gut gekleidet sein.« Er rauschte davon und tauchte gleich darauf wieder auf, um Maggie das Nichts von schwarzem Latex in die Hand zu drücken und Wanda einen längeren schwarzen Lederrock zur Ansicht hinzuhalten.

»Der ist … also …« Er war mit Abstand der kürzeste Rock, den Wanda je getragen hatte, aber offenbar der längste, den der Laden anzubieten hatte. Also schnappte sie sich das Ding und verschwand in der Umkleidekabine neben ihrer Oma.

Einmal tief ein- und wieder ausatmen, die Augen schließen. Vrksasana, der Baum. Fest in der Erde verankert, nichts konnte ihn aus der Bahn werfen, nichts zu Fall bringen, ihre Füße waren Wurzeln.

Noch einmal ein- und ausatmen und nicht daran denken, dass es ihre Oma war, die in der Umkleidekabine nebenan einen wirklich obszön kurzen Rock anprobierte. Aber Maggie war immer schon etwas anders als andere Omas gewesen.

Jetzt konnte Wanda sie drüben quietschen hören: »Ganz fantastisch!«

Wanda rollte mit den Augen.

Gnädigerweise hatte der Verkäufer ihr Größe M gebracht, sie musste nur ganz minimal die Luft anhalten, als sie sich hineinzwängte. Meine Güte, kurz und trotzdem noch so eng. Konnte sie darin überhaupt laufen? Sie öffnete die Kabinentür und probierte einen Schritt. Nein, es ging nicht, entschied sie, nachdem sie sich gerade noch so an der Kabinentür hatte festhalten können. Wanda hatte nichts gegen Röcke an sich. Röcke waren schön, solange sie ihr über den Hintern gingen und sie darin laufen konnte. Zwei, wie sie fand, ganz entscheidende Faktoren.

»Nein, absolut nein«, sagte sie.

»Oh, aber der Rock steht dir hervorragend«, flötete Maggie, die inzwischen wieder angezogen vor den Umkleidekabinen stand, ein Tütchen ohne Label unter den Arm geklemmt. Offenbar hatte sie ihren Rock gekauft. Wanda war wohl länger damit beschäftigt gewesen, beruhigend zu atmen, als sie gedacht hatte.

Der Verkäufer nickte. »Hören Sie auf Ihre Frau ... Schwester?« Er zwinkerte Maggie zu.

»Sie Charmeur!« Ihre Oma schlug ihm leicht auf die Schulter, dann flüsterte sie: »Ich bin die Tante. Und du glaubst nicht, wie du mit diesem Rock die Männer ...«

»Was zum Geier habt ihr alle mit den Männern?«, explodierte Wanda. »Nur weil ich fast 30 und Single bin, ist das kein Todesurteil. 40 ist das neue 30. Weißt du, wie viele Menschen auch mit 50 oder 60 noch die große Liebe finden? Ich bin jung und glücklich, ich leite meinen Yogakurs« – gut, zwar derzeit ohne

Räumlichkeiten, aber hier ging es ums Prinzip –, »ich habe ein schönes Haus, ich habe liebe Menschen um mich, zu denen du bald nicht mehr gehörst, wenn du so weitermachst. Ich brauche verdammt noch mal keinen Kerl!«

Schwer atmend und vermutlich hochrot vor Aufregung sah Wanda ihre Großmutter an. So aufgebracht war sie selten, schon gar nicht gegenüber Maggie, aber weshalb in letzter Zeit so viele Menschen es für ihre Mission hielten, ihr einen Freund zu suchen? Das war doch wirklich das Letzte.

Türenschlagend verschwand Wanda zurück in der Kabine.

»Das wird wieder«, hörte sie Maggie dem Verkäufer nicht gerade leise zuflüstern. Kurz darauf raschelte es, und ein Arm mit einem knallroten Hauch von Nichts darin langte in die Kabine herein.

Es würde ein langer Nachmittag werden. Und am Abend wartete eine weitere Backstunde mit Oma Gertie. *Vrksasana, Wanda, du bist fest in der Erde verwurzelt.* Sie zog sich an, öffnete die Kabinentür und wäre beinahe gegen Maggie geprallt, die eine Schachtel in der Hand hielt.

»Oh, und hast du schon mal von Beckenbodentraining gehört?«, rief Maggie und klapperte mit der Verpackung. »Sonderangebot!«

Wanda war tatsächlich noch später als befürchtet zu Hause. Einen weiteren Kuchen hatte sie direkt vom

Backofen in den Mülleimer befördert, obwohl Oma Gertie sie dazu auserkoren hatte, auf dem Sommerfest am Freitag für die süße Verpflegung zu sorgen. Ha. Wie sie sich das wohl vorstellte? Das ganze Dorf auf dem Marktplatz versammelt, bei Bier, Wein und Apfelschorle. Und zu essen gab es Currywurst, Pommes und steinhartes Wasser-Mehl-Gemisch.

Wanda seufzte und öffnete das kleine Törchen zum Vorgarten, das nie abgeschlossen war. Nun konnte sie sich endlich um einen Alternativplan für ihre Yogagruppe kümmern. Erst als sie die Haustür erreichte, bemerkte sie, dass jemand im Schatten der Rosensträucher daneben auf sie gewartet hatte.

Nils.

»Du kommst genau richtig«, sagte sie und zog ihn mit sich in die Wohnung. »Du kannst den Stapel Zeitschriften durchforsten, ich diesen hier.«

»Was krieg ich dafür?« Er ließ sich auf dem Küchenstuhl nieder, die langen Beine überkreuz ausgestreckt.

»Die ewige Dankbarkeit meiner überlasteten Yogaklasse«, schlug Wanda vor, aber er zog nur skeptisch die Augenbrauen hoch. Sie versuchte es anders. »Oma Gerties Streuselkuchen?« In der Truhe hatte sie noch ein paar Stücke tiefgefroren, die sie aufbacken konnte.

Nils merkte auf. »Wie laufen deine Backversuche?«

»Frag nicht.« Wanda winkte ab. »Halt dich beim Sommerfest an die Currywurst. Oder stopp: Du kriegst gleich ein Eis. Dann hätte ich noch vier Stücke von Oma Gerties Streuselkuchen für Freitag übrig.«

Nils machte ein enttäuschtes Gesicht.

»Oder du bringst Schwarzwälder Kirschtorte aus dem Supermarkt mit«, fuhr Wanda fort. Dann schob sie ihm die Zeitungen näher. »Ich muss einen Raum mieten. Such nach günstigen Angeboten.«

»Aye, aye.«

Wanda schlug ihre eigene Zeitung auf, sah Nils an, kaute auf ihrer Unterlippe. »Irgendwas stimmt nicht mit den beiden«, sagte sie schließlich. »Oma Gertie und Maggie. Sie haben sich neulich besucht.«

»Deine Omas?«

»Ja, ich kann es auch nicht ganz glauben.« Wanda strich mit den Fingern die Zeitung glatt, ohne hinzusehen. »Meinst du, Oma Gertie ist krank?«

»Unkraut vergeht nicht.« Nils schüttelte den Kopf.

Da war was dran, Wanda musste lachen. Dann seufzte sie. »Ich denke inzwischen auch, es ist etwas anderes.« Sollte sie Nils davon erzählen? Ausgerechnet Nils.

Aber da er sie aufmerksam ansah, erklärte sie: »Ich glaube, es geht darum, dass ich 30 werde, eine alte Jungfer.« Na gut, sooo alt waren ihre Großmütter dann doch nicht, dass sie den Begriff »alte Jungfer« benutzen würden. Aber der Gedanke, der dahintersteckte …

Anstatt zu lachen, wie Wanda erwartet hatte, wurde Nils nachdenklich. Schließlich zuckte er mit den

Schultern. »Du trauerst ihm wirklich schon sehr lange nach.«

»Ich trauere niemandem nach«, sagte Wanda scharf. Schon gar nicht R… »Und das geht dich auch überhaupt nichts an!«

Entschuldigend hob er die Hände. »Ich mein ja nur.«

Wanda presste die Lippen aufeinander und vertiefte sich in ihre Zeitung. Versuchte, sich zu vertiefen. »Er hat mich verlassen«, sagte sie endlich. »Er ist nach München gegangen und hat keinen Gedanken mehr an mich verschwendet. Nicht angerufen, nicht eine SMS geschickt, nicht mal auf meine Briefe geantwortet, er ist ein … ein Schuft!« Das hatte Oma Gertie damals gesagt.

Nils nickte. »Es ist zehn Jahre her.« Höchste Zeit, dass du ihn vergisst, stand unausgesprochen dahinter.

»Mir geht es gut. Ich habe meine raumlose Yogagruppe«, sie deutete auf den Stapel Zeitungen, »und ich habe euch.« Das hatte sie Maggie am Nachmittag auch schon erzählt. »Mehr brauch ich nicht. Dann bin ich eben Single. Ist ja nicht so, als wäre ich Nonne geworden. Ich hatte auch nach Richard noch Freunde.« Von denen sie sich meist innerhalb der ersten paar Monate getrennt hatte, weil sie … nicht Richard gewesen waren. Wanda seufzte und schlug ihre Zeitung wieder zu. Oma Gerties Streuselkuchen musste her.

Während sie den Backofen anstellte und die

Kuchenstücke auf einem Backblech hineinschob – zumindest so viel hatte Oma Gertie ihr beigebracht! –, dachte sie darüber nach, dass die Gesellschaft diese ganze Sache mit Beziehungen und so völlig überbewertete. »Single sein macht Spaß. Du bist schließlich auch Single. Und macht dir irgendjemand Vorwürfe?«

Nils wiegte seinen Kopf hin und her. »Mama. Manchmal. Der Hof muss ja versorgt werden.«

»Und das soll deine Zukünftige tun?« Wandas Augenbrauen schossen in die Höhe.

»Na ja«, er zuckte entschuldigend mit den Schultern, »zu zweit ist das schon einfacher als allein.«

»Hm.« Daran hatte Wanda noch gar nicht gedacht. Und weshalb eigentlich hatte Nils nie eine Freundin? Flirts, ja, aber eine feste Freundin? Wenn sie so darüber nachdachte; sah es bei Nils ganz genauso aus wie bei ihr selbst. Und wollte sie den Grund dafür eigentlich wissen? Vielleicht lieber nicht.

In diesem Augenblick hielt er ihr seine Zeitung hin. »Günstige Raumvermietungen. Schmidt & Schmidt. Im Ruhrgebiet und in Westfalen.«

5. Kapitel

Wieder hatte Klaus den Kaffeebecher schon für sie auf die Theke gestellt.

»Bernie sortiert hinten seine Briefe.«

Wanda nickte und nahm vorsichtig den ersten Schluck.

Im Hinausgehen drückte Klaus ihren Arm. »Wenn was ist, hast du ja meine Handynummer.«

Wanda schwor sich, dass nichts sein würde, Klaus' Mutter war wichtiger als jedes Päckchen-Porto-Problem (weshalb sie zugegebenermaßen schon häufig bei Klaus angerufen hatte, wenn sie ausgeholfen hatte und er nicht zugegen war).

Nachdem Klaus gegangen war, holte sie den Zettel mit der Telefonnummer von Schmidt & Schmidt aus ihrer Handtasche, die sie sich am vorigen Abend noch rausgeschrieben hatte. Ein bisschen seltsam kam ihr das Ganze vor: Meier & Meier, Schmidt & Schmidt … aber vielleicht hatte eine Firma da ein Marketing-Ass im Ärmel gehabt, woraufhin alle anderen auf den Zug aufgesprungen waren?

»Morgen«, tönte es aus dem Hörer. Die Stimme kam ihr bekannt vor.

»Guten Morgen, ich wollte Sie frag…«, begann Wanda.

»Woll'n Se was mieten?« Eindeutig, mit der Stimme hatte sie schon mal gesprochen.

»Bin ich bei Schmidt & Schmidt?«, fragte sie vorsichtig.

»Welche Nummer ham Se denn gewählt?«

Wanda gab die Nummer durch, und am anderen Ende der Leitung wurde zustimmend gebrummt.

»Es geht um einen Raum für meine Yogagruppe.«

»In Osterbüren?«

»Sie sind doch von Meier & Meier!«, rief Wanda.

»Jetzt bin ich von Schmidt & Schmidt. Objekt in Osterbüren, ein Raum mit Teeküche, macht 700 Euro.«

Wanda schnappte nach Luft. »Beim letzten Telefonat waren es 650!«

»50 Euro Vermittlungsgebühr.«

»Aber Sie arbeiten doch für beide Firmen!« Falls nicht mindestens eine nur eine Scheinfirma war.

»Und mit Schmidt & Schmidt verdien ich mehr.«

Das war ja wohl die Höhe. »Ist das überhaupt legal?« Sie konnte ja Herrn Mönkebüscher mal fragen. Um sein Herzinfarktrisiko zu senken und weiterhin Yoga machen zu können, würde er sich vielleicht für sie ins Zeug legen.

»Beschwerden bitte an die Firma Müller & Müller.«

Die gab es auch noch? Jetzt wurde es Wanda zu dumm. »So eine Unverschämtheit.«

»Dann woll'n Se wohl nich mieten?«

»Ganz sicher nicht!«

»Wenn Se's sich anders überlegen: Mieten Se über Meier & Meier, die anderen Optionen sind alle teurer.«

Unglaublich. »Danke für den Tipp«, sagte Wanda trotzdem. Der Mann machte ja auch nur seinen – mehr oder weniger kriminellen – Job.

Nachdem sie aufgelegt hatte, holte sie einmal tief Luft, trank die letzten Schlucke ihres Kaffees und dachte nach. Jetzt war sie wieder da, wo sie vorher auch gewesen war: ohne Raum und ohne Plan, wie es weitergehen sollte.

»Post!«, rief Bernie plötzlich aus dem Hinterzimmer und kam mit seiner gefüllten Tasche zu ihr nach vorn. Als er sie sah, blieb er stehen. »Was guckst du so bedröppelt?«

Wanda zuckte mit den Schultern. »Meine Yogaklasse stirbt.« Das war vielleicht etwas dramatisch. Aber … »Ein Raum bei Meier & Meier oder Hinz & Kunz ist zu teuer, Melanie gibt ihr Separee nicht her, und in meinem Wohnzimmer ist es einfach zu eng.«

»Hm.« Bernie kaute auf seiner Unterlippe.

»Abgesehen davon spinnen meine Großmütter.«

»Die meinen es nur gut.«

Wanda stutzte. »Weißt du etwas?«

Bernie hob die Hände. »Was soll ich wissen? Wovon etwas wissen? Ich weiß nur, dass deine Großmütter dich lieben. Und es gut meinen. Egal, was ›es‹ ist.« Er packte seine Briefe zusammen und stopfte sie in die

Posttasche zu seinen Füßen. »Außerdem muss ich jetzt los. Die Post und so.«

Bernie wurde auch von Tag zu Tag merkwürdiger, dachte Wanda. Erst gestern mit den Blumen, heute mit seinen Briefen.

Das Türglöckchen bimmelte, und dann bimmelte es gleich darauf noch einmal, als Jessica hereinkam, ihren kleinen Max auf dem Arm.

»Du meine Güte, Wanda, wann können wir endlich wieder richtig Yoga machen? Ich sterbe vor Langeweile, und meinem Rücken tut die ganze Hausarbeit auch nicht gut. Ich brauche einen Ausgleich.«

»Sobald ich einen Raum für uns gefunden habe«, sagte Wanda und seufzte. »Die Idee mit meinem Wohnzimmer war leider nicht das Gelbe vom Ei. Vielleicht …« Sie überlegte. »Vielleicht können wir es mal im Freien probieren, im Moment ist das Wetter noch schön.«

»Du könntest es auch mal in der Grundschule versuchen. Wozu haben die eine Turnhalle?«

Na, wenn das keine gute Idee war! Und wieso war sie nicht darauf gekommen?

»Hattest du nicht gesagt, dir ist langweilig?«, fragte sie Jessica. Im Post-Shop stehen und Lottoscheine verkaufen konnte schließlich jeder, und wenn es mit dem Post-Porto kompliziert wurde … na, da kannte Wanda sich ja auch nicht aus. Vielleicht könnte sie dann jetzt gleich direkt zur Grundschule und nachfragen.

»Oh.« Jessica schob ihren Kleinen von der rechten Seite auf die linke. »Weißt du, ich bin gleich mit Vanessa verabredet. Da drüben an der Straßenecke.« Sie zeigte mit dem Finger nach draußen.

»Ihr trefft euch an Straßenecken? Seid ihr neuerdings eine Gang?« Wanda strich Max über die Wange und lachte.

»Äh … Ach, sag mal, hast du auch Schokoriegel? Ich könnte einen Schokoriegel gebrauchen.«

Klar, Klaus hatte alles, was ungesund war.

»Wir gehen dann … weiter«, erklärte Jessica, als Wanda den Schokoriegel kassiert hatte. »Vanessa und ich, meine ich. Von der Straßenecke weiter.«

»Was? Zur nächsten Straßenecke?« Wieder musste Wanda lachen und zwinkerte Max zu, der sich selig den Schokoriegel geangelt hatte.

»Natürlich nicht. Wir … äh.« Jessica wurde rot. »Wir müssen los.«

Wanda blickte ihr nach, als sie den Laden verließ, und dachte an Oma Maggie, die neulich abfällig über Jessicas Mann gesprochen hatte, ganz so, als würde ihre Oma ihn verdächtigen, dass er Jessica betrog.

Spionierten die beiden Freundinnen ihn nun aus? Geschähe ihm recht, dachte Wanda und drehte sich zu den Zeitungen.

Richards Plan, Wanda zufällig über den Weg zu laufen, war bisher nicht aufgegangen. Osterbüren war ein winziges Kaff, in dem man jeden verhassten Schulkameraden dreimal täglich traf. Frau Gruber hatte er mittlerweile einmal beim Einkaufen, zweimal auf dem Weg zur Arbeit und einmal in der Mittagspause gesehen. Dabei war er von ihr jedes Mal mit einem misstrauischen Blick bedacht worden.

»Guten Morgen, Frau Hagedorn!« Der war er ebenfalls schon mehrfach begegnet. Und diese beiden schwangeren Frauen mit den Kleinkindern schienen sich auch überall dort aufzuhalten, wo er selbst war, wenn er es recht bedachte. Am Kinderspielplatz auf seinem Weg zur Praxis, beim Tante-Emma-Laden, in dem er Kekse kaufte, um Frau Köchlin milde zu stimmen, und jetzt standen sie gegenüber von seiner Praxis und hielten ein Schwätzchen.

»Können Sie nicht aufpassen, junger Mann!« Auch über Herrn Brockmanns Stock war er mittlerweile schon einige Male gestolpert.

»Entschuldigung«, murmelte Richard und überzeugte sich schnell davon, dass dem alten Mann nichts passiert war – aber er stand wesentlich fester auf den Beinen als Richard selbst, der sich mit der Hand an der Hauswand neben ihm hatte abstützen müssen.

Hinz und Kunz war in Osterbüren unterwegs, dachte er und setzte seinen Weg fort, aber Wanda, die er tatsächlich sehen *wollte*, blieb wie vom Erdboden verschluckt.

Warum willst du sie auch so unbedingt sehen?, flüsterte wieder eine innere Stimme. Er musste ihr beipflichten. Warum wollte er?

Vielleicht war es das Schicksal, das ihn von Wanda fernhielt. Ihre Zeit war vorbei, der Ausflug als Landarzt nach Osterbüren nur eine Schnapsidee. Es war vielmehr an der Zeit, endlich mit Janine zu sprechen. Er würde sich entschuldigen, in drei Wochen wäre er wieder in München, und alles wäre gut.

Wanda, Osterbüren, Dorfarzt, eine kleine Episode, vergangen und vergessen.

Er blickte auf und stellte fest, dass er direkt vor Wandas Elternhaus stand. Hinter ihm an einer Straßenecke entdeckte er schon wieder die beiden schwangeren Frauen, die miteinander tuschelten.

Er sah zu dem Haus mit den Geranien auf dem Balkon. Vor allem Wandas Oma Gertrud waren Blumen immer wichtig gewesen, daran konnte er sich noch erinnern. Auch der Vorgarten war mit bunten Blumenbeeten bepflanzt, neben der Haustür standen Blumenkübel.

Es war purer Zufall, dass er hier gelandet war. Das Schicksal wollte ihm sicher nichts … Er steckte sein Handy wieder ein und verschob den Anruf bei Janine auf später.

Die beiden Frauen hinter ihm bewegten sich nun auf ihn zu, oder besser gesagt, eine der beiden kam auf ihn zu, die andere zögerte. Dann blieben beide stehen und diskutierten. Richard wandte sich ab, er musste aufhören, sich ins Dorfleben einzumischen, schon gar nicht gingen ihn die Probleme der Menschen was an, die nicht einmal seine Patienten waren.

Per Zufall war er also vor Wandas Elternhaus gelandet, da konnte er dem Zufall auch noch ein kleines bisschen auf die Sprünge helfen. Er öffnete das Gartentor und versuchte so lässig wie möglich über die grasbewachsenen Steine auf die Haustür zuzuschlendern.

Wenn er nun schon so rein zufällig direkt davor stand, konnte er auch klingeln. Es wäre ja albern, wenn er das nicht tat. Vielleicht war Wanda ja, ebenso zufällig, zu Hause. Er streckte seine Hand aus, es bimmelte laut im Inneren des Hauses, und im nächsten Augenblick … traf ihn ein Schwall eiskaltes Wasser.

Wanda war im Stress, und das gefiel ihr überhaupt nicht, deshalb unterrichtete sie doch Yoga: zur Entspannung. Aber sie hatte zurzeit auch einfach so viel um die Ohren! Der Raum, Klaus … und dann ihre Omas, die backen und shoppen wollten. Was würde da noch folgen?

Und jetzt stand sie ungeduldig vor Osterbürens Schulwart Heisterkamp, der die Verwaltung der Turnhalle der Grundschule innehatte und sich höchst unkooperativ zeigte.

»Wie Buddhismus und so? Nee. Wozu brauchen wir denn so was?« Mit einer Hand zog er sich die Jogginghose hoch, mit der anderen klimperte er mit seinem riesigen Schlüsselbund.

Schon die Grundschuldirektorin hatte Wandas

dringenden Wunsch nach einem neuen Raum für ihre Yogakurse nicht verstanden und sie an Hausmeister Heisterkamp verwiesen. Immerhin hatte sie Wanda aufgrund ihres Engagements beim Kuchenverkauf nicht gleich abgewiesen.

Herr Heisterkamp nun war der Herr der Schlüssel, auch und vor allem für die Turnhalle, und durfte bestimmen, wer in der Grundschule trainierte.

»Hinduismus«, klärte ihn Wanda auf, aber das schien seine Meinung auch nicht weiter zu beeinflussen.

»Wir brauchen die Sporthalle zum Fußballspielen.«

Wanda war entspannt. Relaxt, beruhigt, gechillt. Der Baum, Vrksasana, sie war ein Baum. Redete sie sich zumindest ein. »Natürlich.« Sie dachte an die vielen Sportstunden, in denen sie Bälle an den Kopf bekommen und anderen Bälle an die Köpfe geworfen hatte. »Schulsport ist wichtig.«

»Nee. Nur Fußball. Mehr machen wir hier nich.«

Fußball also als große Konkurrenz zum Yoga. Vielleicht sollte sie eine Verbindung herstellen, um Sympathie zu wecken. »Preuuuuußen!« Wanda reckte also die Faust.

»Müüüünster!« Jetzt lächelte er, vielleicht hatte sie also doch noch eine Chance. Fußballschlachtrufe, die Nationalhymne aller Sportfans.

»Ja. Das Fußballspielen soll bleiben, ganz wichtig«, sagte sie, »aber es wird ja nicht den ganzen Tag Fußball gespielt.«

»Wir haben sechs Klassen.« Die zweite und dritte waren augenblicklich zweizügig.

»Aber am Nachmittag zum Beispiel …«

»Da trainiert der Verein.«

»Welcher Verein?«

Entrüstet sah Heisterkamp sie an. »Die Osterbürener Kickers. Haben sich schon letztes Jahr gegründet.«

»Oh.« Sie blinzelte. »Kreisliga?« Hatte Bernie nicht irgendwann mal davon erzählt?

»D.« Er verzog den Mund. »Aber Chancen auf den Aufstieg.«

»Vielleicht könnten wir uns absprechen? Sie geben mir den Trainingsplan der Osterbürener Kickers, und ich lege meine Stunden darumherum?«

»Nee.«

Wanda schloss die Augen und stellte sich vor, wie sie die Hände aufeinanderlegte, tief, tiiieeef ein- und ausatmete. Zumindest jeder, der mit Heisterkamp regelmäßig zu tun hatte, würde ihre Yogakurse gut gebrauchen können. Wanda konnte verstehen, dass die Schulleiterin sich aus der Sache lieber herausgehalten hatte.

»Die haben keine festen Zeiten«, fügte er schließlich doch noch hinzu. »Können Sie sich keinen eigenen Raum leisten?«

»Nein.« Genau deshalb war sie hier.

»Ach. Verdienen Sie als Yogalehrerin gar nichts? Wir zahlen dem Trainer der Osterbürener Kicke…«

»Schon, eigentlich verdiene ich was. Aber ich gebe nicht genug Stunden, um mir einen Raum bei Meier & Meier leisten zu können.«

»Die sind aber besser als Schmidt & Schmidt.«

Ah, er hatte offenbar auch schon Bekanntschaft gemacht mit dieser Matrjoschka-Firma. Wanda seufzte. »Leider sind beide keine Option.«

»Was machen Sie denn da so? In Ihren Yogakursen?«

Sie holte Luft und versuchte, es nicht in einen begeisterten Monolog ausarten zu lassen. »Yoga verbindet Spiritualität mit körperlicher Beweglichkeit, es stärkt nicht nur die innere Ruhe, sondern kräftigt auch Muskelfasern, lässt uns freier Atmen und sorgt für ein glückliches und gesünderes Leben.«

»Ah.« Er kratzte sich am Kopf.

Erneut seufzte Wanda. »Tore schießt man jedenfalls keine. Namaste, Herr Heisterkamp.« Sie musste eben woanders weitersuchen.

Er warf ihr noch einen misstrauischen Blick zu, dann verschwand er mit seinem Schlüsselbund im Umkleidetrakt.

Was wurde hier gespielt? Zurück in der Pension öffnete Richard die obersten Knöpfe, zog dann das nasse Hemd über den Kopf und trocknete sich kurz mit einem Handtuch ab, bevor er ein frisches anzog. Nachdem Gertrud ihm zunächst Blumenwasser über seine gesamte Seite gegossen hatte, hatte er versucht, mit ihr über Wanda zu sprechen. Viel hatte er nicht herausbekommen, sie war ziemlich zugeknöpft gewesen. Nur dass Wanda im Urlaub war, das hatte sie ihm bereitwillig mitgeteilt.

Erst sagte ihm die Wirtin, Wanda wäre für drei Monate auf den Seychellen, nun sagte der Zerberus Gertrud, sie sei für einen Monat auf Norderney. War Wanda … geflohen? Die wildesten Theorien gingen ihm durch den Kopf, während er sein Hemd zuknöpfte.

Möglicherweise war Wanda abgehauen – wäre bei der Unfreundlichkeit der Dorfbewohner auch kaum verwunderlich –, hatte auf die Schnelle Ausreden erfinden müssen und war durcheinandergekommen? Oder die schlimmere Variante: Wanda war etwas zugestoßen. Und nun kam ihre Familie nicht mit dem Verlust zurecht und erschuf sich ihre eigene Realität.

Er konnte die Wirtin fragen, beim Hineingehen hatte er sie in der Küche hantieren gehört. Richard nahm seine Schlüssel und verließ das Zimmer. Schon als er die oberste Treppenstufe nahm, hörte er, dass Melanie am Empfang stand: Sie telefonierte, offenbar mit einem Lieferanten, und klopfte unterdessen ungeduldig auf der Theke herum.

Zögernd nahm Richard die letzten Stufen, während sie das Gespräch beendete. Wie sollte er sie auf seine Ängste ansprechen?

»Kann ich Ihnen weiterhelfen?« Sie schien sein Zögern bemerkt zu haben.

»Sagen Sie … wo hält Wanda sich derzeit auf?«

»Malediven«, antwortete die Wirtin, »noch mindestens zwei Monate.«

Richard nickte langsam. Eindeutig, da war was im Busch. Er kniff die Augen zusammen. »Hatten Sie nicht Seychellen gesagt?«

»Da müssen Sie sich verhört haben.«

»Ich bin mir sicher, dass …«

»Ist ja auch fast das Gleiche, das kann man schnell mal verwechseln, machen Sie sich keine Gedanken.« Die Wirtin wühlte in ihren Papieren. Dann blickte sie hoch und zog die Augenbrauen zusammen. »Kann ich noch was für Sie tun?«

Diesmal zögerte Richard etwas länger. Seychellen, Malediven, er war noch auf keiner der beiden Inselgruppen gewesen. »Was ist mit Norderney?«

»Norderney?«

»Ist ja auch eine Insel.« Er zuckte mit den Schultern. »Kann man auch schon mal verwechseln, oder?«

Auf den völlig verdutzten Blick der Wirtin hin verabschiedete er sich. An der Treppe drehte er sich noch einmal um. Sie kritzelte etwas auf ein Post-it, von dem Richard trotz der Entfernung hätte schwören können, dass es »Malediven!!!« hieß.

Gertrud stand vor der Tür, das Gesicht verkniffen, die Lippen zwei schmale Schlitze.

»Wir reden also doch wieder miteinander?«, fragte Maggie spitz, lehnte sich aber an den Türrahmen, statt die Tür gleich wieder zuzuschmeißen. Neugierig war sie ja schon, was die Alte bei ihr wollte.

»Wandas Backkünste sind eine Katastrophe.« Gertruds Kinn schob sich etwas nach vorn. »Entweder sie vergisst Eier oder Zucker hinzuzugeben oder gleich den ganzen Kuchen im Ofen. Es ist ungenießbar, was sie fabriziert.«

Unwillkürlich nickte Maggie mitfühlend. »Das Kind nimmt einfach keine Vernunft an. Der Shoppingtrip war ein Desaster.« Wie aggressiv Wanda geworden war, als sie gedacht hatte, Maggie wollte ihr einen Freund suchen. Das Mädchen musste ihren Richard vergessen, schleunigst. »Im Endeffekt hat sie ein T-Shirt gekauft. Ein T-Shirt!«

»Und heute stand auch noch Richard vor der Tür! Wandas Tür«, erklärte Gertrud, und jetzt öffnete Maggie endgültig ihre eigene und ließ die Spießerin herein.

»Sie haben sich gesehen?«, fragte sie, während sie ins Wohnzimmer vorging und auf der Couch Platz nahm.

»Ich habe das Schlimmste abwenden können.« Als sie sich neben sie setzte, lächelte Gertrud beinahe selbstgefällig. »Glücklicherweise war ich gerade zum Blumengießen dort, du weißt ja, sie hat nun wirklich keinen grünen Daumen.«

Ein Blick auf ihre eigene Fensterbank zeigte Maggie, dass die Topfblumen, die sie zum letzten Geburtstag bekommen hatte, ebenfalls nicht mehr lebten. Sie zuckte mit den Schultern. »Meine Enkelin.« Das trug ihr einen bösen Blick von Gertrud zu, die sich daraufhin aber ihren Rock glatt strich und weiter erzählte: »Es war ein bisschen schwierig, mit ihm zu reden, er hat ziemlich geflucht. Aber ich konnte …«

»Geflucht?«, unterbrach Maggie.

»Mir ist beim Blumengießen möglicherweise die Kanne ausgerutscht.«

Maggie brauchte einen Augenblick, bis sie verstand. »Du warst auf dem Balkon?«, kicherte sie.

»Sein Kommen hat mich so überrascht … Es ist doch nicht meine Schuld, dass der Balkon direkt über die Haustür gebaut wurde. Jedenfalls habe ich ihm gesagt, dass Wanda im Urlaub ist, auf Norderney, und erst in vier Wochen zurückkommt. Das sollte ihn zumindest davon abhalten, noch einmal zu ihr zu gehen.«

Maggie verzog schmerzhaft den Mund. »Ich glaube, sie ist auf den Seychellen.«

»Was?«

»Oder Malediven?« Maggie runzelte die Stirn. »Irgendwelche Inseln jedenfalls. Weit weg. Vielleicht war's auch die Karibik.«

»Norderney ist auch eine Insel. Wovon sprichst du überhaupt?«

Maggie berichtete von Melanies Anruf, den Gertrud wie üblich zu einem Grund aufblies, sauer auf Maggie zu sein. »Das hättest du mir sagen müssen! Wir müssen unsere Ausreden aufeinander abstimmen!«

»Ist es meine Schuld, wenn du beschlossen hast, nicht mehr mit mir zu sprechen?«

»Bei solchen wichtigen Dingen ist logischerweise ein Waffenstillstand einzuhalten!«

Natürlich verlangte die Spießerin jetzt, dass Maggie hellsehen konnte. »Woher soll ich denn wissen, wann es dir beliebt, wieder mit mir zu sprechen und wann nicht?«

»In Notfällen!«

»Woher soll ich denn wissen, was ein Notfall ist?« Maggie warf die Arme in die Luft und stand auf.

»Jetzt zum Beispiel haben wir einen Notfall«, sagte Gertrud mit Nachdruck und klopfte auf die Sitzfläche der Couch neben sich. »Wir müssen das Problem Richard lösen. Wenn er Verdacht geschöpft hat und jetzt im Dorf nach Wanda sucht, weil *jemand* vergessen hat, mich über die Seychellen zu informieren …«

Maggie rieb sich die Nase. Gegen das »jemand« wollte sie protestieren, aber an der Sache selbst war was dran. »Oder wenn er ihr zufällig im Ort begegnet …«

Gertrud nickte. »Dann weiß er, dass etwas im Busch ist, und wird sie umso dringender sehen wollen. Unser Überwachungsnetz muss dichter werden. Unser Projekt, Richard auch aus ihren Gedanken zu vertreiben, muss unbedingt gestartet werden.«

»Wir müssen handeln.«

»Ganz genau. Wanda braucht einen Mann, der sie

auf andere Gedanken bringt. Einen, mit dem sie eine Familie gründen, mit dem sie ihr Leben teilen kann, mit dem sie …«

»… den besten Sex ihres Lebens hat«, unterbrach Maggie.

Gertrud schnaubte. »Es gibt weitaus wichtigere Dinge im Leben.«

Während Maggie sich in der Couch zurücklehnte, zog sie die Augenbrauen hoch. »Für dich vielleicht.«

Aber Gertrud schien nicht zum Streiten hergekommen zu sein, schon fast in versöhnlichem Tonfall sagte sie: »Wir brauchen jedenfalls einen Mann für Wanda. Einen, der sie Richard vergessen lässt. Und da dachte ich an dieses Internet-Daten. Hast du dich in der Zwischenzeit schlau gemacht?«

Maggie nahm eine Zigarette aus der Schachtel auf dem Couchtisch und zündete sie an. »In Wandas Interesse habe ich möglicherweise einmal dort hineingeschaut«, sagte sie beiläufig.

»Natürlich in Wandas Interesse.« Gertrud schnalzte ungeduldig mit der Zunge, dann kniff sie die Augen zusammen. »Oder hast du … Nein, sag's mir nicht!« Betont überdramatisch legte sie die Hände über die Ohren.

Maggie hielt ihr die Zigarette hin, etwas Relaxen würde der angespannten Gertud guttun. Vielleicht sollte sie ihr einen Whiskey anbieten.

Gertrud stieß jedoch nur ungeduldig ihre Hand weg und deutete auf den zusammengeklappten Laptop auf dem Couchtisch. »Nun mach schon. Zeig mir mal Männer.«

Maggie fuhr ihr MacBook hoch und legte es sich auf den Schoß. »Als Erstes müssen wir Wanda ein Profil anlegen.« Kurz überlegte sie, Gertrud zu erzählen, wie viel Glück sie mit ihrem eigenen Profil schon gehabt hatte – das erste Date, mit Paul, stand heute Abend an –, aber das wäre ja nur wieder Wasser auf Gertruds Mühlen. Maggie konnte das *Ich hab's dir ja gesagt* schon regelrecht hören.

»Ich habe ein wunderschönes Foto von ihr.« Gertrud griff in ihre Handtasche und zog ein kleines Bild von Wanda hervor.

»Das ist vom Tag ihrer Abiturprüfung.«

»Sie sieht doch noch fast genauso aus.«

Auf dem Foto trug Wanda eine bis obenhin zugeknöpfte Bluse, die ihr ganz sicher Gertrud aufgeschwatzt hatte. »Ich glaub, ich hab irgendwo Urlaubsfotos.« Sonne, Strand und ein Bikini, da würden die Männer in Heerscharen Nachrichten schreiben. Keine schlechte Idee auch für ihr eigenes Profil. Da würden aus drei Telefonaten am Tag sicher sieben werden.

»Die Fotos können wir später aber auch noch einfügen«, erklärte sie Gertrud, während sie Wandas Eckdaten eingab: Frau auf der Suche nach einem Mann, Alter, Größe, Haarfarbe. Schließlich erschien die Nachricht »Sie können jetzt nach Ihrem Traumpartner suchen« auf dem Bildschirm, und Maggie nickte zufrieden.

Automatisch wurden sie zu einer Seite weitergeleitet, auf der sich alle Profile der suchenden Männer in der näheren Umgebung befanden.

Gertrud setzte sich ihre Brille auf die Nase und näherte ihr Gesicht dem Bildschirm. »Was ist mit dem hier? Ingenieur, will Kinder und sieht doch nicht schlecht aus.« Sie deutete auf das Profil eines dunkelhaarigen Mannes mit randloser Brille und beginnender Glatze.

»Der ist 40!«

»Und Wanda ist beinahe 30.«

»Das heißt, wenn sie 70 ist, ist er 80, was glaubst du wohl, was dann noch mit ihm los ist? Steif sind da nur noch die Knie.«

»Margarethe!«

»Erzähl mir nicht, du hattest schon guten Sex mit 80-Jährigen.«

»Natürlich nicht.« Entrüstet sah Gertrud auf. »Mein Hartmut ist vor 14 Jahren gestorben!«

»Was hat das denn jetzt damit zu tun?«

Gertrud presste die Lippen zusammen und sah Maggie böse an.

Maggie gab's auf, der Alten war einfach nicht zu helfen. Stattdessen lenkte sie Gertruds Aufmerksamkeit wieder auf Wandas potenziellen Zukünftigen. »Was ist mit dem hier?« Sie deutete auf das Foto eines jungen Blonden mit Sonnenbrille und Stachelfrisur. Er war 26. »Frischfleisch?«

»Wandas Typ ist dunkelhaarig.«

»Wandas *Typ* ist bisher eigentlich nur Richard gewesen.« In der Hinsicht schien sie auf ihre andere Großmutter zu kommen. Ausgerechnet. »Ein Mann macht noch keinen Typ.«

Gertrud öffnete den Mund, höchstwahrscheinlich, um zu protestieren, dann schien sie es sich aber anders zu überlegen und sagte nachdenklich: »Vielleicht ist es sogar ganz gut, jemanden zu suchen, der das Gegenteil von Richard ist. Vielleicht bricht der ihr dann nicht das Herz.«

Typisch Gertrud, immer die Spaßverderberin, *musste* sie ausgerechnet Wandas Herz ins Spiel bringen? Jetzt hatte Maggie schon fast keine Lust mehr. Wenn sie an den Liebeskummer ihrer Enkelin damals dachte, tat ihr das eigene Herz weh. Sie selbst hatte die Sache mit den Männern nie so schwer genommen, einer war wie der andere, und es kam immer wieder ein Neuer. Aber Wanda …

Maggie seufzte, schob diese Gedanken beiseite und klickte auf das Profil des Sonnenbrillenträgers. In diesem Augenblick blinkte ein rotes Kästchen auf: Neue Nachricht von *SunFun*.

»Das ist die Sonnenbrille!« Schnell klickte Maggie die Nachricht an: *Na, bist du spontan? Heute Abend Lust auf ein heißes Abenteuer? Ich würde dich mit einer Massage verwöhnen, dir danach* … Weiter kam Maggie nicht, entsetzt klappte Gertrud den Laptop zu. »Was für ein Schweinskram!«

Maggie seufzte und klappte den Laptop wieder auf.

»Keine Sorge, die sind nicht alle so.« *Leider*, fügte sie in Gedanken hinzu. Die Männer, die ihr bisher geschrieben hatten, hatten alle von langen Spaziergängen am Strand, von Mondlicht, Kerzenschein und innigen Gesprächen geschrieben. Die Jugend schien da ganz anders zu sein. Maggie nickte anerkennend. Sie musste ihre gesuchte Altersklasse wohl um ein paar Jahrzehnte herunterschrauben.

»Wanda sucht einen Ehemann und kein … kein flatterhaftes Techtelmechtel.« Gertrud schaute immer noch missbilligend.

»Erstens sucht Wanda keinen Ehemann, *wir* suchen ihr einen. Und zweitens: Wieso Ehemann *oder* Techtelmechtel? Wieso nicht beides?« Maggie zuckte mit den Schultern. Tat dem Mädchen vielleicht mal ganz gut, dann nahm sie die ganze Sache mit den Männern nicht mehr so schwer.

»Wanda ist nicht der Typ für Techtelmechtel.«

Damit hatte die Spießerin vermutlich recht. Leider. »Darum können wir uns später noch Gedanken machen«, sagte sie. »Der hier sucht auch eine Frau zum Heiraten.« Maggie deutete auf das Profil eines jungen Mannes mit komplett tätowierten Oberarmen. Sie hatte immer schon eine Schwäche für Tattoos gehabt. »Und er hat sogar ein Herz für Tiere.«

»Er besitzt Schlangen und eine Vogelspinne.«

Waren das etwa keine Tiere?

»Oh, der hier sieht nett aus!« Bevor Gertrud noch auf das Bild deuten konnte, wusste Maggie schon, was sie nach dieser Aussage erwartete. Und richtig: raspelkurz geschnittene Haare, die wohl die Geheimratsecken, nun ja, -flächen kleiner erscheinen lassen sollten, Anzug mit Krawatte und ein Blick schräg in die Kamera, vor blau meliertem Hintergrund.

»Ein Bewerbungsfoto«, sagte sie verächtlich.

»Er bewirbt sich für die Position als Wandas Freund«, verteidigte Gertrud den jungen Mann.

»Wanda macht Yoga«, fiel Maggie glücklicherweise noch rechtzeitig ein Gegenargument ein, »wir brauchen einen sportlichen Mann.«

Dagegen schien Gertrud nichts einwenden zu können, und so klickte Maggie sich durch Jogger, Bergsteiger und Fitnessfreaks. Bei einem Radfahrer merkte Gertrud auf. »Er liebt die Natur.«

»Er trägt Radlerhosen«, bügelte Maggie den Vorschlag ab. »Die zeigen alles. Und bei ihm … nicht viel. Auch dem Wachstum sind Grenzen gesetzt, und wenn auf dem Bild hier in seiner Hose …«

»Ich habe verstanden«, sagte Gertrud hastig und wedelte mit der Hand, damit Maggie weiterklickte. »Wie du es jemals ausgehalten hast, verheiratet zu sein, bei deiner Sexbesessenheit, das ist mir ein Rätsel.«

»Mmmmhhh«, murmelte Maggie, klärte Gertrud aber nicht über das Konzept einer offenen Ehe auf.

»Was machen wir jetzt?«, fragte Gertrud schnell, um vom Thema Sex abzulenken, das sie dummerweise selbst angesprochen hatte.

Maggie überlegte kurz. »Unsere Falle ist jetzt aufgestellt. Morgen sehen wir nach, wie viele Männer hineingetappt sind.« Sie lächelte. Um das Profilfoto würde sie sich später noch kümmern.

»Morgen um 15 Uhr zum Kaffee.« Gertrud sah sich naserümpfend um. »Bei mir.«

6. Kapitel

»Hier ist es doch perfekt.« Glücklich blickte Wanda sich auf der Rasenfläche um und klatschte in die Hände.

Ihre Yogagruppe stand etwas zweifelnd vor ihr, dann breiteten die Teilnehmer ihre Matten doch aus. Was die Osterbürener nur gegen die Natur hatten, jeder Großstadtmensch sehnte sich nach einem bisschen Grün, und hier mit den Feldern direkt vor der Haustür … Wanda zog die Nase kraus, nun gut, dass ausgerechnet heute gedüngt worden war, konnte ja keiner ahnen.

»Manche Menschen zahlen viel Geld für Yoga in der Natur«, sagte Wanda, während sie ein paar Zweige zur Seite fegte, um ihre eigene Matte auszulegen. »Wald-und-Wiesen-Yoga ist der neueste Trend.« Das wäre doch eine Idee für gestresste Münsteraner! Damit könnte sie auch …

»Morgen, Wanda!«, rief in diesem Augenblick Bernie von seinem Fahrrad herüber.

… könnte sie auch werben, wenn Klaus' Mutter wieder gesund war, führte Wanda den Gedanken zu Ende und konzentrierte sich wieder auf ihre Gruppe.

Am besten fingen sie mit dem Baum an, was passte besser zur Natur?

»Hallo, Wanda!«, rief Herr Brockmann von der Straße aus. Oder doch besser dem Sonnengruß?

»Oh, Frau Gruber!«, wandte Herr Brockmann sich dann an Wandas Schülerin. »Haben Sie Ihre Allergie-Medikamente schon genommen? Frau Hagedorn sollte bei ihren Tabletten auch umgestellt werden und …«

Wanda räusperte sich. »Wir, ähm, könnten Sie vielleicht später noch einmal vorbeischauen?«, fragte sie den alten Mann.

»Jaja, ich will auch gar nicht beim Turnen stören.« Er winkte mit seinem Stock. »Nur schnell: Jessica, hast du den Max schon in der Grundschule angemeldet? Die Schulleiterin hat mir erzählt, dass die Wunschklassen mit Englischunterricht ganz schnell voll sind!«

»Ach du lieber Himmel!«

Wanda stöhnte, als Jessica aufstand, um mit Herrn Brockmann seitlich unter eine Kastanie zu treten. Dann eben doch der Baum. Sie blickte ihre verbleibenden Teilnehmer an und hob die Hände über den Kopf.

»Chottverdammmich.« Herr Mönkebüscher hielt seinen Fuß in die Höhe. Unverkennbar war er barfuß in etwas Braunes getreten.

Wanda schloss für einen Moment die Augen. Als sie sie wieder öffnete, blickte sie genau in den mittlerweile dunkel gewordenen Himmel über ihr. In der Ferne grollte ein Donner.

Es klingelte an der Haustür, und Maggie überprüfte noch einmal ihre Erscheinung im Spiegelbild. Heute hatte sie ihre Pluderhose gegen einen bunt gemusterten Rock eingetauscht, im Kontrast dazu trug sie eine eng anliegende Bluse in Schwarz. Der Ausschnitt war tief, aber nicht zu tief. Sexy, aber nicht zu sexy. Wie es bei einem distinguierten Herrn von Anfang 60 gut ankam.

Maggie positionierte sich mit einer Hand an der Hüfte, das linke Bein so vorgestellt, dass es durch den Schlitz in ihrem langen Rock zur Geltung kam. Mit einem Lächeln öffnete sie ihrem Date die Tür.

»Einen wunderschönen guten Abend.« Der Mann auf ihrer Türmatte hatte sonnengebräunte Haut, volles schwarzes Haar und samtig-braune Augen. Unter seinem Hemd zeichneten sich Brustmuskeln ab, dass Maggies Knie ganz schwach wurden.

»Ich bin Marco.« Jetzt lächelte er auch noch!

Maggie musste sich am Türrahmen festhalten, um nicht (un)freiwillig in seine Arme zu sinken.

»Und ich bin hocherfreut«, antwortete Maggie. »Sie sind aber keine 64.« Sie zwinkerte ihm zu. Dass in der Partnersuche altersmäßig gelogen wurde, hatte sie sich schon gedacht, dass Männer sich allerdings älter machten, als sie waren – und das nicht nur um zehn Jahre –, das wunderte sie dann doch.

»Oh, entschuldige, Maggie, richtig? Ich bin nur der Fahrer. Dein Date wartet im Auto.« Er deutete eine Verbeugung an und trat zur Seite, sodass der Blick auf eine Mercedes-Limousine frei wurde, die am Straßenrand stand.

Der Motor lief, und im Fond saß ein älterer Herr, der bei Maggies Anblick den Hut lüpfte, unter dem eine beträchtliche Glatze zum Vorschein kam.

»*Der* ist ganz sicher auch keine 64«, entfuhr es ihr entsetzt. Der spärliche Haarkranz, den der Mann noch besaß, war silbrig-weiß, er trug eine Brille und … vor Schreck klammerte Maggie sich gleich noch fester am Türrahmen fest. Er hatte seine Hände vor sich auf einen Stock abgestützt.

»Himmel, wie alt ist er denn wirklich?«

»83, aber fit wie ein Turnschuh.«

83! Maggie antwortete grundsätzlich nur Männern unter 70. Beinahe hätte sie die Tür wieder zugeschlagen, aber dann lächelte Marco entschuldigend, wobei ihm eine Haarsträhne in die Stirn fiel. Ihr Blick blieb daran hängen.

»Sie fahren uns, Marco?«, fragte sie sicherheitshalber.

Auf sein Nicken hin war es beschlossene Sache. Maggie zog die Haustür hinter sich zu und folgte Marco zum Wagen.

Der alte Mann öffnete die Autotür und deutete zur Begrüßung einen Handkuss an. Wenn er sie jetzt noch mit »Gnädige Frau« anredete, wäre das Date geplatzt,

Marco hin oder her. Glücklicherweise reichte ihm ein »Wunderschönen guten Abend, die Dame«.

Marco reichte ihr seine Hand, führte sie um das Auto herum und ließ sie auf der anderen Seite einsteigen, bevor er sich selbst hinters Steuer setzte. Ein Abendessen im besten Restaurant Münsters war ihr versprochen worden, sie war gespannt.

»Sie haben in Ihrem Profil aber ganz schön geschummelt«, sagte Maggie zu dem alten Mann neben ihr – wie hatte der noch mal geheißen?

»Sie waren selbst auch nicht ganz ehrlich«, gab er zurück. »Sie sind schließlich keine Stewardess.«

Woher wollte er das denn wissen? »Ich war mal eine.« Zumindest eine Nacht lang im Privatjet eines italienischen Investmentbankers vor knapp 30 Jahren.

Marco fing ihren Blick im Rückspiegel ein und zwinkerte ihr zu. Vielleicht würde der Abend doch noch ganz vergnüglich werden.

Tatsächlich war er das, was aber weniger an ihrem Galan lag. Ihr Date führte sie in ein schickes Münsteraner Restaurant, die Unterhaltung mit Paul gestaltete sich recht langweilig, er schien gern zu reden, auf jegliche Flirtversuche Maggies reagierte er allerdings mit Unverständnis, bis Maggie schließlich die Lust verging, aufreizend mit ihrer Cocktailkirsche zu spielen. Aber hin und wieder sah Marco von draußen durch eines der großen Fenster, wohl um nachzuschauen, wann sein Chef aufbrechen wollte, und jedes Mal wurde sein Lächeln größer, wenn er Maggie sah, sodass die Lust am aufreizenden Cocktailkirschenspiel schließlich wiederkam.

»Was für ein schöner Abend«, säuselte Maggie dann auch, als der Chauffeur die Autotür für sie öffnete.

»Es war sicherlich eine anregende Konversation«, antwortete Paul, der offenbar missverstanden hatte, mit wem Maggie hier sprach. »Natürlich können wir die Probleme unserer Steuergesetzgebung nicht an einem Abend lösen.«

Darüber hatte er also so endlos palavert?

»Vielleicht könnten wir unser Gespräch nächste Woche fortsetzen?«

Maggie sah zu den dunklen Haaren, die sich in Marcos Nacken kräuselten, und nickte. Das Date würde aufregend werden. Sie musste nur irgendjemanden finden, an den sie den alten Knacker neben sich loswerden konnte.

»Interessieren Sie sich eigentlich auch für klassische Musik?«, fragte Paul da gerade. »Die Symphoniker geben Brahms' 8. Klavierkonzert.«

Maggie kniff die Augen zusammen. »Ich sollte Ihnen unbedingt eine Freundin vorstellen«, sagte sie an Paul gewandt. Gertrud war auch so eine schreckliche Langweilerin, die beiden würden sich lieben.

Er musste dringend Janine anrufen, sie machte sich sicher schon Sorgen. Bei ihrem Streit kurz vor seiner

Abreise hatten sie das letzte Mal miteinander gesprochen. Inzwischen verstand er gar nicht mehr, weshalb sie sich so angeschrien hatten, sie hatte schließlich recht gehabt, die Stelle als Landarzt in Osterbüren war kompliziert, anstrengend und ganz und gar nicht unterhaltsam. Ein Grund mehr, Janine endlich anzurufen und sich bei ihr zu entschuldigen.

Außerdem wollte er mit jemandem sprechen, über seine Patienten jammern und über die allgemeine Unfreundlichkeit der Osterbürener.

»Hey, hey, Richard, Mann! Wie ist die frische Landluft?«

So genau konnte Richard sich nicht erklären, weshalb er statt Janines Nummer die von Mark gewählt hatte. Vielleicht wollte er es sich auch nicht genau erklären. Aber es tat gut, seine Stimme zu hören.

»Die Patienten sind überall gleich, in der Großstadt oder auf dem Dorf. Nur in Osterbüren, da sind sie ganz besonders schwierig.«

Mark lachte. »So schlimm?«

»Schlimmer. Ich glaube fast, die haben eine Art Pakt geschlossen, mich zu hassen.« Er erzählte von den misstrauischen Blicken, dem Stirnrunzeln und den Fragen nach einem »richtigen Arzt«. »Tja, ich bin halt der Nachfolger, der ihnen den geliebten Dr. Lehmkuhl wegnimmt.« Richard lachte ebenfalls und wartete darauf, dass Mark mit einstimmte.

Stattdessen folgte eine Pause am anderen Ende der Leitung, dann fragte sein Freund: »Nachfolger?«

»Oh, natürlich nicht wirklich!«, beeilte Richard sich zu erklären. »Dr. Lehmkuhl sucht tatsächlich einen Nachfolger, er hat mir angeboten, das letzte Assistenzjahr bei ihm zu machen und dann die Praxis zu übernehmen, aber das ist natürlich keine Option.«

»Weil du in Dr. Erlenbachs Schönheitsklinik anfängst.«

»So ist es. Ich in einer Praxis auf dem Land? Das wäre ja total abwegig!«

»Total abwegig.«

»Mit solchen Patienten? Wie kann man die mögen!« Richard lachte noch einmal, diesmal nicht mehr ganz so unbeschwert wie zuvor.

»Was sagt denn Janine dazu?«, fragte Mark. »Sie vermisst dich sicher schon, oder?«

Richard seufzte. »Ich muss sie unbedingt anrufen.«

»Ihr habt seitdem noch nicht miteinander gesprochen?«

»Ich habe mich nicht getraut.« Erneut seufzte Richard, dann fuhr er sich mit der Hand übers Gesicht. »Es ist das erste Mal seit meinem Umzug, dass ich wieder hier bin.«

»Ui.«

»Ja, es ist schon ein seltsames Gefühl. Irgendwie zu Hause und irgendwie völlig fremd. Trotzdem hast du recht, natürlich muss ich mit Wanda sprechen.«

»Wer ist Wanda?«

»Was?«

»Du hast gerade etwas von einer Wanda gesagt.«

»Wanda? Sicher nicht. Wir haben doch von Janine geredet.«

»Du hast eindeutig …«

»Habe ich nicht.«

Richard konnte Marks Stirnrunzeln beinahe durch das Telefon hören. »Hör zu«, sagte er daher schnell, »ich muss mich wirklich bei ihr melden. Ich ruf dich wieder an!« Er drückte den roten Hörer und starrte dann auf das Smartphone in seiner Hand. Er hatte Janine gesagt. Ganz sicher.

7. Kapitel

»Sooo.« Maggie setzte sich auf Gertruds – äußerst altmodische – Couch und schlug die Beine übereinander.

Gertrud sah sie misstrauisch an.

Maggie beschloss, es kurz und schmerzlos zu machen. »Lust auf ein Date?«

Ziemlich kurzsichtig blinzelte Gertrud sie an. Die konnte sich auch mal eine neue Brille kaufen, das Modell stammte aus dem Alte-Frauen-Laden von 1983.

»Ich?«

Maggie seufzte. »Siehst du hier noch jemanden?«

Langsam schüttelte Gertrud den Kopf. Dann fragte sie: »Wieso?«

»Wieso nicht? Es würde dir guttun, einmal rauszukommen.«

Gertruds Blick wurde immer misstrauischer, was Maggie einen kleinen Stich versetzte. Als ob sie ihr nicht auch mal was Gutes tun könnte. Aus reiner Sorge um ihr Wohlbefinden.

»Ich kenne da zufällig einen Mann. Einen sehr charmanten Mann«, sagte Maggie. »Er könnte dir gefallen, und er will am Freitag mit dir ausgehen.«

Gertrud verzog keine Miene.

»Ja, in Ordnung, ich steh auf seinen Chauffeur und brauche ein Ablenkungsmanöver für den alten Knacker«, gab Maggie schließlich zu. Dann schaute sie unglücklich. »Kommst du mit?«

»Ein Date«, sagte Gertrud langsam. »Mit irgendeinem ›Knacker‹ und … dir als Begleitung? Klingt verlockend.«

Wenn sie die Wahrheit so hinstellte, klang es natürlich nicht mehr so gut.

»Andererseits: Du magst den ›Knacker‹ nicht. Er könnte also tatsächlich ein sympathischer Mann sein.«

»Deinem Witz wird er nicht widerstehen können.«

»Ha.« Gertrud schnaubte.

»Ich mach deine Wäsche für einen Monat.« Für ein ungestörtes Date mit Marco würde Maggie beinahe alles tun. »Und ich verspreche, kein rotes Tuch zwischen deine weißen Blusen zu mischen.«

»Stinkt danach alles nach Räucherstäbchen?«

»Ich verspreche ebenfalls, Persil zu verwenden. In nicht mehr nur umweltschonender Dosierung.«

»Bügelst du auch?«

»Deine Blusen? Bist du verrückt?« Maggie richtete sich entsetzt auf. Gertruds Kragen, von ihr gestärkt, wurden nicht einmal weich, wenn man – völlig unabsichtlich – beim Blumengießen vom Balkon einen Schwung Wasser auf sie kippte. Die Grenze, was Maggie für ein Date mit Marco alles tun würde, war erreicht. Oder halt! »Ich weiß etwas Besseres.«

Schon wieder kniff Gertrud so misstrauisch die Augen zusammen.

»Du willst doch, dass Wanda lernt, eine gute Hausfrau zu sein, oder?« Ein völlig überflüssiges Unterfangen, natürlich. Ein Mann, der eine gute Hausfrau suchte, war bei Wanda aus mehr als nur einem Grund am falschen Ort. »Wir lassen also *Wanda* deine Blusen bügeln!« Das hatte das Mädchen nun davon, nicht auf ihre gut gemeinten Kleidungsratschläge gehört zu haben. Sollte sie sich also mit Gertruds Spießerkleidung rumschlagen. Triumphierend sah sie Gertrud an, die langsam nickte. »Ich glaube, sie hat den Begriff Wäschestärke noch nie gehört.«

Hatte sie sicher, Gertrud nahm ja dauernd solche unanständigen Wörter in den Mund. Haushalt, keimfrei, blitzblank, da gab es eine ganze Reihe Begriffe, die Maggie nicht ausstehen konnte. Aber sie wollte ihr Date mit Marco nicht riskieren, also sagte sie nichts, sondern sah Gertrud nur erwartungsvoll an.

Die presste die Lippen zusammen und erhob sich vom Sofa. »Wann holt dein Galan mich am Freitag ab?«

Nach einem Vormittag, an dem Frau Köchlin sein Wartezimmer mit den Worten »Dr. Mensing oder gar kein Arzt« zur Räson gebracht hatte, befand Richard, dass er sich eine ganz besonders angenehme Mittagspause verdient hatte. Und so beschloss er, einen ausgiebigen Spaziergang in der Sonne zu unternehmen, sich Osterbüren anzusehen und in Erinnerungen zu schwelgen.

Beim kleinen Lotto-und-Post-Shop am Marktplatz legte er einen kleinen Zwischenstopp ein, um sich einen Snack für unterwegs zu besorgen. Wenn er schon in Erinnerungen schwelgte, konnte er sich auch eine Bifi und eine Tüte Weingummi gönnen – sein bevorzugtes »Pausenbrot« damals in der Schule.

Die Türklingel bimmelte, als Richard den kleinen Laden betrat. Etwas hektisch konnte er noch jemanden im Hinterzimmer reden hören, an der Theke stand mit leicht geröteten Wangen die eine der beiden jungen Mütter, denen er ständig im Dorf begegnete.

»Sie arbeiten hier?«, fragte er verwundert. Sonst schien sie immer den ganzen Tag spazieren zu gehen.

»Ich helfe aus. Momentan« war die Antwort.

Die Diskussion im Hinterzimmer wurde lauter.

»Wie kann ich Ihnen denn helfen?« Die Frau – Verkäuferin? – stellte sich so, dass er nicht in den Gang hinter ihr hineinsehen konnte.

»Haben Sie Bifi?«

»Ist das nicht total ungesund?«

Richard zog die Augenbrauen hoch. »Ich bin Arzt.« Er wusste, was er tat. Eine Bifi brachte einen nicht um.

»Ja, also dann …« Sie sah sich im Laden um, zog hinter der Theke eine Schublade heraus. Schließlich zuckte sie mit den Schultern. »Tut mir leid, Bifi haben wir nicht.«

Richard deutete auf die Auslage vor der Theke, auf die man als Verkäufer keinen Blick hatte, die aber hervorragend im Sichtfeld der Kunden platziert war. Dort gab es kleine Schokoriegel, Mini-Dosen mit Chips und … Bifi.

»Ach.« Sie nahm die Packung entgegen und drehte sie herum.

»70 Cent.« Richard deutete auf das Schild an der Auslage, das sie von ihrem Platz hinter der Theke ebenfalls nicht sehen konnte, und reichte ihr einen Euro. »Erster Tag heute?«

Statt einer Antwort starrte sie konzentriert auf die Kasse.

Wechselgeld wurde überbewertet. »Tun Sie den Rest einfach in die Spendenbox für krebskranke Kinder«, sagte er.

»In die was?«

Jetzt deutete er auf den durchsichtigen Plastikbehälter neben der Theke.

Aus dem Hinterzimmer ertönte Kindergeschrei.

»Kann ich Ihnen sonst noch irgendwie helfen?«, fragte die junge Frau, nachdem sie einen nervösen Blick nach hinten gerichtet hatte.

»Nein, aber vielleicht kann *ich* Ihnen helfen?«, schlug Richard vor. »Mit Kindern bin ich ganz gut, wissen Sie, eine Zeitlang dachte ich, vielleicht Kinderarzt zu werden.« Die Aufgabe, Kinder zu versorgen, hätte er als Landarzt ebenfalls, wie Dr. Lehmkuhl ihm gesagt hatte.

»Oh. Oh nein, danke.« Die junge Frau verschränkte die Arme vor der Brust.

Richard seufzte. Vielleicht wären die kleinen Patienten in Osterbüren angenehmer, doch er würde es wohl nie erfahren, dafür müsste er erst an den großen vorbei. »Einen schönen Tag noch!«, wünschte er.

Die Türglocke bimmelte, als er den Laden verließ.

»Oh mein Gott, Wanda, du musst wieder übernehmen!« Jessica stürmte ins Hinterzimmer des Post-Shops, wo Wanda gerade mit zwei kleinen Jungs auf dem Schoß saß, von denen der eine ein Bild malen, der andere ihre Nase anstupsen wollte.

Vanessa, die ihr die beiden einfach auf den Schoß gesetzt hatte, stand lächelnd daneben.

»Ich weiß ja nicht mal, weshalb du gerade unbedingt übernehmen wolltest«, sagte Wanda und zog für Max eine Grimasse, dass er vor Lachen fast von ihrem Schoß fiel.

»Weil Vanessa entschieden hat, dass sie sich mit den Kindern um dich kümmert.«

»Hey!« Vanessa warf ihrer Freundin einen bösen Blick zu, die entschuldigend mit den Schultern zuckte.

»Die kleine Pause fand ich ja auch nett«, sagte Wanda, »aber weshalb musste ich denn sofort und augenblicklich meinen Posten verlassen, um hier mit euren Kleinen Süßigkeiten zu essen?«

»Weil …« Jessica warf Vanessa einen hilfesuchenden Blick zu.

»Weil …« Aber auch Vanessa schien nicht mehr weiter zu wissen.

»Stecken meine Omas dahinter?«, fragte Wanda und löste vorsichtig kleine Ärmchen, die sich an sie klammerten, um sowohl Max als auch Jonas auf den Boden zu heben. Dann wischte sie sich die mittlerweile klebrigen Finger an einem Taschentuch ab und stand auf. »Hat Gertie euch rekrutiert?«

»Wir …«

»Hat das was mit diesem dämlichen Plan zu tun?«

»Also …«

»Ich wusste es.« Wanda stemmte die Hände in die Hüften. »Ich bin fast 30 und habe keinen Freund, blablabla. Und jetzt soll durch eure Kinder« – zugegeben, die beiden Jungs waren herzallerliebst – »in mir der Wunsch nach einer eigenen Familie entfacht werden, oder wie? Sodass ich dem nächstbesten Mann in die Arme sinke?« Sie funkelte die beiden an. »Ich bin glücklicher Single, merkt euch das. Mein Leben ist gut so, wie es ist, auch ohne Mann. Und jetzt geht mal raus mit euren Kleinen auf den Spielplatz, hier ist jetzt Mittagspause!«

Ohne eine Antwort abzuwarten, schnappte Wanda sich einen Schokoriegel und packte ihre Sachen zusammen.

Eine halbe Stunde etwa würde Richards Mittagspause noch dauern. Er war einmal quer durchs Dorf gelaufen, an Häusern und Straßen vorbeigeschlendert, die in seiner Kindheit schon gestanden hatten. Seit seinem Weggang hatten sich eine ganze Reihe Neubauten hinzugesellt.

Hier am westlichen Rand von Osterbüren, wo die Raps- und Maisfelder begannen, stand seine alte Grundschule. Der Backsteinbau hatte sich seit seiner Zeit kein bisschen verändert, vielleicht war die beige-gelbe Steinfassade ein wenig schmutziger geworden.

Richard wickelte seine Bifi aus und machte sich an einem Maisfeld entlang auf den Weg zurück zur Arztpraxis. Hier draußen gab es keinen Bürgersteig, rechts von ihm befand sich ein Graben, der Wasser führte, links die erste Häuserzeile Osterbürens, von der immer wieder Querstraßen in den Ortskern führten.

In der Ferne konnte er ein Fahrrad entgegenkommen sehen. Waren das dunkle Locken? Die Person wollte abbiegen, Richard konnte das Handzeichen sehen. Aber bevor er seine eigene Hand heben konnte, um zu winken, wurde er plötzlich von hinten … gerammt. Irgendetwas fuhr ihm zwischen die Beine, gleichzeitig traf ihn ein Schlag fest zwischen die Schulterblätter, sodass er vorwärts stolperte, auf dem unebenen Gras ausrutschte und in den Graben fiel.

»Hilfe!« Er versuchte zu atmen, keuchte, prustete, ekelte sich, denn das Wasser war nicht nur kalt, sondern auch trübe und dreckig. Wer wusste schon, welche Landwirtschaftsabwässer hier hingeleitet wurden? »Was zum …« Richard stützte sich mit den Händen auf dem matschigen Boden ab und drehte sich nach oben zur Straße.

»Oh, der Herr Doktor!« Mit Jacke, Mütze und Fahrrad von der Post ausgestattet, musste der nun über ihm am Straßenrand haltende Mann der Briefträger sein. »Das tut mir schrecklich leid, ich hab Sie gar nicht gesehen!«

»Sie haben mich gerammt!« Mühsam rappelte Richard sich erst einmal in eine sitzende Stellung. Der Boden war so schlammig, dass er sich nicht traute, schnell aufzuspringen, aus Angst auszurutschen.

»Ja, aber doch nicht mit Absicht!« Entrüstet sah der Postbote ihn an.

»Wie kann man den einzigen Fußgänger auf einer menschenleeren Straße übersehen?« Richard kniff die Augen zusammen.

»Ich …« Der Kerl nahm seine Mütze ab und drehte sie verlegen zwischen den Händen. »Ich hatte andere Dinge im Kopf.«

»Postpakete oder was?« Mit den Händen hielt Richard sich am Gras fest, das am Rand des Grabens wuchs, und zog sich vorsichtig hoch. Sein Hemd klebte unangenehm nass am Körper, seine Jeans hatte sich komplett mit Wasser vollgesogen.

»Ich hab mich doch schon entschuldigt, was wollen Sie denn noch?« Der Briefträger setzte seine Mütze wieder auf und warf Richard einen bösen Blick zu.

»Vielleicht eine kleine Hilfestellung, aus dem Graben herauszukommen?« Böse Blicke konnte Richard auch. Mit seinen nassen Sachen und dem Matsch unter den Füßen war es schwieriger als gedacht, die Böschung hinaufzukrabbeln. Dankbar nahm er schließlich die entgegengestreckte Hand des Postboten an, der ihn endgültig nach oben auf die Straße zog und anschließend mit übertriebenem Aufwand seine Hand wieder trockenrieb. Blödmann.

»Ich bin komplett nass. Dank Ihnen«, grummelte Richard.

»Holen Sie sich bloß keine Erkältung, ich hab gehört, Ärzte sind die schlimmsten Patienten.«

Hatte der Kerl wenigstens den Hauch eines schlechten Gewissens?

»Machen Sie sich um mich mal keine Sorgen.« So hochmütig, wie er konnte, wischte Richard seine eigenen Hände an seiner noch viel nasseren Jeans ab und stakste davon.

»He!«, rief ihm der Postbote nach. »Wollen Sie die nicht mitnehmen?«

Richard drehte sich um. Im Graben lag traurig die Bifi-Verpackung, deren Inhalt mittlerweile wohl schon auf den Grund gesunken war. Dieses Mal musste er sich bei seinem bösen Blick auf den Briefträger gar nicht anstrengen.

Der zuckte mit den Schultern. »Dachte nur, wegen Müll und Recycling. Mit der Umwelt haben Sie's nicht so?«

Das würdigte Richard keiner Antwort mehr. Mit geradem Rücken und hoch erhobenem Kopf marschierte er tropfend und mit quietschenden Schuhen davon.

Maggie klopfte bei Gertrud an die Haustür. Das MacBook trug sie zusammengeklappt unter dem Arm, den Internetstick hatte sie vorsorglich dabei, Gertrud war ja so was von von gestern, die hatte ganz sicher kein W-LAN. Oha. Aber Kuchen. Der Duft drang in Maggies Nase, als Gertrud mit verkniffenem Gesichtsausdruck die Tür öffnete. Ob sie sich leiden konnten oder nicht, eine gute Gastgeberin zu sein lag Gertrud im Blut.

»Komm rein«, sagte sie, nachdem sie sich einige Sekunden lang feindselig angestarrt hatten.

Während Gertrud in der Küche mit Geschirr klapperte und schließlich zwei Tassen Kaffee sowie zwei Teller mit Kuchen auf den Couchtisch stellte, setzte Maggie sich aufs Sofa und fuhr den Laptop hoch. Nachdem sie beide einen Schluck vom Kaffee probiert und Maggie etwas widerwillig Gertruds Backkünste gelobt hatte – zugegeben, das konnte die Schnepfe, aber es war trotzdem nichts, was man bei der Männersuche unbedingt brauchte! –, klickte Maggie auf Wandas Profil.

Sofort blinkte ihnen rot entgegen, dass Wanda »Neue Nachrichten« erhalten hatte. 38 Stück insgesamt.

»Die wollen alle mit Wanda ausgehen?« Gertrud machte große Augen, während sie näher an Maggie heranrückte und sich zum Laptop hinunterbeugte, um kurzsichtig auf den Bildschirm zu blinzeln.

»Kein Wunder, ich habe ja auch als Profilfoto …« Maggie brach ab. Sie hatte Gertrud nicht gesagt, dass sie den Bikini-Schnappschuss ins Profil gesetzt hatte. »Schauen wir mal hier, der scheint doch ganz nett zu sein.« Zumindest einen durchtrainierten Oberkörper hatte *Marcus81*, den er stolz vor dem Badezimmerspiegel präsentierte. »Oder der!« Diesmal etwas klassischer, hatte *PingPong35* sich im Fitnessstudio auf der Hantelbank knipsen lassen.

Gertrud schnalzte mit der Zunge. »Lass den Quatsch, das Mädchen braucht einen zum Heiraten.«

»Auch Männer mit Bauchmuskeln wollen heiraten.«

Aber Gertrud hatte ihren Finger schon auf eine andere Nachricht gelegt. *Prinz sucht Prinzessin – kannst du es vielleicht sein? Ich träume schon lange von …* Den Rest las Maggie gar nicht erst. »So ein Vollidiot«, schnaubte sie.

»Ich finde das nett.« Gertrud presste die Lippen zusammen. Dann deutete sie auf den nächsten Mann, der Brille und Vollbart trug.

»Nein!«, schrie Maggie auf und klickte schnell weiter. »Der hier ist was fürs Auge.« Ein weiterer nackter Oberkörper, diesmal sogar mit Berechtigung, da sich sein Besitzer gerade neben einem Pool sonnte. Es schien ein exotisches Land zu sein, nicht nur Palmen, sondern auch einige andere Bäume, die Maggie noch nie gesehen hatte, waren im Hintergrund zu erkennen. »Wer sich solche teuren Urlaube leisten kann«, sie klickte sich durch seine Fotos, die mit »Südamerika 2015«, »Thailand 2014« und »Winter in Aspen« untertitelt waren, »hat Geld und kann Wanda einen exklusiven Lebensstil bieten.«

»Wanda braucht Beständigkeit und keinen Luxus«, hielt Gertrud mit dem nächsten Vollbart-Kandidaten dagegen.

»Kribbeln statt Langeweile! Da könnte sie gleich Nils nehmen!«

»Also wirklich.« Jetzt schien Gertrud ehrlich entrüstet.

»Ich habe einen Vorschlag.« Maggie schob sich noch ein Stück Kuchen in den Mund, der war wirklich gut. Noch im Kauen sagte sie: »Wir machen es gerecht. Jede darf sich drei Männer aussuchen, die wir dann näher in Augenschein nehmen.«

Gertrud runzelte die Stirn. »So wie im Fernsehen? Wir treffen die Vorauswahl?«

»Na, willst du die Typen gleich so auf Wanda loslassen? Da sollte auf jeden Fall eine Expertenmeinung zwischenstehen.«

»Also gut.« Gertrud beugte sich vor und blinzelte über den Brillenrand zu dem letzten Vollbartträger. »Der, dann der« – das war Mister Bewerbungsfoto – »und der hier.« Ein tierlieber Anzugträger mit Brille, aber immerhin ohne Bart.

Maggie fügte ihrer Liste den exotischen Urlauber,

einen Fitnessguru und einen »relaxten« jungen Surfer hinzu. Dann begann sie, die Einladungen auszusprechen.

»Bei mir gibt's Kuchen«, wandte Gertrud ein, als sie ihre eigene Adresse angab.

»Bei mir gibt's Alkohol.« Und den würde Maggie angesichts Gertruds Männerauswahl bitter benötigen.

Als Richard eine knappe halbe Stunde später als beabsichtigt zurück in seine Praxis kam, sahen ihn die Patienten im Wartezimmer neugierig an.

»Wieso sind Sie so spät?«, zischte Frau Köchlin. »Und wie sehen Sie überhaupt aus?«

Weil er sich so beeilt hatte, zum Jäger zu kommen, um sich umzuziehen, war ihm keine Zeit mehr geblieben, seine Haare zu föhnen oder zu kämmen. Sein Hemd war vermutlich auch noch falsch zugeknöpft.

Da er jedoch keine Lust hatte, sich mit der Sprechstundenhilfe auf eine Diskussion über rücksichtslos radelnde Briefträger oder die Gefährlichkeit von Straßengräben einzulassen, tat er so, als habe er sie nicht gehört. Mit Janine klappte das zwar auch nie, aber einen Versuch war es wert.

»Wieso sind Sie zu spät, und wie sehen Sie aus?«, wiederholte Frau Köchlin, dieses Mal lauter.

So viel also dazu. Er griff nach der obersten Krankenakte, die auf ihrem Anmeldetresen lag.

»Kleines Missgeschick, nicht weiter schlimm. Wer wartet auf mich?«

Sie riss ihm die Akte aus der Hand. »Niemand, der nicht auch noch weitere zwei Minuten warten kann. Haben Sie sich etwa geprügelt?«

Himmel, was war die Frau herrisch. »Ich bin in den Straßengraben gefallen. Geschubst worden, um genau zu sein.«

»Vom Straßengraben?«

»Der Postbote hat mich nicht gesehen und … aus Versehen angefahren.«

Frau Köchlin runzelte die Stirn. Dann gab sie ihm die Akte zurück. »Nun gut, da Sie Ihren Kampf mit dem Graben heroisch gewonnen haben. Frau Rüter wartet in Raum zwei. Ich mach Ihnen einen Kaffee.« Als sie sich umdrehte, meinte Richard ein Glucksen zu hören.

Immerhin trug er zur Erheiterung seines Personals bei. Wenn das nicht der Höhepunkt seiner bisherigen Karriere als Osterbürener Landarzt war.

»Ich soll was?« Wanda sah auf den Korb mit Wäsche hinunter, den Maggie ihr vor die Füße gestellt hatte. »Sind das nicht Oma Gerties Blusen?«

Maggie schnaubte. »Und ob! Glaubst du etwa, ich wäre so verrückt, mir was anderes als Knitterstoff zu kaufen?«

Nein, das glaubte Wanda nicht. Sie bezweifelte sogar, dass Maggie überhaupt ein Bügeleisen besaß. »Wieso soll *ich* denn Oma Gerties Blusen bügeln?«

»Weil *ich* sie schon gewaschen habe.«

Der Laut, der Wanda daraufhin entfuhr, sagte im Grunde schon alles. Trotzdem hob sie zusätzlich die Augenbrauen und sah Maggie an.

»Hilf doch deiner Großmutter ein bisschen«, sagte diese schließlich. »Und denk doch mal daran, was die liebe Gertrud alles für dich getan hat.«

Die liebe Gertrud? Dass ihre Omas inzwischen offenbar miteinander sprachen, war eine Sache. Das hier? War nicht mehr normal. Wanda rieb sich die Schläfen. Andererseits hatte Oma Gertie tatsächlich schon so einiges für Wanda getan, griff ihr im Grunde jetzt noch unermüdlich unter die Arme. Manchmal allerdings schlug sie damit über die Stränge. Misstrauisch kniff Wanda die Augen zusammen. »Hat das etwa was mit Jessica und Vanessa zu tun?«, fragte sie. »Kuchen backen, Kinder hüten, Wäsche bügeln … Oma Gertie will aus mir die perfekte Hausfrau der 50er Jahre machen.«

Maggie lächelte nur, blieb ihr aber eine Antwort schuldig.

»Aber weshalb zum Kuckuck machst du da mit?« Anklagend sah Wanda ihre Hippie-Oma an. Gerade von ihr hätte sie Unterstützung erwartet.

»Es ist für einen guten Zweck.«

»Oh Gott.« Das schlechte Gewissen traf Wanda wie ein Keulenschlag. Sie musste sich setzen. »Ist … ist Oma Gertie wirklich krank?« Die Theorie hatte sie eigentlich auf Eis gelegt, nachdem Oma Gertie den Hefeteig eine Viertelstunde lang geschlagen und auf den Küchentisch geworfen hatte, ohne Ermüdungserscheinungen zu zeigen.

»Krank? Die? Nein, keine Sorge. Die wird noch mit 100 die Energie haben, das Pflegeheim mal gründlich durchzuputzen.« Maggie lachte, und Wanda atmete erleichtert auf. Ihre Großmutter litt also einfach nur an … Torschlusspanik. Für Wanda. Sie seufzte und sah zum Wäschekorb. Ihre To-do-Liste wurde auch immer länger. Schließlich nickte sie. Zehn Blusen, das sollte doch irgendwie zu schaffen sein.

8. Kapitel

Nervosität machte sich in Gertrud breit. Die meisten der Heiratskandidaten hatten sich zu einem kurzfristigen Treffen bereiterklärt, und Gertrud war sich nicht sicher, ob sie zufrieden sein sollte, dass Wanda deren oberste Priorität war, oder besorgt, dass sie sonst nichts zu tun hatten. Als sie ihre Fragen Maggie mitgeteilt hatte, hatte die nur gelacht und abgewinkt, was mal wieder typisch gewesen war.

Nun hatten sie sich bei Maggie verabredet, um einen geeigneten Mann für Wanda zu finden, und schon beim Betreten der Wohnung bemerkte Gertrud die Veränderungen. Maggies Wohnzimmer war aufgeräumt. Das allein war schon besorgniserregend genug, aber offenbar hatte das Frauenzimmer auch gebacken. Zumindest hielt Gertrud die traurigen Häuflein an Gebäck auf dem Couchtisch für den Versuch, Kekse herzustellen. Statt einer Schüssel oder wenigstens einer Keksdose hatte Maggie ihre Werke einfach auf dem Backblech belassen. Kopfschüttelnd trug Gertrud die Schokolade, die sie mitgebracht hatte, in die Küche.

»Du hast gebacken«, sagte sie. »Oder zumindest das getan, was du für Backen hältst.«

Maggie lachte nur. »Ich mach uns einen Tee.«

»Nicht dein fürchterliches Gewürzgebräu, ich koche eine anständige Kanne Kaffee.« Rotbusch, Chai und wie sie nicht alle hießen, diese ungenießbaren Tees, die Maggie zuhauf in ihrem Küchenschrank hortete. »Und wehe, du zündest ein Räucherstäbchen an!« Gertrud hatte schon mehr als einmal ihre gesamte Wohnung durchlüften müssen, nachdem Wanda sie im Anschluss an Maggie besucht hatte.

»Wir sitzen hier«, Maggie deutete auf die Couch, »und die Jungs hier.« Sie zeigte auf einen Sessel, den sie genau gegenüber auf der anderen Seite des kleinen Tischchens platziert hatte.

»Jede von uns darf so viele Fragen stellen, wie sie will«, sagte Gertrud und zog zwei Notizblöcke und Stifte aus ihrer Tragetasche. »Und im Anschluss geben wir Noten. Für Manieren, Aussehen und Charakter.«

»Ich weigere mich, Manieren zu bewerten.«

»Natürlich. Du bekämst ja auch eine Sechs.«

»Richtig! Sex! Gute Idee. Wir benoten stattdessen den Sexappeal.«

»Das fällt unter die Rubrik ›Aussehen‹.« Gertrud klopfte mit ihrem Kugelschreiber auf den unterstrichenen Begriff.

»Oh, du bist bei dem Wort ›Sex‹ nicht in Ohnmacht gefallen«, zog Maggie sie auf.

Maggies Gesellschaft sorgte dafür, dass Gertrud ein immer dickeres Fell bekam. Sie seufzte. Bevor sie dieses unnötig alberne Gespräch jedoch fortsetzen musste, klingelte es glücklicherweise an der Tür.

»Der Banker, pünktlich auf die Sekunde.« Maggie rollte mit den Augen. Als ob das eine schlechte Eigenschaft wäre.

Gertrud malte einen Pluspunkt hinter den ersten Kandidaten.

»Guten Tag, die Damen, mein Name ist Björn, ich bin 31 Jahre alt, habe studiert und suche nun die Frau fürs Leben.«

Ein weiteres Augenrollen hier, ein weiterer Pluspunkt dort.

»Nehmen Sie doch Platz.« Gertrud wies auf den Sessel und ließ sich selbst auf der Couch nieder, wobei sie ihren Rock eng an den Körper ziehen musste, weil Maggie sich neben ihr in ihrer Pluderhose ausbreitete.

»Weshalb glauben Sie, der perfekte Mann für unsere Wanda zu sein?«, begann Maggie die Fragerunde.

»Wanda scheint mir sehr ernst in ihren Bestrebungen, ein Leben mit Zukunft aufzubauen«, Gertrud nickte heftig dazu, während Maggie die Augenbrauen hochzog, »und mit mir als zuverlässigem Lebenspartner wird sie nicht nur finanziell abgesichert sein, sondern ich werde auch ein treuer Ehemann sein. Von rein sexuellen Abenteuern halte ich nichts.«

»So siehst du auch aus«, murmelte Maggie.

Um die Unverschämtheiten der Hupfdohle zu kaschieren, klapperte Gertrud etwas zu laut mit dem

Geschirr. »Nehmen Sie einen Kaffee?« Sie goss ihm ein und sich selbst nach.

»Nehmen Sie auch einen Keks.« Grinsend schob Maggie ihm das Backblech näher.

Gertrud überlegte sich kurz, ebenfalls zuzugreifen, aber die Gebäckhäufchen sahen tatsächlich alles andere als einladend aus. Außerdem rochen sie ein wenig seltsam, Maggie hatte vermutlich ihre gesammelten exotischen Gewürze hineingegeben.

Björn setzte sich ein wenig aufrechter hin. »Nein, danke, ich ernähre mich glutenfrei.«

»Ach.«

»Glutenfrei?«, fragte Gertrud.

»Ich esse keine Weizenprodukte. Zum Beispiel Nudeln oder Pizza« – diesem neumodischen italienischen Essen hatte Gertrud noch nie etwas abgewinnen können, Kartoffeln, Kohlrabi und eine gute Bratwurst, was war daran auszusetzen? – »und natürlich keine Backwaren. Brot, Brötchen, Kuchen, Kekse.«

Vor Entsetzen wäre Gertrud beinahe der Mund offen stehengeblieben. Sie räusperte sich. »Nicht einmal am Sonntag?«

Auf sein Kopfschütteln hin nickte Maggie. »Ich verstehe.«

Gertrud verstand ganz und gar nicht. Sie sah von Björn zu Maggie, auf deren Zettel, auf dem »Langweiler« notiert stand, und zurück auf den eigenen mit den beiden Pluspunkten.

»Danke, das war eine wirklich interessante …

schön, dass wir Sie …« Energisch strich Gertrud ihre Pluspunkte durch, dann zog sie ihm die Kaffeetasse weg und stand auf. »Wir melden uns bei Ihnen.«

Nachdem sie Björn zur Tür gebracht hatte – Maggie machte keinerlei Anstalten aufzustehen, sie futterte ihre Kekse in sich hinein und kicherte albern –, kam sie kopfschüttelnd zurück ins Wohnzimmer.

»Was es nicht alles gibt.«

»Kein Gluten und kein Sexappeal, eine Doppelnull« war Maggies Kommentar. »Aber schön, dass wir uns so einig sind.«

Das konnte man zwar überhaupt nicht vergleichen, Maggies oberflächliche Begutachtung und Gertruds ausgeklügeltes Bewertungssystem. Aber da Björn nun wirklich nichts für Wanda war, wollte Gertrud sich auch nicht streiten. Hoffentlich aß der nächste Kandidat Gluten.

Der nächste Kandidat aß tatsächlich Gluten. In rauen Mengen. Nicht einmal richtig hingesetzt hatte er sich, da griff dieser Michael schon zu den Keksen, und in Windeseile waren drei in seinem Mund verschwunden, bis Maggie das Backblech wegzog. »Nicht, dass Sie noch einen Zuckerschock bekommen«, sagte sie.

»Ach, das macht mir gar nichts.« Er griff wieder zu.

»Wirklich, ich denke …« Maggie nahm das Backblech nun hoch, um es in die Küche zu tragen, da mopste er sich noch zwei Stück.

Hinter »Manieren« malte Gertrud ein dickes fettes Minus.

»Mmhhh, wo's'n Ihre Enkelin? Kann'ch die mal sehen?«, nuschelte Michael.

Gertrud umrahmte ihr Minus und unterstrich es zweimal.

»Wanda ist heute leider verhindert.« Maggie lächelte trotz ihrer geklauten Kekse, was wahrscheinlich daran lag, dass Michael die obersten drei Hemdknöpfe offenstehen hatte und dieses Weibsbild ihm immerzu auf die rasierte Brust starrte.

»Fotos?«

»Haben Sie sich ihr Profil nicht angesehen? Dort haben wir über ihre Hobbys und Interessen geschrieben und auch Fotos eingestellt«, sagte Gertrud spitz. Ein bisschen Aufmerksamkeit konnte man doch wohl von potenziellen Heiratskandidaten verlangen.

»Bei so vielen Frauen ...« Er zuckte mit den Schultern.

»Sie sind also beliebt bei der Damenwelt?«, fragte Maggie, bevor Gertrud explodieren und den jungen Mann rausschmeißen konnte. Wenn er mit Wanda ausgehen wollte, dann sollte er auch nur mit Wanda ausgehen wollen und nicht mit einer Liste seiner persönlichen Top-20!

»Mmhhh.« Er schluckte die letzten Kekskrümel hinunter. »Die waren ganz lecker. Was war denn da drin?«

Maggie lächelte nur.

»Wir waren bei Ihren Auswahlkriterien«, brachte Gertrud das Gespräch wieder aufs Wesentliche. »Weshalb, denken Sie, passt Wanda zu Ihnen und passen Sie zu Wanda?«

Erneut zuckte er mit den Schultern. »Sieht gut aus, die Wanda. Und ich …« Er machte eine Handbewegung in Richtung seines Körpers.

»Das stimmt«, bekräftigte Maggie.

Gertrud schnaubte nur. Dann öffnete sie den Mund, um ihre nächste Frage zu stellen.

»Meine Fresse, bin ich müde«, kam Michael ihr zuvor und gähnte mit weit aufgerissenem Mund. »Hab's wohl mit den Terminen heute übertrieben. War schon bei einem Frühstücks- und einem Lunchdate.«

»Ich hoffe, die jeweiligen Damen waren genauso begeistert wie wir.« Gertrud presste ihre Lippen zusammen.

»Ach …« Er gähnte erneut.

»Und ich sag noch: nicht so viele Kekse essen.« Vorwurfsvoll sah Maggie den Mann an, der das schon gar nicht mehr wahrnahm. Seine Augen wurden glasig, er rutschte im Sessel ein Stück nach unten, sein Kopf fiel zur Seite, und zehn Sekunden später war das erste Schnarchen zu hören.

»Unfassbar.« Gertrud konnte nur mit dem Kopf schütteln. Ihre Minuspunkte reichten nicht aus, die Manieren dieses Michael zu beschreiben.

»Was für ein Weichei«, sagte Maggie. »Ich hab

auch drei Kekse gegessen, und merkt man mir auch nur das Geringste an?«

»Wovon redest du?«

»Von der geheimen Zutat.« Maggie stand auf und trug das Backblech zurück auf den Couchtisch. »Rate mal, was meine Spezial-Gewürzmischung ist?«

Gertrud wollte nicht raten, sie wollte es nicht wissen, sie war nur froh, nichts von dem Gebäck probiert zu haben. Und immerhin waren sie sich bei ihrem zweiten Kandidaten dank Maggies Drogen auch einig: »Doppelnull«, sagte Gertrud, »keine Manieren und keine … was auch immer dir an krimineller Verträglichkeit wichtig ist.«

Den Plastikkorb mit immerhin schon zwei gebügelten und zusammengelegten Blusen unter dem Arm, hatte Wanda es zunächst bei Oma Gertie probiert. Da ihr dort nicht geöffnet wurde, war sie zwei Straßen weiter zu Maggie gewandert.

Als Oma Gertie ihr die Tür öffnete, war sie nicht einmal mehr überrascht.

»Seid ihr erleuchtet worden oder so etwas?«, fragte sie, während sie sich an ihr vorbei ins Wohnzimmer drängte. »Liebe und Frieden und …« Sie brach ab. Da lag ein junger Mann halb auf einem Wohnzimmersessel, halb auf dem Boden. Wanda blinzelte und stellte den Wäschekorb ab. Vielleicht handelte es sich um eine Täuschung, aber nein, der Mann blieb, wo er war.

»Oh, hallo Wanda.« Maggie kam fröhlich aus der

Küche und klopfte sich die Hände an ihren Pluderhosen ab. »Beachte Michael gar nicht.«

Michael also. »Wer ist Michael?«, wollte Wanda wissen, »und was *macht* Michael hier?« Sie überlegte kurz, seinen Puls zu fühlen. Er wirkte auch ein wenig blass. »Wir sollten vielleicht einen Arzt rufen«, sagte sie.

»Gott, bloß nicht!«, rief Gertrud.

»Aber …«

»Kein Arzt«, entschied Maggie. »Das würde Michael nicht wollen.«

Zwar verstand Wanda jetzt gar nichts mehr, aber in dem Moment, als sie sich neben ihn kniete und nun doch nach seinem Puls tastete, drehte er seinen Kopf und schnarchte laut auf.

Wanda sah wieder zu Maggie. »Ich glaube, er sabbert deine Armlehne an.«

Maggie stöhnte, und Gertrud rümpfte die Nase. »Das macht in dieser Wohnung auch nichts mehr aus.«

»Ihr habt einen ohnmächtigen Mann hier herumliegen!«

Maggie sah zu Boden, Gertrud schürzte die Lippen.

»Was habt ihr mit ihm gemacht?«

»Nichts!«, beteuerte Oma Gertie.

»Er war nur müde«, sagte Maggie. »Und als gute Gastgeberin …«

»Das darf doch nicht wahr sein. Was ist denn los mit euch?«

»Meine Güte, darf man nicht mal mehr Besuch bekommen?«, fragte Maggie beleidigt. Dann zeigte sie auf Michael. »Ich hatte halt ein Date. Ist das jetzt verboten? Gönnt man mir keinen Spaß mehr?«

Maggies Partys waren legendär, und ihre Datinggewohnheiten waren alles andere als konventionell. »Ist der Typ nicht ein bisschen zu jung für dich?«

»Und jetzt auch noch diskriminieren.« Maggie verschränkte die Arme vor der Brust.

Gertrud nickte heftig dazu.

Wanda öffnete den Mund, um etwas zu sagen, dann warf sie die Arme in die Luft und drehte sich zur Tür. »Ich geb's auf. Dieses Dorf ist verrückt geworden, und ihr seid die Anführerinnen.«

Es war nur eine grobe Schätzung, aber Richard klebte gerade zum etwa 25. Mal einen neuen Zettel mit der Information über seine Vertretung neben Dr. Lehmkuhls Sprechstundenschild. Inzwischen glaubte er nicht mehr an einen Zufall oder den Wind. Vielleicht probten seine Patienten nicht nur oben in der Praxis den Aufstand, sondern auch hier unten. Wer wusste schon, was im Kopf einer Frau Gruber oder Frau Hagedorn so vor sich ging. Aber so leicht gab Richard nicht auf: Er hatte sich dickes Isolierband gekauft, das er großzügig über alle vier Ränder des Zettels klebte.

Wollen wir doch mal sehen, wer hier zuletzt lacht, dachte er zufrieden, nachdem er einen Schritt zurückgetreten war und seine handwerklichen Fähigkeiten begutachtet hatte. Mehrere Schichten Isolierband pappten das DIN-A4-Blatt bombenfest an die Mauer.

»Richard! Schön, Sie zu sehen!«, hörte er in diesem Augenblick eine tiefe Stimme hinter sich.

»Na, diese Worte höre ich in Osterbüren selten«, erwiderte Richard lächelnd und drehte sich um.

»Ja, nun, das … also …«, stotterte der Pfarrer.

»Ich wollte Sie nicht beleidigen, Osterbüren und seine Einwohner sind wundervoll«, log Richard nur ein ganz kleines bisschen. »Nur bin ich bisher nicht von allen mit so offenen Armen empfangen worden wie von Ihnen.« Dass es Wittkemper dabei um eine Beichte gegangen war, ließ er jetzt mal weg.

»Wir Osterbürener sind eben ein eng verbundenes Völkchen«, erklärte der Pfarrer.

»Und ich gehöre nicht mehr dazu. Das habe ich verstanden.« Auch, wenn es ein bisschen weh tat.

»Nein, nein, so meinte ich das nicht. Natürlich gehören Sie dazu, Richard, als echter Osterbürener! Als ob ich mich nicht mehr daran erinnern könnte, wie Sie im Kommunionsunterricht beim Aufsagen des Ave Maria geschummelt haben!«

Richard musste lachen. »Latein war immer schon meine Schwäche, auch später während meines Studiums.«

»Weshalb ich aber eigentlich mit Ihnen sprechen wollte: Morgen Abend findet auf dem Marktplatz unser Sommerfest statt.« Richard erinnerte sich dunkel, dass Frau Köchlin gestern mit einer Patientin über eine Art Dorffest gesprochen hatte. »Und wenn Sie dort hinkommen würden«, der Pfarrer versuchte ein vorsichtiges Lächeln, »dann wäre das sicherlich eine gute Gelegenheit zur Versöhnung.«

»Versöhnung?«

»Wer unter euch ohne Sünde ist, der werfe den ersten Stein«, deklamierte der Pfarrer.

Ja, das hätte ihm noch gefehlt. »Achten Sie vielleicht darauf, dass Gertrud Holtkamp oder Margarethe Strassmann nicht wirklich Steine zur Hand haben«, murmelte er in Erinnerung daran, wie Wandas Großmutter ihn vom Balkon mit Wasser begossen hatte.

»Ach.« Der Pfarrer fuhr sich übers gerötete Gesicht. »Deshalb wollte ich ebenfalls noch mit Ihnen sprechen. Möglicherweise, wenn ich ihnen berichten könnte, dass Sie bei mir zur Beichte …«

Ging das schon wieder los!

»Dann sollte … einer Aufnahme in unserer Mitte … eigentlich nichts mehr …«, stotterte der Pfarrer weiter. »Ich würde mich wirklich freuen. Wenn Sie … also, das Pfarrhaus steht Ihnen immer offen«, verabschiedete er sich schließlich.

Richard drückte seine Hand. »Vielen Dank für das Angebot.« Das war nicht einmal ganz gelogen, er freute sich wirklich, dass der Pfarrer zwar ein wenig seltsam, ihm aber dennoch als einer der wenigen Osterbürener gewogen schien.

9. Kapitel

Es war Freitagabend, kurz nach sieben, und als Gertrud leise Musik in ihr Wohnzimmer dringen hörte, fiel ihr siedend heiß ein, was sie vergessen hatte: das Sommerfest am Marktplatz, für das schon seit Wochen überall Werbung gemacht wurde.

Aber ihre Sorge um Wanda und vor allem die Unruhe stiftende Maggie, die ihr nun auch noch ein »Date« aufgeschwatzt hatte, hatten alle Gedanken ans Sommerfest verdrängt; gerade zupfte sie in Vorbereitung auf das besagte Rendezvous an Gertruds Bluse herum. »So willst du gehen?«

»Was, wenn Richard aufs Sommerfest geht und Wanda sieht? Und wer sorgt eigentlich für den Kuchen?« Um ihre Verabredung konnte sie sich gerade wirklich keine Gedanken machen.

»Richard? Nein, nein, der wird aufgehalten«, sagte Maggie geistesabwesend, während sie einen Schritt zurücktrat, Gertrud dann prüfend ansah und mit dem Kopf schüttelte. »Hast du keine farbige Bluse?« Trotz Gertruds Protest öffnete das dreiste Weib einfach die Schlafzimmertür und machte sich über Gertruds Kleiderschrank her.

»Was heißt, er wird aufgehalten?«

»Der Skatclub besetzt sein Wartezimmer. Hier, zieh das mal an.«

Ärgerlich schlug Gertrud das Kleid zur Seite. »Wieso interessiert es dich überhaupt, welchen Eindruck ich auf diesen Paul mache? Ich denke, er ist ohnehin ein Langweiler.«

Maggie hielt inne. »Das stimmt.« Dann zuckte sie mit den Schultern. »Das heißt aber nicht, dass du nicht trotzdem dein Bestes geben kannst. Sieh es als Übung für den nächsten Mann.«

»Den nächsten Mann?« Gertruds Stimme schrillte sogar in ihren eigenen Ohren. In ihrem ganzen Leben hatte es nur einen Mann gegeben. Die Verabredung mit Paul konnte sie innerlich rechtfertigen, weil es um Wanda ging, um ihre Allianz mit Maggie und weil sie wirklich keinerlei Absichten hatte, auch nur ansatzweise zu … zu … zu flirten. An weitere Männer auch nur zu denken … Sie musste sich setzen. »Ich glaube, ich kann das nicht«, flüsterte sie.

Maggie reagierte nicht, sondern verschwand aus dem Zimmer. Beinahe glaubte Gertrud, sie wäre schon beleidigt nach Hause gegangen, da hörte sie Türen zuschlagen.

Schließlich kam Maggie zurück, setzte sich neben Gertrud aufs Bett und hielt ihr ein Glas hin.

»Der einzige Alkohol in deinem ganzen Haushalt. War nicht einfach zu finden.«

»Rum für die Herrencreme.«

Maggie nickte. »Runter damit.«

Und ob es die Nerven waren oder Maggies schlechter Einfluss, Gertrud kniff die Augen zusammen und stürzte den Inhalt des Glases tatsächlich in einem Zug hinunter. Oh Gott, was für ein Zeug – war das stark! Keuchend rang sie nach Luft.

»Besser?«, fragte Maggie, während sie ihr auf den Rücken klopfte.

Mit tränenden Augen nickte Gertrud. Es ging ihr tatsächlich besser, der Rum in ihrem Bauch fühle sich wohlig warm an, und ein Abend in Gesellschaft, ganz unschuldig, konnte zur Abwechslung ganz nett sein.

»Wie war das jetzt mit dem Skatclub?«, fragte sie an Maggie gewandt.

Es war bald halb acht, und Richard hätte schon vor einer knappen Stunde Feierabend gehabt. Wäre da nicht Frau Hagedorn gewesen, die mit beinahe genauso fest zusammengepressten Lippen, wie es sonst nur Frau Köchlins Markenzeichen war, auf seiner Untersuchungsliege saß. Es gehe ihr nicht gut. Die neuen Medikamente.

»Frau Hagedorn, es sind die gleichen, die Doktor Lehmkuhl Ihnen aufgeschrieben hat.«

»Aber als Doktor Lehmkuhl sie mir aufgeschrieben hat, habe ich sie nicht genommen.«

Waren mitdenkende Patienten nicht ein reiner Segen?

»Welche Beschwerden haben Sie denn nun genau?«

»Unwohlsein.«

»Das ist natürlich nicht so gut. Wie genau äußert sich das? Müssen Sie sich übergeben?«

»Nein, gar nicht.«

»Bauchschmerzen?« Sie schüttelte den Kopf. »Sind Sie müde? Schnell erschöpft?«

»Ich bin doch keine alte Frau!« Entrüstet sah Frau Hagedorn ihn an. In ihrer Patientenakte stand als Geburtsjahr 1938.

»Was soll Unwohlsein denn dann bedeuten?«, fragte Richard schließlich, nachdem sie auch Kopfschmerzen und Schlaflosigkeit verneint hatte.

»Na, Sie sind doch der Arzt!«

Richard rieb sich die Schläfen und versuchte zu lächeln. »Wissen Sie was, Frau Hagedorn. Ich schreibe Ihnen am besten ein alternatives Mittel auf. Die gleichen Wirkstoffe, aber möglicherweise besser verträglich.« Na bitte, konnte er nun doch den Vorschlag umsetzen, den er ihr schon bei ihrem ersten Besuch gemacht hatte. Er holte den Rezeptblock aus der Schublade.

»Muss ich die auch täglich nach dem Abendessen nehmen?«

»Alles genauso wie bei den anderen Tabletten. Sie müssen sich überhaupt nicht umgewöhnen.«

Die alte Frau schien alles andere als glücklich, ließ sich aber schließlich von Richard hinauskomplimentieren. Es war gleich acht, und er hatte vorgehabt, aufs Straßenfest am Marktplatz zu gehen. Nicht dass er darauf spekulierte, Wanda zu sehen – gut, wenn er ehrlich war, ein bisschen schon –, aber zumindest würde er Nachforschungen anstellen können, auf welcher Insel sie sich nun befand. Außerdem freute er sich nach dieser ersten Arbeitswoche ganz ungemein auf ein oder zwei kühle Bier.

»Dann wünsche ich Ihnen noch einen schönen Abend«, verabschiedete er sich von Frau Hagedorn und schloss die Praxistür auf. Frau Köchlin war schon vor über einer Stunde gegangen, und weil die Sprechstunde ohnehin zu Ende war, hatte sie abgeschlossen, sodass kein Patient mehr ins Wartezimmer konnte. Wenn Frau Hagedorn die Treppe hinunter verschwunden war, konnte Richard auch endlich …

»Herr Doktor!«, rief ihm ein vielstimmiger Chor vom Treppenabsatz entgegen.

Mit einer Kuchenplatte in der Hand machte Wanda sich auf den Weg zum Marktplatz. Sie hatte es tatsächlich geschafft, eine zumindest halbwegs annehmbar aussehende süße Masse zu gestalten. Der Geschmack war zwar noch ein wenig gewöhnungsbedürftig, aber da sie Oma Gertie nicht erreicht hatte, musste Wandas Kuchen genügen. Sie würde Melanie einfach anweisen, großzügig zu sein mit dem Ausschank von Alkohol, das betäubte die Geschmacksnerven. Und zusammen mit Almuts und Jessicas Kuchen sowie den Pommes, die Melanie anbieten würde, könnten sie das Dorf hoffentlich über den größten Hunger hinwegretten.

»Oh, die Küchenfee!« Nils grinste breit, als er sie sah. Er stand neben dem Biertisch, auf den Melanie ihre Zapfanlage gestellt hatte. Darüber hatte sie eine Art Zelt gebaut, ein Aufwand, den sie für die Grundschule nicht betrieben hatte. Aber das Sommerfest ging erst abends los und dauerte meist bis spät in die Nacht, da versprach sie sich mehr Umsatz. Timo, Melanies Aushilfskellner, lud hinter ihnen Kisten aus. Sein Blick blieb mehrfach an Melanie kleben, als sie ihm den Rücken zudrehte. Wanda musste mal mit ihrer Freundin sprechen. Timo war zwar jung, aber ein netter Kerl, das durfte Melanie nicht wieder mit einem Trauschein kaputtmachen.

Wanda stellte ihren Kuchen auf der Zapfanlage ab, und Nils stibitzte sich sofort ein Stück.

»Schmeckt … also …« Er zog die Nase kraus.

»Schon gut.« Wanda seufzte. »Ich habe mich damit abgefunden, niemals in Oma Gerties Fußstapfen zu treten.«

»Nimm dir halt Maggie als Vorbild«, sagte Melanie. »Die hat auch so einige Qualitäten.«

Das Wort *Beckenbodentraining* fiel Wanda ein – und der bewusstlose junge Mann in Maggies Wohnzimmer.

»Sagt mal«, fragte sie ihre beiden Freunde, »kommen euch meine Omas auch so komisch vor?«

»Wann waren sie das nicht?« Nils grinste.

»Ich finde, sie benehmen sich ganz normal«, antwortete Melanie. Auf Wandas hochgezogene Augenbraue hin korrigierte sie: »Vielleicht ein bisschen gluckenhaft.«

»Ich mache mir Sorgen, dass sie komplett übergeschnappt sind. Sie *daten*!«

»Ach. Und mit über 70 darf man das nicht mehr, oder wie?«, fragte Melanie.

»Maggie hat das ja immer schon gemacht«, gab Wanda zu, »auch wenn sie jetzt gerade etwas *sehr* jungen Männern hinterhersteigt. Aber Oma Gertie?!?«

Bevor Melanie oder Nils näher darauf eingehen konnten, wurden sie von Pfarrer Wittkemper unterbrochen, der zu ihnen an den Biertisch trat.

»Wanda«, sagte er und fasste ihre Hand. »Ich kenne dich als warmherzige junge Frau.«

Sie öffnete den Mund, sah den Pfarrer fragend an, dann schob sie ihm ihre Kuchenplatte näher. »Möchten Sie ein Stück?«

Er ignorierte ihre Frage und atmete tief durch. »Weißt du, Wanda, Versöhnung ist doch eine wunderschöne Sache«, sagte er dann. Die neue Freundschaft zwischen Maggie und Oma Gertie musste sich also schon bis zu ihm herumgesprochen haben. »Reue, sagt uns Paulus, zwingt auch immer zur Umkehr und zu einem Neuanfang. Aber sie muss auch angenommen werden, und deshalb heißt es im Vaterunser: Vergib uns unsere Schuld, wie auch wir vergeben unseren Schuldigern.« Er legte die Hände vor seinem Bauch zusammen und sah sie erwartungsvoll an.

Was genau er von ihr erwartete, war Wanda jedoch nicht ganz klar. »Das ist sehr schön«, sagte sie schließlich in der Hoffnung, dass es das Richtige war.

Er lächelte. »Nichts anderes habe ich von Ihnen erwartet, Wanda.« Damit drehte er sich um und machte sich auf den Weg zu anderen Schäfchen seiner Gemeinde.

Wanda legte die Stirn in Falten und wandte sich zu Melanie und Nils um. »Seht ihr, diese Maggie-Gertie-Freundschaft bringt schon das ganze Dorf durcheinander. Apropos: Wo stecken die beiden eigentlich? Sie verpassen doch sonst keine Festivität in Osterbüren!« Sie sah sich auf dem Marktplatz um. »Und der Skatclub fehlt auch!«

»Ich hab so ein Reißen im Rücken.«

»Bei mir sind's die Beine!«

»Der Kopf, Herr Doktor, der Kopf.«

»Meine Frau sagt, ich schnarche zu laut.«

Die Osterbürener Skatrunde, die Richard auch schon vormittags im Jäger angetroffen hatte, drängelte sich gemeinsam in einen Behandlungsraum.

»Meine Herren!«, versuchte Richard die Lage zu sondieren. »Bitte nacheinander. Ich kann Sie doch nicht gleichzeitig …«

»Wir haben nichts zu verbergen!«, krähte Lars.

»Früher gemeinsam Fußball gespielt. Da kennt man sich«, stimmte ihm Rechtsanwalt Mönkebüscher zu.

Der Bauer Schulze-Meerbusch nahm seine Mütze ab und kratzte sich am Kopf, Hubert Buschschulte nickte dazu.

»Es geht hier um Datenschutz, Arztgeheimnis und…«, begann Richard, da setzten sich die vier schon nebeneinander auf die Patientenliege und ließen die Beine baumeln.

Er gab es auf.

»Fangen wir also mit Ihnen an.« Er wandte sich an den Bauern Schulze-Meerbusch, der ganz rechts saß. Es würde wohl noch einige Zeit dauern, bis er zum Sommerfest kam. Wenn er es überhaupt noch dorthin schaffte. Er suchte nach seinem Stethoskop. »Wo tut's denn weh?«

Das Abendessen mit Paul war ausgesprochen nett gewesen, Gertrud fand ihn weder langweilig noch spießig, und auch der Begriff »alter Knacker« war wirklich nicht passend. Nur, weil er ein steifes Knie hatte und deshalb einen Stock benutzen musste! Margarethe war einfach furchtbar oberflächlich.

Natürlich stand es völlig außer Frage, dass sie sich auf irgendeinen Mann, geschweige denn, dass sie sich auf Paul einließ. In ihrem Leben hatte es einen Mann und eine Ehe gegeben, das würde auch so bleiben, da konnte dieses Weibsbild noch so sehr mit den Augen rollen. Und wie unanständig sie mit dem Chauffeur geflirtet hatte! Schämte sich kein bisschen, während Gertrud schon nicht mehr gewusst hatte, wo sie hinsehen sollte. Rot geworden war sie auch, und Margarethe hatte ihr nur zugezwinkert.

Pah.

Dieser Marco war auch keinen Deut besser, aber so waren sie eben, die jungen Leute. Paul hingegen, das musste Gertrud ihm zugutehalten, wusste, wie man sich benahm. Ganz Kavalier der alten Schule, hatte er ihr den Stuhl zurechtgerückt und ihr trotz seines kleinen Handicaps in den leichten Sommermantel geholfen. Jetzt saß sie neben ihm im Fond der Limousine – Marco auf dem Fahrer-, Margarethe auf dem Beifahrersitz – und genoss zufrieden die Fahrt nach Hause, während sie den Abend noch einmal Revue passieren lassen konnte.

Nein, es war wirklich nett gewesen.

»Ihr könnt uns am Marktplatz absetzen«, rief Margarethe in diesem Augenblick von vorn, »wir müssen zumindest noch einmal kurz beim Sommerfest vorbei.«

Aus diesem Grund hatte Gertrud auf ein Dessert verzichtet: Sie musste doch Wandas Kuchen probieren! Doch nun konnte sie vorn auf der Ahlener Straße eine Gestalt ausmachen. Die Silhouette kam Gertrud bekannt vor. Sie kniff die Augen zusammen.

»Richard!«, stöhnte sie.

Margarethe auf dem Vordersitz hatte den besseren Blick und schien ihn auch schon entdeckt zu haben. »Gib Gas!«, rief sie an Marco gewandt. »Dann erwischst du ihn noch!«

»Also, bitte!« Entrüstet drehte Paul sich zu Gertrud. Aber für den hatte sie jetzt keine Zeit. »Nieten Sie ihn um«, schrie sie Marco ins Ohr und griff in ihren Dutt, um dort eine Haarnadel zu lockern, falls sie ihrer Bitte mehr Nachdruck verleihen musste.

»Meine Damen, was ist denn in Sie gefahren?«

»Ich glaube nicht, dass ich das tun kann.« Auch Marco gab den Spielverderber und trat, statt zu beschleunigen, auf die Bremse.

»Wir müssen Schlimmeres verhindern«, versuchte Gertrud zu erklären.

»Es geht um Leben und Tod«, unterstützte Margarethe sie.

»Kein Unfall mit meinem Auto!«, rief Paul.

»Kein Unfall mit mir als Fahrer«, sagte Marco und dann: »Au!«, als ihn Gertrud mit der Haarnadel in den Nacken piekste.

Derweil spazierte Richard fröhlich weiter und kam seinem Ziel Schritt für Schritt näher.

»Wir haben keine Zeit zu verlieren.« Gertrud war wirklich wütend. Sie schlug Pauls Hand weg, die sich beruhigend auf ihre Schulter legen wollte.

»Nun nehmen Sie doch Vernunft an«, begann Marco. »Autsch!«

»Dieser Quacksalber kommt meiner Enkelin nicht zu nahe!«, rief Gertrud aufgebracht.

So ging es noch eine Zeitlang hin und her, Gertrud und Margarethe aufgeregt, die beiden Männer uneinsichtig und nicht willens, Richard zu überfahren.

»Aua, verflixt!«

Trotz Gertruds Haarnadel.

»Dann fahr halt einfach dicht an ihm vorbei«, rief Margarethe schließlich dem Chauffeur zu, »und ich ramm ihn mit der Beifahrertür.«

Richard erschrak fast zu Tode, als er urplötzlich einen Motor hinter sich aufheulen hörte, sich umdrehte und das Auto entdeckte, das auf ihn zuraste. Ebenso plötzlich, wie es angeschossen kam, blieb es dann jedoch mit quietschenden Reifen vor ihm stehen.

Bevor Richard überhaupt wusste, wie ihm geschah, schwangen zwei Wagentüren auf, und heraus stürmten – ja, stürmten! – zwei alte Frauen.

Oh Gott, und welche alten Frauen. Gertrud Holtkamp und Margarethe … Ein bisher nicht gekannter Fluchtinstinkt setzte ein, aber er kam nicht weit.

»Hilfe!«, schrien die beiden gleichzeitig, und diesem Wort musste er als Arzt einfach gehorchen.

Er blieb stehen und drehte sich um.

»Der alte Knacker braucht Hilfe!«, rief Maggie.

»Nenn den armen Paul nicht immer so!« Gertrud machte eine Handbewegung – hielt sie da eine Nadel zwischen den Fingern? –, und Maggie stieß einen Schmerzensschrei aus.

»Er hat …«, keuchte Gertrud, während sie auf Richard zukam, »er ist … er braucht ärztliche Hilfe. Sofort. So ein Segen, dass wir Ihnen hier zufällig begegnen!«

Für einen kurzen Moment irritierte Richard die Wortwahl, dann hörte er ein Stöhnen aus dem Wageninneren. Keine Frage, er wurde gebraucht. Rasch nahm er die wenigen Schritte zum Auto und beugte sich über den auf dem Rücksitz zusammengekauerten älteren Herrn.

»Mein Herz, mein Herz, ahhhh!«, jammerte dieser, während er mit der rechten Hand auf seiner Brust herumdrückte. »Und mein … Arm?« Er sah fragend zu Maggie, die sich neben Richard drängte.

»Ja, ja, der linke Arm«, pflichtete sie ihm bei. »Das hat er uns vorhin gesagt. ›Ah, ah, mein Herz, mein linker Arm‹, nicht wahr, Gertie?«

Gertie? Die Veränderungen in den Jahren seiner Abwesenheit waren wohl doch gravierender gewesen, als er gedacht hatte. Vor zehn Jahren hatte es noch mit kraus gezogener Nase »Geertruud« geheißen, wenn Maggie sich überhaupt dazu herabgelassen hätte, den Namen »dieser Spießerin« in den Mund zu nehmen.

Richard konzentrierte sich besser auf den armen Mann vor ihm. Zeit für Wandas verrückte Omas blieb später immer noch. »Fühlt Ihre Brust sich eng an?«

Nach einem ängstlichen Blick zu Maggie nickte sein Patient. Meine Güte, was war denn hier los? War der Mann nicht ganz normal? »Das kann ein akuter Herzinfarkt sein, er muss auf jeden Fall ins Krankenhaus«, wies Richard den Fahrer an, während er begann, den Hemdkragen des alten Mannes zu lockern. »Sie sind aus Münster, richtig? Dann kennen Sie sich ja aus. Am schnellsten zu erreichen ist das Herz-Jesu-Krankenhaus.« Als er auch seinen Gürtel öffnen wollte, schlug Paul ihm auf die Finger. Irritiert sah Richard ihn an

»Lass den Mann machen, er ist Arzt«, griff Gertrud mit strengem Blick in das Geschehen ein. Dann schubste sie Richard in den Fond, der dabei beinahe auf Paul gelandet wäre.

»Los, los, los!«, schrie Maggie, die sich vorn auf den Beifahrersitz setzte. »Weg hier, weg vom Sommerfest!« Während der Chauffeur schon Gas gab, knallte sie lautstark die Beifahrertür zu.

Paul neben Richard zuckte förmlich zusammen. »Musst du die Tür so …«, begann er, da rief Maggie dazwischen: »Oh, Richard. Meinst du, seine Symptome verschlimmern sich? Was, wenn er eine Mund-zu-Mund-Beatmung braucht?«

»Hey!« Paul wollte noch deutlicher protestieren, da beugte Gertrud sich über Richard hinüber. »Au«, rief Paul.

»Siehst du, seine Symptome verschlimmern sich.« Maggie vom Vordersitz klang beinahe zufrieden.

Der Fahrer nahm eine Kurve, und Richard wurde gegen Paul geschleudert.

»Uff.« Der alte Mann keuchte hörbar.

»Oh Gott, das tut mir wirklich leid.« Glücklicherweise sollten Blessuren und blaue Flecken keinen Einfluss auf Herzinfarkte haben. Panik und Hektik dafür umso mehr. »Ich werde Ihre Kleidung nun etwas lockern, damit nichts die Atmung behindert«, sprach Richard beruhigend auf seinen Patienten ein. »Machen Sie sich keine Sorgen, wir sind ganz schnell im Krankenhaus, da werden Sie sofort behandelt, ein paar Medikamente intravenös, und es geht Ihnen ruckzuck wieder besser.«

Pauls Augen weiteten sich ängstlich, die Aussicht auf gespritzte Arzneimittel war wohl das falsche Stichwort. »Alles wird gut«, versuchte Richard es mit einer anderen Wortwahl. »Wir haben die beste Erstversorgung geleistet.« Er drehte sich zu Gertrud herum. »Wenn seine Atmung aussetzt, muss ich ihn wiederbeleben«, flüsterte er ihr vorsorglich schon mal zu.

Dazu kam es glücklicherweise jedoch nicht. Auch als sie 20 Minuten später mit quietschenden Reifen vor dem Eingang des Herz-Jesu-Krankenhauses hielten, war Paul noch bei vollem Bewusstsein.

10. Kapitel

»Der gestrige Abend war ja nun ein Desaster«, sagte Gertrud.

»Warum denn? Wir haben Wanda vor Richard gerettet!«

»Aber Paul hat uns ...«

»... zwei durchgeknallte Weibsbilder genannt«, zitierte Maggie fröhlich das, was Paul ihnen am Abend zuvor zugezischt hatte.

Das war auch das Letzte gewesen, was sie von Paul gehört oder gesehen hatten, der dann auf einem Bett davongerollt worden war.

»Er wird es doch wohl noch geschafft haben, ihnen rechtzeitig von der Trage zu hüpfen?«, fragte Gertrud. Sorgen machte sie sich doch. Was, wenn sie einem völlig gesunden Mann mit Medikamenten unter Umständen Schaden zugefügt hatten?

Doch Maggie winkte ab. »Ach, der soll sich nicht anstellen.« Interessiert besah sie sich die Kekse, die Gertrud am Vormittag in einem Anfall von Nervosität und Ratlosigkeit gebacken hatte. »Andere würden eine Niere hergeben, um mit zwei schönen Frauen gleichzeitig ausgehen zu dürfen.«

»Du bist eigentlich mit Marco ausgegangen.« Und sie hatte auf der Heimfahrt auch recht viel von ihrem Rendezvous gehabt. Gertrud hatte schließlich noch mit Richard im Fond gesessen und eine ziemlich steife Unterhaltung geführt. War Wanda noch im Urlaub? Ja. Woher kannte sie Paul? Durch Maggie. Woher kannte Maggie ihn? Woher Maggie eben Männer kennt. Da hatte Richard erst einmal eine Pause gemacht und keine Fragen mehr gestellt. Die Antwort wollte er offenbar genauso wenig wissen wie Gertrud selbst.

»Meinst du, Marco hat Paul gestern noch abholen können? Oder musste er die Nacht im Krankenhaus verbringen?«

»Dann haben sie ihn mal gründlich durchgecheckt, auch kein Schaden.« Maggie lief in die Küche und kam mit einem großen Suppenteller zurück, auf den sie Kekse häufte. »Männer in dem Alter gehen viel zu selten zum Arzt.« Der letzte Satz war nur noch genuschelt, weil sie sich den ersten Keks schon in den Mund schob, während sie es sich auf der Couch gemütlich machte.

Damit hatte Maggie allerdings recht, das war bei Gertruds Hartmut ebenso gewesen. Arterien verstopft, zwei Schlaganfälle innerhalb kürzester Zeit hintereinander, keine Chance.

»Eigentlich kann er uns dankbar sein.« Maggie nickte. »Wir haben ihm gesundheitlich quasi etwas Gutes getan.«

»Na, ob so eine Aufregung gut für den Blutdruck ist …« Gertrud seufzte, dann winkte sie ab. »Gestern Abend war furchtbar, er wird mich niemals wiedersehen wollen.«

»Erstens haben wir den wichtigsten Auftrag des Abends erfüllt: Richard von Wanda fernhalten. Und zweitens: Weshalb interessiert es dich, ob Paul dich wiedersehen möchte? Ich dachte, du willst keinen Mann kennen lernen.«

»Darum geht es nicht«, sagte Gertrud. Einer weiteren Nachfrage Maggies wurde sie glücklicherweise durch die Türklingel enthoben.

»Wenn das wieder Richard Mensing ist, zieh ihm den Schirmständer über den Schädel«, grummelte Maggie.

Doch es war nicht Richard, sondern Wanda. »Wo wart ihr gestern Abend?« Statt einer Begrüßung fiel ihre Enkelin gleich mit der Tür ins Haus.

Gertrud sah sich verzweifelt zu Maggie um. Was sollten sie sagen? Sie hatten doch vorgehabt, später noch zum Sommerfest zu gehen, aber dann die Sache mit Richard …

»Gertrud hatte ein Date«, sagte Maggie und stand auf, um Wanda einen Kuss auf die Wange zu geben.

Die machte sich los und sah verwirrt zu Gertrud. »Ein Date?« Sie riss entsetzt die Augen auf. »Aber doch nicht mit einem dieser jungen Männer, die seit Tagen bei euch ein und aus gehen? Oma!«

»Natürlich nicht.« Gertrud rückte ihre Bluse zurecht und setzte sich auf die Couch, um einen Schluck Wasser zu nehmen. Ihre Hand zitterte ganz leicht. »Paul ist ein durchaus distinguierter älterer Herr.« Sie konnte es nicht sehen, aber sie wusste einfach, dass Maggie hinter ihrem Rücken Grimassen schnitt und ihre letzten Worte imitierte. Die Bestätigung bekam sie, als Wanda versuchte, ein Kichern zu unterdrücken. Das Weibsbild war doch unmöglich.

»Du bist die … die …« Ja, was eigentlich?, überlegte Gertrud. Marco war zwar gut 20 Jahre jünger als Maggie, schien aber durchaus angetan von ihr. In diesem Augenblick klingelte es erneut, und Gertrud blickte alarmiert zu Maggie.

Bevor sie jedoch noch auf die Schnelle einen Schlachtplan entwerfen konnten, falls dort Richard vor der Tür stand, öffnete Wanda schon.

Trotz der verpassten Chance, mehr über Wanda zu erfahren, trotz der verschlossenen Gertrud auf dem Rücksitz der Limousine, die ihn mehr oder weniger angegiftet hatte, trotz des überhaupt seltsamen Verlaufs des Abends wachte Richard am nächsten Morgen mit einem Gefühl tiefer Zufriedenheit auf. Er hatte ein Leben gerettet. Hier, auf dem Land, in einem Moment, in dem niemand sonst hätte Hilfe leisten können. Paul war bei der Übergabe im Krankenhaus bei vollem Bewusstsein gewesen, da durfte wohl nichts mehr schiefgegangen sein, er musste überlebt haben. Dank der schnellen Reaktion von

Wandas Großmüttern und dank seines ebenso schnellen Eingreifens. Er merkte, dass er beim Rasieren vor sich hin summte, wie er es lange nicht mehr getan hatte. Genau deshalb hatte er Medizin studiert, genau deshalb war er Arzt geworden.

Sein Handy klingelte.

»Mein Junge, gut, dass ich dich erwische!« Dr. Erlenbach. Der Drei-Tage-Bart noch voller Rasiercreme, wischte Richard sich schnell mit einem Handtuch übers Gesicht und nahm unwillkürlich Haltung an.

»Wir müssen unbedingt über deinen Start bei uns sprechen.« Sein zukünftiger Schwiegervater klang so jovial wie immer. Hatte Janine ihm nichts von ihrem Streit erzählt? Und falls ja, war es ihm etwa egal? »Janine hat mir erzählt, dass du derzeit eine Urlaubsvertretung machst, um Erfahrungen zu sammeln?«

Sie hatte ihm die geschönte Version erzählt und verschwiegen, dass Richard seiner alten Heimat einen Besuch abstatten wollte. Er räusperte sich, aber bevor er die Situation erklären konnte, sprach Dr. Erlenbach schon weiter: »Ich denke, wir könnten dich vielleicht besser in der plastisch-rekonstruktiven Chirurgie einsetzen. Ich überlege schon länger, dieses Fachgebiet auszubauen, auch und gerade dort hat die Forschung in den letzten Jahren ja riesige Fortschritte gemacht. Sobald du deinen Facharzt hast, könntest du die Leitung dieser Abteilung übernehmen, wie würde dir das gefallen?«

Ob er im Krankenhaus anrufen und fragen sollte, wie es Paul ging? Dummerweise hatte er in der ganzen Hektik vergessen, nach seinem vollen Namen zu fragen.

»Janine hat mir erzählt, dass dir sehr am Herzen liegt, mit deiner Arbeit etwas zu bewirken«, fuhr Dr. Erlenbach fort. »Auch die Brustvergrößerung einer Schauspielerin ist wertvoll, aber ich glaube, ich verstehe, was sie meint.«

Er konnte seinen Stolz hinunterschlucken, bei Maggie oder Gertrud vorbeigehen und sie fragen. Möglicherweise konnte er das Gespräch dann sogar auf Wanda bringen.

»Jedenfalls: Was hältst du davon, bei uns wirklich ein gutes Werk zu tun?«, fragte Dr. Erlenbach schließlich. »Brandopfer, Wiederherstellung nach bösartigen Tumoren. Form *und* Funktion!«

»Das ist … das wäre …«

»Wunderbar, mein Junge.« Dr. Erlenbachs Stimme schnurrte fast. »Denn wir wollen ja schließlich, dass du dich bei uns wohlfühlst, nicht wahr?«

Wanda war an der Tür, und für einen Augenblick blieb Gertrud das Herz stehen. Maggie schien es ähnlich zu gehen, sie griff sich entsetzt an die Brust. Es war Samstag, was hatte Richard Besseres zu tun, als durch die Gegend zu schlendern und Leute zu belästigen?

»Guten Tag, die Dame.«

Paul! Sofort eilte Gertrud zur Haustür.

Etwas verlegen stand er dort auf dem obersten Treppenabsatz, den Hut in der einen, den Stock in der anderen Hand, und Marco drei Schritte hinter ihm. Wanda beäugte alle beide misstrauisch.

Vor Überraschung wusste Gertrud nicht, was sie sagen sollte.

Nun blickte Wanda von Paul zu Gertrud, zurück zu Paul, dann zu Maggie, die aus reiner Neugier hinter sie getreten war, und schließlich zu Marco.

»Reg dich nicht schon wieder auf«, sagte Maggie zu ihr. »Alles meine Dates.«

Empört drehte Gertrud sich um, Paul war vielleicht zuerst Maggies Date gewesen, aber anschließend und weitaus wichtiger Gertruds!

»Ist das besagte Enkelin?«, fragte Paul.

Wanda kniff die Augen zusammen. »The one and only«, murmelte sie dann.

Als sonst niemand Anstalten machte, etwas zu sagen, und Gertrud sich nicht traute, Paul und Marco hereinzubitten, ergriff schließlich Wanda als Erste das Wort. »Ich habe noch zu bügeln«, sagte sie hoheitsvoll, warf Gertrud noch einen Blick zu, den die nicht deuten konnte, und schritt die Treppe hinunter.

»Ich hoffe, ich habe Sie nicht vertrieben«, rief Paul ihr hinterher.

Da fiel Gertrud ein, was sie dem armen Mann noch alles sagen wollte. »Es tut mir so unendlich leid, ich weiß gar nicht, was in mich … was in uns gefahren ist«, sprudelten die Worte aus ihr heraus, als Wanda außer Hörweite war. »Es war unmöglich von uns, Sie in diese Situation zu bringen, und wenn wir – wenn wir das irgendwie wiedergutmachen können …« Oh Gott, war er deswegen hier? Schadensersatz, Schmerzensgeld? Sie besaß zwar ihr Haus, aber monatlich musste die kleine Witwenrente reichen, mit der sie keine großen Sprünge machen konnte.

»Nein, nein, liebe Frau Holtkamp. *Ich* möchte mich bei *Ihnen* entschuldigen«, sagte Paul, lehnte seinen Stock gegen die Tür, legte den Hut darauf ab und nahm Gertruds Hand. »Es tut mir wirklich leid, dass ich Sie«, er zögerte, »durchgeknallte Weibsbilder genannt habe.«

Nie in ihrem Leben hatte sie sich ungebührlich verhalten, nie in ihrem Leben hatte jemand *Grund* gehabt, sie ein durchgeknalltes Weibsbild zu nennen. Gertrud wollte im Boden versinken.

»Aber …« Paul zögerte einen Augenblick, bevor er fortfuhr: »Bei der Zwangsuntersuchung gestern aufgrund von Symptomen, die ich überhaupt nicht hatte« – Gertrud zuckte leicht zusammen –, »hat der diensthabende Arzt im Ultraschall Arteriosklerose festgestellt.« Wieder machte er eine kleine Pause, dann sah er Gertrud in die Augen. »Das hätte mich umbringen können. Sie haben mir gestern womöglich … tatsächlich das Leben gerettet.«

»Oh. Das ist ja …« Gertrud fehlten die Worte.

Jetzt nickte er, griff nach ihrer Hand und zwinkerte ihr zu, wie Marco und Maggie das öfter taten, und sagte: »Außerdem muss ich gestehen, dass ich, nachdem der erste Schock überwunden war, richtig Spaß hatte.«

»Das liegt an mir«, meldete sich Maggie nun aus dem Hintergrund. »Ich habe noch niemanden getroffen, der mit mir keinen Spaß hatte.« Und da war auch schon das Zwinkern zu Marco, der zurückzwinkerte. Wenn die so weitermachten, hätten sie bald einen nervösen Tick. »Außer dir vielleicht«, sagte sie dann zu Gertrud.

Mehr als ein Schnauben brachte Gertrud als Antwort nicht zustande, denn Paul drückte nun ihre Hand. »Im Nachhinein verstehe ich sehr gut, weshalb Sie gestern so … so leidenschaftlich geworden sind. Eine Löwin, die ihr Junges verteidigt. Natürlich müssen Sie diesen unsäglichen Charakter von Ihrer Enkelin fernhalten!«

»Oh.«

»Und deshalb, nun ja, also, in Anbetracht all dieser Tatsachen habe ich möglicherweise etwas überreagiert.«

Marco hinter ihm grinste breit.

»Um es kurz zu machen«, erklärte Paul weiter, »ich würde Sie wirklich gern wiedersehen, meine liebe Gertrud.«

»Oh.« Paul wollte sie wiedersehen? Gertrud wurde ganz heiß.

»Das können wir aber nur mit einem Anstandswauwau zulassen. Oder besser gesagt zwei.«

Schon wieder Maggie. Durchgeknalltes Weibsbild war wirklich keine Untertreibung.

»Es ist … wissen Sie, es hat mich auch wirklich gerührt, wie Sie beide …«, Paul sah von Gertrud zu Maggie und wieder zurück, »… wie gut Sie sich verstehen, wie Sie sich gegenseitig unterstützen. Da spürt man die Zuneigung und Liebe.«

»Äh …«

»Momentchen, Paul …«

Das Entsetzen, das Gertrud auf Maggies Gesicht sehen konnte, war mit Sicherheit auf ihrem eigenen gespiegelt.

Nachdem er ein wenig über die Felder spaziert war, hatte Richard beschlossen, tatsächlich bei Gertrud Holtkamp vorbeizuschauen, um sich bei ihr nach Paul zu erkundigen. Es war Samstagvormittag in Osterbüren, die nächsten 48 Stunden würde er nichts zu tun haben, da konnte er genauso gut Gertrud einen Besuch abstatten und später vielleicht einen kleinen Ausflug nach Münster machen.

Schon von Weitem konnte er die kleine Ansammlung vor Gertruds Haustür ausmachen. Gertrud, Maggie, und war das nicht …? Je näher er herankam, desto sicherer wurde er.

»Oh, guten Morgen, mein Retter in der Not«, grüßte Paul, als Richard den Vorgarten betrat.

»Was tun Sie denn hier?«, fragte Richard entsetzt. »Sie müssten im Bett liegen!«

»Ich hab mich gut erholt.« Der alte Mann lächelte verlegen. »Nachdem die beiden Damen hier mir so tapfer das Leben gerettet haben.«

»Eine echte Pferdenatur, unser Paule.« Maggie tätschelte ihm die Wange.

»Sie können doch nicht schon entlassen worden sein!« Natürlich gab es überall finanzielle Kürzungen, und die Krankenhäuser schickten ihre Patienten wesentlich früher nach Hause als noch vor 30 Jahren. Doch kein Arzt konnte im Fall eines Herzinfarkts so verantwortungslos sein.

»Es ging mir gut. Da habe ich mich selbst entlassen«, antwortete Paul.

Über so viel Unvernunft konnte Richard nur den Kopf schütteln. »Mit einem Herzinfarkt ist nicht zu spaßen«, mahnte er und hoffte bei Gertrud und Maggie auf Unterstützung.

Doch weder die eine noch die andere schien Pauls Krankheit ernstzunehmen, unbesorgt zuckten sie mit den Schultern.

»Unverantwortlich«, grummelte Richard.

11. Kapitel

Das restliche Wochenende hatte Richard sich nach Münster geflüchtet. Die Osterbürener schienen ihn auf Schritt und Tritt zu bewachen, zumindest kam es ihm so vor, denn jedes Mal, wenn er seinen Kopf drehte oder sich umwandte, stand dort eine der jungen Mütter, der starrsinnige alte Brockmann mit seinem Stock oder der dicke Rechtsanwalt Mönkebüscher. Irgendwann hatte er es aufgegeben. Aus Trotz war er Sonntagfrüh bayerisch frühstücken gewesen, mit Weißwürsten und Brezeln. Janine hatte er dennoch immer noch nicht angerufen.

Stattdessen war er einen 12 km langen Rundweg um den Aasee, die Altstadt und das Schloss gewandert. Das hatte ihn zum einen klarer denken lassen – die Osterbürener waren in seiner Abwesenheit möglicherweise verrückt geworden –, zum anderen müde gemacht, sodass er nur einmal kurz auf sein Handy geschaut hatte, dann aber doch um kurz nach zehn ins Bett gegangen war.

Ein Klopfen riss ihn aus dem Schlaf. Es war stockfinster, draußen und in seinem Zimmer. Hatte er geträumt? Noch halb betäubt tastete Richard auf dem

Nachttisch nach seinem Wecker. 2:35 Uhr, was für eine Zeit, nein, da konnte niemand geklopft haben, er hatte geträumt. Gerade wollte er sich zurück in die Kissen sinken lassen, da schreckte ihn ein Rufen wieder auf.

»Doktor!«

Da war tatsächlich jemand an seiner Tür. In Shorts und T-Shirt stand Richard auf und öffnete.

»Junge, du musst mir helfen!« Bauer Schulze-Meerbusch stand im Flur der Pension – und wie er dahin gekommen war, würde Richard sich fragen, wenn sein Gehirn wieder vollständig funktionierte – und gestikulierte hektisch. »Auf'm Hof! Die Elisabeth! Sie braucht einen Arzt, es …«

Einen Arzt. Automatisch nickte Richard, drehte sich um und suchte seine Jeans.

»Keine Zeit«, der Bauer zerrte ihn am Arm. »Komm schon, sie stirbt sonst.«

»Lassen Sie mich nur …« Richard sah sich um, schnappte seine Arzttasche, die gepackt neben der Tür stand, und warf sich wenigstens eine Jacke über, bevor er in ein paar Turnschuhe schlüpfte.

Dann folgte er dem Bauern nach draußen. In der Tür stand Melanie, die offenbar zuerst von Schulze-Meerbusch geweckt worden war, und zog eine dicke Strickjacke eng um sich.

»Viel Glück!«, sagte sie, und Richard nickte ihr zu.

Die Kälte der Nacht bescherte ihm eine Gänsehaut, sie machte aber auch wach. War er gerade eben noch beinahe schlafgewandelt, kehrte langsam der Mediziner in ihm zurück, mit geschärften Sinnen und schneller Auffassungsgabe.

Nur der Traktor, der mit laufendem Motor vor der Pension stand, stellte Richard noch vor eine Herausforderung – im Gegensatz zum sehr viel älteren Schulze-Meerbusch: Mit zwei flinken Bewegungen, die Richard dem dicklichen Mann gar nicht zugetraut hätte, schwang er sich auf den Bock.

»Nu mach, Junge«, trieb er Richard an, der wesentlich länger brauchte, bis er sich neben ihn gesetzt hatte, die Arzttasche auf dem Schoß.

Der Bauer setzte den Traktor in Bewegung, und mit einer Geschwindigkeit, die Richard bei diesen Gefährten gar nicht geglaubt hätte, sausten sie über die Landstraße zum Hof Schulze-Meerbusch. Der Fahrtwind war empfindlich kühl, und Richard wünschte sich, dass Schulze-Meerbusch ihm die paar Sekunden gelassen hätte, seine Jeans und Socken anzuziehen.

Dann jedoch hatte er keine Zeit mehr, über die Kälte nachzudenken. Der Traktor stoppte auf dem Hof, und Richard sprang gleichzeitig mit Schulze-Meerbusch vom Bock.

»Hier lang!«, rief der Bauer, als Richard auf die Haustür zustürmen wollte, packte ihn am Arm und führte ihn in die andere Richtung.

»Was …« Bevor Richard seine Frage aussprechen konnte, hatte der Bauer schon das Tor zum Stall geöffnet, und Richard konnte klägliches Muhen hören.

»Aber …«, wollte er protestieren, doch der Bauer zog ihn schon weiter.

Elisabeth, die Kuh.

»Wo ist denn der Tierarzt?«, rief Richard entsetzt.

»In Münster«, gab der Bauer zurück und zerrte aufgeregt an Richards Hand.

»Wirklich, ich habe noch nie …«

»Sie stirbt!«

Neben der Kuh stand die Frau des Bauern, die Richard ebenso verzweifelt ansah wie Schulze-Meerbusch vorhin, als er vor seiner Zimmertür gestanden hatte. »Das Kalb liegt nicht richtig.«

In diesem Moment brüllte die Kuh vor Schmerzen, und Richard gab nach. »Ich brauche heißes Wasser.« Er zog seine Jacke aus. Wie anders als eine menschliche Geburt konnte die einer Kuh schon sein?

Wie sich herausstellte, sehr anders.

Richard keuchte und wischte sich den Schweiß von der Stirn. »Pressen!«, rief er Elisabeth zu. »Pressen.« Aber die Kuh machte, was sie wollte. Störrisches Vieh! Wenn er an seine menschlichen Patienten in Osterbüren dachte, musste er aber zugeben, dass die Kuh tatsächlich genau ins Dorf passte.

Allerdings hatte sie anfangs einige Male versucht ihn zu treten, was die Osterbürener dann doch noch nicht gewagt hatten. Glücklicherweise hatte der Bauer Elisabeth an der Flanke getätschelt, ihr beruhigende Worte zugemurmelt. Jetzt saß er mit hochgeschobener Schiebermütze in der Ecke und sah besorgt herüber.

Richard spannte seine Muskeln an.

»Noch mal!«, schrie er Elisabeth zu. »Pressen!« Diesmal schien die Kuh verstanden zu haben, gemeinsam pressten und schoben sie, und endlich, endlich konnte Richard die dünnen Beinchen des Kalbs durch den Geburtskanal ziehen. »Gleich ist es geschafft«, murmelte er, während er sich an die Kuh lehnte und ihre Flanke tätschelte. Ob das mehr zu ihrer oder seiner Beruhigung geschah, wusste er nicht so genau. Ein Kälbchen auf die Welt zu bringen war doch deutlich anders als einen kleinen Menschen.

Aber sein »gleich« dauerte doch viel länger, als er gedacht hatte. Bis das Kalb endlich ganz herausgeflutscht war, verging noch eine weitere Stunde, und mit genauso zittrigen Beinen wie das kleine Ding ließ Richard sich einige Meter neben der frischgebackenen Mutter auf den Boden sinken. Den Rest konnte er jetzt dem aufgeregten Bauern und seiner Frau überlassen, die Richard vor Dankbarkeit um den Hals fiel.

Bei Kaffee und selbstgebackenem Pflaumenkuchen saßen sie eine knappe Stunde später in der Küche der Schulze-Meerbuschs. Mutter und Kalb schliefen selig, was sie sich nach der Anstrengung beide verdient hatten.

»Bist'n guter Junge«, sagte der Bauer und klopfte Richard auf die Schulter. Dann stand er auf, mehr als eine halbe Tasse hatte er nicht getrunken, aber die Hühner mussten gefüttert werden.

Die Bäuerin nickte und legte ein weiteres Stück Kuchen auf den Teller, was sich wiederum Richard nach der Anstrengung verdient hatte. Der Kuchen war beinahe so gut wie der von Wandas Oma Gertrud. Aber eben nur beinahe.

»Du willst zurückkommen ins Dorf?« Die Bäuerin hatte die Arbeitsplatte abgewischt, Kaffee nachgeschenkt und sich ihm gegenüber gesetzt. Nun sah sie ihn aufmerksam an.

Der Kuchen, von dem er ein großzügiges Stück abgebissen hatte, kam ihm sehr gelegen, so konnte er langsam kauen und sich währenddessen eine Antwort überlegen. Die Frau sah im Gegensatz zu Frau Hagedorn, Herrn Brockmann oder Frau Gruber bei der Vorstellung, dass Richard sich hier als Dorfarzt niederließ, alles andere als entsetzt aus.

»Urlaubsvertretung«, sagte Richard schließlich, nachdem er hinuntergeschluckt hatte. »Ab September fange ich in einer Schönheitsklinik in München an.«

»Eine Schönheitsklinik in München.« Frau Schulze-Meerbusch schien zu überlegen, dann legte sie den Kopf schräg: »Und so was gefällt dir?«

12. Kapitel

Melanies verzweifelter Anruf erreichte Wanda am Nachmittag: Sie tuschelte währenddessen etwa dreimal mit Timo, schien hin und her zu überlegen, aber dann sollte Wanda doch unbedingt vorbeikommen.

»Eine Betriebsfeier, und der Atze ist krank«, stöhnte Melanie. »Jetzt muss Timo die Küche managen.«

»Vom Aushilfskellner zum Aushilfskoch, was für eine Karriere.« Wanda lachte.

»Und Security-Mann!«, hörte sie Timo im Hintergrund rufen.

Melanie zischelte ihm etwas zu, was Wanda nicht verstehen konnte, weil sie wohl die Hand über den Hörer gelegt hatte. Was gab es da groß zu diskutieren? Es war Not am Mann, beziehungsweise an der Frau.

»Ich nehme also an, meine freie Zeit im Jäger ist vorbei?« Etwas sehnsüchtig blickte Wanda zu ihren Yogabüchern, aus denen sie gerade eine Übungssequenz für freieres, tieferes Atmen zusammengestellt hatte, stand dann aber auf, um ihre Schuhe und Handtasche zu suchen.

»Es ist ein echter Notfall«, jammerte Melanie. »Sonst hätte ich dich nicht …«

»Aber wir passen auf!«, rief Timo wieder aus dem Hintergrund.

Wanda rollte mit den Augen. »Ich komm schon«, sagte sie und legte auf. Dass Timo diesen Mist auch mitmachte … Überall im Dorf wurde getuschelt und getratscht, irgendetwas ging hier vor sich, aber Wanda blieb außen vor.

Sie seufzte, band ihre Locken mit einem Haarband zurück und schnappte sich ihre Jacke.

Am Jäger angekommen, wunderte sie sich, dass das Auto mit Münchner Kennzeichen immer noch auf dem Parkplatz stand, im Augenblick eingekeilt zwischen mehreren Münsteraner Wagen. Diesen seltsamen 90-jährigen Gast würde sie auch gern einmal zu Gesicht bekommen. München … Sie schob die ungebetenen Gedanken an Richard schnell beiseite und holte sich aus dem Wäscheraum eine Kellnerschürze vom Stapel.

Während sie sich auf dem Weg in den Gastraum noch den Knoten band, hörte sie schon den Lärm. Eine ganze Gruppe Musiker musste angekommen sein, jemand spielte Gitarre, mehrere Menschen sangen, und als Wanda den Raum betrat, konnte sie Melanies Notfall einschätzen: Beinahe 50 Menschen drängten sich in der Gaststätte, tatsächlich Musiker, denn Instrumentenkästen lagen unter und auf den Tischen verstreut, und die Gäste trugen alle weiße Hemden bzw. Blusen zu schwarzen Hosen.

Zwischen ihnen lief Melanie geschäftig hin und her, räumte Suppenteller ab, trug Hauptspeisen auf. Timo musste in der Küche sein und kochen, kein Wunder, dass sie Wanda dringend brauchten.

Das Treiben wurde vom Skatclub, der sich wie üblich an der Theke zusammengefunden hatte, misstrauisch beäugt und fesselte Melanie derart, dass sowohl Rechtsanwalt Mönkebüscher als auch Lars schon auf dem Trockenen saßen. Wandas Ankunft war ihnen entgangen – sie saßen mit dem Rücken zur Theke –, die nun als Erstes hinter dem Tresen zwei neue Bier zapfte.

»Ich hab mit Maggie gesprochen. Da sorg ich schon für, dass der Junge sie nicht in die Finger kriegt!«, sagte Herr Mönkebüscher gerade. Wanda hielt im Zapfen inne und legte den Kopf schräg.

»Gertrud hat gar nicht ausreden müssen«, warf Lars ein. »Und meine Frau, frag nicht, die wär ihm gleich an die Gurgel gesprungen.«

Jetzt konnte Wanda ihre Neugier nicht mehr zügeln. »Von wem sprecht ihr denn?«

Für zwei Sekunden herrschte absolute Stille. Die drei Männer am Tresen – Schulze-Meerbusch fehlte heute – drehten sich um und sahen sie an. Dann sprachen alle durcheinander.

»Der Bürgermeister! Politiker sind doch alle gleich!«

»Der Mathelehrer vom Kleinen!«

»Ach, der Schulze-Meerbusch!«

Du liebe Zeit. Verwirrt blickte Wanda einen nach dem anderen an.

»Der muss sich um seine Elisabeth kümmern«, erklärte Lars. »Die hat heute Nacht gekalbt.«

Und was hatte das mit ihren Omas zu tun? Wanda öffnete den Mund, um genau das zu fragen, da sagte Herr Mönkebüscher: »Mach dir keine Gedanken, Wanda, alles in Ordnung.«

»Nichts, was dich betrifft«, ergänzte Hubert.

Sie nickte langsam und fragte sich, ob etwas mit dem Osterbürener Leitungswasser nicht stimmte: Erst benahmen sich ihre Omas immer merkwürdiger, Melanie und ihr Yogakurs schienen nicht mehr alle Tassen im Schrank zu haben, und nun waren die Stammgäste ebenfalls so seltsam drauf.

»Erst mal ein Bier, ja?«, schlug sie vor und stellte die Frischgezapften vor Mönkebüscher und Lars. Nach dem dritten Herrengedeck würde sie das Thema noch einmal anschneiden, vielleicht war dann ja etwas Vernünftiges aus ihnen herauszubekommen.

Nachdem die Nacht viel zu kurz und sein Arbeitstag im Gegenteil viel zu lang gewesen war, freute Richard sich darauf, früh ins Bett zu kommen. Mit nur zwei Stunden Schlaf, dafür aber mehr als genug nörgelnden Patienten, hatte er bis kurz vor acht am Abend gearbeitet, und jetzt wollte er nur noch etwas essen und schlafen. Das Wetter hatte sich zugezogen, zwar war es immer noch warm, doch in der Ferne donnerte und grollte es, und die ersten fetten Tropfen fielen vom Himmel. Richard war froh, gleich im Jäger zu sein, bevor das Gewitter richtig losging.

Dort hatte man schon die Terrasse geräumt, die Sonnenschirme eingeholt und die Türen zum Garten geschlossen. Richard beeilte sich, die letzten Schritte zu laufen, der Regen prasselte mittlerweile stärker vom Himmel. Doch als er die schwere Eichentür zum Jäger aufstieß, baute sich ein schlaksiger Kerl in einer Kochjacke vor ihm auf.

»Tut mir leid, wir sind voll.«

Im Inneren des Jägers waren noch mindestens vier Tische frei, die konnte Richard ja schon vom Eingang sehen.

»Ich w…«

»Alles reserviert. Für …« – der Koch sah auf seine Armbanduhr – »… ups, in fünf Minuten, Sie müssen gehen.«

»Aber …«

»Morgen sind wir wieder gern für Sie da.«

»Verdammt noch mal, ich …«

Der Koch warf einen schnellen Blick ins Innere des Gasthauses, man hörte Geschirr klappern und eine Tür, die geöffnet wurde. Und plötzlich schubste der junge Mann Richard nach draußen.

»Entschuldigung! Zu viel zu tun! Entschuldigung!«, rief er, während er die dicke Eichentür zuschlug und von innen abschloss.

Richard versuchte, das Gleichgewicht zu behalten

und nicht auf dem Schotter vor der Eingangstür auszurutschen.

»Ich wohne hier!« Wütend rappelte er sich zu seiner vollen Größe auf. Aber der Koch war verschwunden. *Das gibt's doch nicht*, dachte Richard und trommelte an die Tür. »Hey! Hey!« Der konnte ihn doch nicht einfach aussperren. Er trommelte lauter. »Ich bin ein zahlender Gast!«

Einige Minuten später hatte immer noch niemand reagiert. Vermutlich konnte man ihn im Inneren des Lokals nicht hören, das Gewitter tobte mittlerweile lautstark, und von drinnen konnte er Gitarrenmusik und einen mehrstimmigen Chor vernehmen. Kein Wunder, dass sein Klopfen und Rufen im allgemeinen Getöse unterging.

Was für eine Unverschämtheit. Über den jungen Mann würde er sich beschweren. Richard hob die Hand, um noch einmal an die Tür zu klopfen.

Autsch. Seine Fingerknöchel taten mittlerweile weh, vollkommen durchnässt war er ebenfalls. »Bete, dass du in nächster Zeit keinen Arzt brauchst, Freundchen«, grummelte er.

Und jetzt? Sollte er sich unter dem Kirschbaum Unterschlupf suchen? Bäume während eines Gewitters waren vermutlich keine gute Idee. Zusätzlich knurrte sein Magen lautstark und erinnerte ihn daran, dass er noch nicht zu Abend gegessen hatte. Hervorragend. Übernächtigt, ausgesperrt, völlig durchnässt und hungrig. Wütend stapfte Richard in Richtung

Marktplatz, seine Schuhe quietschten bei jedem Schritt. Wenn er ganz viel Glück hatte – worauf er sich heute aber nicht verlassen wollte –, dann würde er im dortigen Café ein Handtuch und möglicherweise ein Brötchen bekommen.

Maggie machte sich auf den Weg in die Küche, um zu schauen, ob Gertrud vielleicht noch – oder wieder – Kekse hatte. Diese kleinen Dinger waren wirklich verdammt lecker. Vielleicht sollte sie Wanda doch ein bisschen öfter zu Gertrud schicken, damit sie Wanda anlernen konnte und so ihr Keksnachschub gewährleistet blieb. Von fern hörte sie, wie Gertrud sich am Telefon immer mehr aufregte.

»Wie kannst du so etwas sagen?«, schrie sie gerade in den Hörer.

Oh, da waren ja die kleinen Biester! Einen Joint gönnte Maggie sich nur, wenn sie mittags nicht mehr als einen Salat gegessen hatte. Sie wusste, wie hungrig Marihuana sie machte, sie hatte es schon geschafft, im Anschluss an eine kleine Tüte allein eine ganze Familienpizza zu essen. Jetzt musste sie ihren Hunger eben mit Gertruds Keksen stillen.

Sie schnappte sich einen zweiten, die waren aber auch klein! Kein Wunder, dass drei von ihnen sofort in Maggies Mund verschwanden.

»Wie kannst du uns so in den Rücken fallen?« Gertrud schien den Tränen nahe, und langsam machte Maggie sich Sorgen, dass doch etwas vorgefallen war.

Einen Notfall hatte sie ausgeschlossen, nachdem Gertrud nichts davon gesagt hatte, die 110 zu wählen. Aber inzwischen war die Gute wirklich sehr rot im Gesicht, und während sie weiter in den Telefonhörer schrie, versuchte sie, ihren steifen Kragen zu lockern. Wenn Maggie die Augen zusammenkniff und sich konzentrierte, konnte sie Schweißperlen auf Gertruds Stirn sehen.

»Guter Junge?! Guter Junge???«, rief sie jetzt, und als sie Maggie näher kommen sah, winkte sie ihr hektisch.

»Richard!«, keuchte sie. »Ein guter Junge?«

Was war denn da los? Maggie blickte auf den Hörer und versuchte herauszubekommen, wer dort am anderen Ende saß und sprach. Eine Männerstimme. Langsam streckte sie ihre Hand aus.

»Hallo?«, fragte sie. Aber erst als der Bauer Schulze-Meerbusch ihr antwortete, wurde ihr klar, dass irgendetwas ganz und gar nicht stimmte. Hatte nicht gerade eben noch Gertrud telefoniert? Weshalb hielt sie nun den Hörer in der Hand? Und wo war Gertrud? Maggie drehte sich um die eigene Achse, was einen leichten Schwindelanfall zur Folge hatte, dann entdeckte sie Gertrud direkt neben sich auf dem Boden. Was machte sie denn da?

Maggie ließ den Hörer fallen und beugte sich hinunter.

»Gertrud?«, fragte sie und schüttelte die andere leicht. Ein Stöhnen kam als Antwort zurück. »Gertrud?«

Es gab keine Brötchen. Das Café hatte zu. Das Gewitter war mittlerweile zwar vorübergezogen, aber dafür hatte sich das Wetter empfindlich abgekühlt, und seine nassen Sachen fühlten sich mehr als nur unangenehm an.

Wütend trat Richard gegen einen Steinpoller, der die Zufahrt für Autos auf den Markplatz begrenzte, und zog seinen Fuß dann mit schmerzverzerrtem Gesicht zurück. Verdammt, heute ging aber auch alles schief.

Und ausgerechnet in diesem Moment klingelte sein Telefon.

Janine.

Diesem Gespräch war er lange genug ausgewichen.

Nicht mehr nur übernächtigt, ausgesperrt und hungrig, sondern jetzt auch noch mit schmerzendem Fuß, klang sein »Hallo« alles andere als freundlich.

»Dir auch einen wunderschönen guten Abend«, zirpte Janine zurück. »Ich höre, du bist bester Laune.«

»Ich habe mir den Fuß angestoßen.« Das war nicht einmal gelogen.

Ihr Tonfall wurde noch eine Spur süßer. »Das tut mir wirklich leid, Schatz. Ach, so ein Pech aber auch. Da sitze ich und werde ignoriert. Höre eine Woche nichts von dir, frage mich, ob du vielleicht tot oder untreu bist, aber sei dir sicher, mein Mitleid hast du.«

»Ich …«

»Nein, jetzt rede ich!« Mittlerweile war ihr Tonfall

alles andere als liebenswürdig. »Dass du meine Anrufe weggedrückt hast, ist ja schon schlimm genug, aber nicht einmal eine kleine Nachricht, nicht ein winziges ›Schatz, mach dir keine Sorgen, es geht mir gut‹? Ich hab weiß Gott was gedacht, das dir passiert sein könnte!«

»Es …«

»Und dann sagt Papa mir, dass er dich erreicht und mit dir gesprochen hat!«

»Also …«

»Du bist ein riesengroßes Arschloch, Richard!«

Wo sie recht hatte … »Es tut mir leid.« Janine schwieg, und Richard nutzte seine Chance: »Es tut mir wirklich leid, Janine. Ich habe mich unmöglich benommen und wie ein … riesengroßes Arschloch.« Ein Schnauben war zu hören. »Und du hattest recht.«

»Recht?« Unter ihrer Wut konnte Richard jetzt Interesse bemerken.

Da brach es aus ihm heraus: »Osterbüren ist ein Albtraum! Ich bin klatschnass, müde, hungrig, und verdammt, ist mir kalt! Das Landleben ist ein einziges Chaos, die Osterbürener hassen mich, in meiner Praxis sitzen nur durchgeknallte Hypochonder, und heute Nacht habe ich ein Kalb auf die Welt geholt!« Okay, auf den letzten Punkt war er vielleicht ein bisschen stolz. Trotzdem, sie hatten ihm gerade den Eintritt in seine Pension, zu seinem Zimmer verwehrt. Dieses Dorf war völlig verrückt und das wohl feindseligste Fleckchen der Erde.

Sobald er in sein Zimmer konnte, würde er die Koffer packen und abhauen. Frau Köchlin würde am Morgen noch missmutiger schauen als sonst, aber viel schlimmer konnte es ja nicht mehr werden. Außerdem wäre er nicht mehr da, es ging ihn nichts mehr an. Doktor Lehmkuhl machte schließlich nur frei, er war nicht weggefahren und konnte jederzeit bei akuten Notfällen einspringen.

»Armer Schatz.« Er hörte Janine leise lachen, ihre Wut war komplett verflogen. »Du hattest recht« waren immer schon die richtigen Worte gewesen, um sie zu besänftigen. »Aber dann weißt du wenigstens Bescheid. Ich hatte in letzter Zeit den Eindruck, dass dir der Job bei Papa nicht so gefiel.«

Das schlechte Gewissen meldete sich. »Ich weiß. Du hast mit ihm gesprochen, dass er mir den Ausbau der plastisch-rekonstruktiven Chirurgie anbietet.« Das war schon etwas anderes als Brüste vergrößern und Fett absaugen.

»Gute Werke und gutes Geld – die optimale Kombination«, meinte sie trocken.

Für ihn die Arbeit, die ihn erfüllte, für sie das Geld, das er dabei verdiente: Jeder bekam, was er wollte. Kurz gab es ihm einen Stich, dann musste er ihr recht geben. »Die optimale Kombination«, sagte er leise.

»Dann hat dein kleiner Ausflug dir ja immerhin das gebracht: Du weißt jetzt, dass es die richtige Entscheidung ist.«

Er seufzte und fuhr sich mit der Hand durchs

Gesicht. »Ja«, antwortete er entschlossen. »Ich freu mich.«

Als Timo und Melanie zum dritten Mal in der Küchentür miteinander tuschelten, während der Skatclub sich vielsagende Blicke zuwarf, reichte es Wanda.

»Was ist denn eigentlich los?«, rief sie, band sich die Schürze ab und warf sie auf die Theke. Mittlerweile waren ohnehin kaum noch Gäste da.

»Es ist …«, begann Lars, stotterte dann etwas herum und brach ab.

»Ich denke …«, versuchte es Herr Mönkebüscher.

»Frag deine Großmütter«, sagte Hubert schließlich resolut. »Der Schulze-Meerbusch hat heute Nachmittag mit mir gesprochen. Er hat gesagt, der Junge ist eigentlich ganz in Ordnung. Hat mit seiner Elisabeth geholfen und alles. Mitten in der Nacht.«

»Welcher Junge?«, fragte Wanda.

Nun sahen die drei Männer alle gleichermaßen betreten in ihre Gläser.

»Frag deine Großmütter«, wiederholte Melanie Huberts Worte von vorhin und wischte mit Wandas Küchenschürze über die Theke, bevor sie sie zusammenknüllte und in den Wäschekorb fallen ließ.

Das würde Wanda tun. Einen letzten wütenden Blick warf sie den unkooperativen Skatbrüdern sowie Melanie und Timo zu, dann holte sie ihre Handtasche und machte sich auf den Weg zu Oma Gertie, die sie nun endlich zur Rede stellen würde.

Doch als sie dort ankam, stimmte etwas nicht: Es war schon nach zehn, und trotzdem herrschte bei Oma Gertie volle Beleuchtung. Normalerweise lief um die Uhrzeit nur noch leise das Radio, und eine kleine Lampe im Wohnzimmer war eingeschaltet, damit sie beim Stricken oder Nähen auf der Couch genug sehen konnte.

Wanda klingelte.

Als Oma Maggie öffnete, wurde es zur Gewissheit, dass etwas nicht in Ordnung war. »Oh Gott, was ist passiert? Und was machst *du* eigentlich schon wieder hier?«

Maggie schien sich erst eine Antwort überlegen zu müssen, was ungewöhnlich lange dauerte, also drängte Wanda sich an ihr vorbei. Vor der Tür zur Küche lag Oma Gertie halb an die Wand gelegt, das Gesicht in Schweiß gebadet, und keuchte.

Wanda stürzte auf sie zu. »Was ist mit Oma Gertie?«, rief sie Maggie zu.

Aber auch darauf hatte Maggie keine Antwort. Sie kam nur langsam hinter Wanda her und ließ sich auf dem Fußboden nieder.

»Luft«, keuchte Oma Gertie.

Oh mein Gott, ein Herzinfarkt? Ein Asthmaanfall? Wanda hatte keine Ahnung, was sie tun sollte!

»Hilfe!«, rief sie, während sie versuchte, Oma Gertie in eine sitzende Position zu bekommen. Oder war die stabile Seitenlage besser? »Maggie, fass mit an!«

»Kleidung lockern, hat er gesagt«, murmelte Maggie, während sie zu Wanda hinüberkroch.

»Hat wer gesagt?«, fragte Wanda, die schon damit beschäftigt war, Oma Gerties Kopf zu stützen und ihr mit der freien Hand den obersten Knopf der Bluse zu öffnen.

Maggie nickte langsam. »Oberkörper hochlagern.«

»Was ist mit dir los?«, rief Wanda. Maggie hatte oft den Kopf in den Wolken, war nie ganz das, was andere Menschen »normal« nannten, aber so unbrauchbar wie heute war sie noch nie gewesen.

»Drogen«, keuchte Gertie.

»Was?« Entsetzt sah Wanda von einer Oma zur anderen.

Mit großen Augen nickte Maggie noch einmal – ganz, ganz langsam. Oma Gertie machte eine schwache Handbewegung.

»Ein Arzt!«, rief Wanda, während sie Gertrud Luft zufächelte, »Maggie, ruf Doktor Lehmkuhl an.«

Es dauerte Wanda zwar immer noch viel zu lange, bis Maggie endlich am Telefon war, aber immerhin schien sie verstanden zu haben, was sie tun sollte.

»Er geht nicht dran!«

»Versuch's noch mal!«

Aber es tutete und tutete, Doktor Lehmkuhl war nicht zu erreichen. Schon oft war seine Schwerhörigkeit bei nächtlichen Notfällen zum Problem geworden.

»Wir müssen Oma Gertie ins Krankenhaus bringen!« Nur wie? »Kannst du fahren?« Wanda sah zu Maggie hinüber, die sich mit der Geschwindigkeit einer Schildkröte bewegte. »Irgendwie?«

Die legte den Kopf schräg. Dann blinzelte sie, hielt sich die Hand vor die Augen und blinzelte noch einmal. Bevor sie noch den Kopf schütteln konnte, hatte Wanda schon entschieden, dass sie die Sache in die Hand nehmen musste. »Ich fahre.« Wenn sie den Notruf wählte, wäre frühestens in einer halben Stunde jemand aus Münster hier. In der Zeit hatte sie Oma Gertrud schon längst selbst ins Krankenhaus verfrachtet.

»Aber …«, wollte Oma Gertie protestieren, doch sie war mittlerweile so schwach, dass Wanda keine andere Möglichkeit sah.

»Aber …« Maggie wiegte ihren Kopf hin und her. »Ja«, sagte sie schließlich. Sie versuchte wirklich, sich zusammenzureißen.

»Hilf mir!« Halb schoben, halb trugen sie Oma Gertie gemeinsam zur Garage und legten sie vorsichtig auf den Rücksitz des Autos.

»Oh Gott.« Wanda wusste nicht, ob sie mehr Angst um Oma Gertie oder vor dem Autofahren haben sollte.

»Erst den Schlüssel«, war Maggies nicht sehr hilfreicher Kommentar vom Beifahrersitz.

Rückspiegel, anschnallen, oh nein, Oma Gertie konnten sie nicht anschnallen. »Nichts Einschnürendes«, murmelte Maggie immer wieder.

Wanda sah sich hektisch um, dafür war jetzt keine Zeit. Das Garagentor öffnen, Gott sei dank ging das elektrisch, rückwärts hinaus. Wo war der Rückwärtsgang? Weshalb nur hatte sie damals die Führerscheinprüfung nicht noch einmal versucht? Verfluchter Richard Mensing! Wanda trat aufs Gaspedal, das Auto machte einen Ruck, und sie standen draußen auf der Straße.

Wanda versuchte, den ersten Gang einzulegen, und es ruckelte wieder. Sie ließ die Kupplung zu schnell kommen, erneut machte das Auto einen Satz, aber dieses Mal nach vorne. Erschrocken riss Wanda das Lenkrad herum. Das hätte sie besser nicht getan, dank der Richtungsänderung nahm sie geradewegs Kurs auf die Gartenmauer der Müllers, die sich als stärker erwies. Wanda schlug mit dem Kopf aufs Lenkrad, es hupte laut, Maggie schrie auf, nur von Oma Gertie war nichts zu hören.

»Geht's dir gut?« Panisch drehte Wanda sich um. Oma Gertie atmete noch, immerhin, aber leichenblass war sie geworden.

Erst als Maggie anfing zu schreien, bemerkte Wanda das Blut, das ihr von der Stirn in die Augen lief. »Das ist jetzt nicht schlimm!«, rief sie Maggie zu. »Sieht schlimmer aus, als es ist. Wir müssen es doch mit dem Notruf versuchen.« Wanda zückte ihr Smartphone, das den Aufprall glücklicherweise unbeschadet überstanden hatte. Hatte diese verrückte Frau sich unbedingt heute zudröhnen müssen?

»Was machen wir denn jetzt? Was machen wir jetzt?« Aus ihrer Langsamkeit aufgewacht, war Maggie in Panik eine noch geringere Hilfe. Während es in Wandas Ohr tutete – warum ging dort keiner ans Telefon? Das war doch der Notruf, oder nicht? –, rief sie ununterbrochen: »Oh Gott, Gertie, bitte stirb nicht! Wanda, Schätzchen, du blutest, du blutest!« Tränen liefen ihr übers Gesicht, und beinahe hätte Wanda auch angefangen zu weinen: Omas Auto zu Schrott gefahren, Gertie selbst in Lebensgefahr auf dem Rücksitz, und nun ging bei 112 niemand ans Telefon.

»Sie haben den Notruf …«

Endlich!

»Meine Oma. Hier in Osterbüren, Ochtruper Straße, wir hatten einen Unfall!«

»Wie viele verletzte Personen?«

»Nein, nicht der Unfall. Sie hat einen Herzinfarkt. Oder Schlaganfall. Sie kann nicht atmen. Ist beinahe ohnmächtig. Oh, und sie ist über 70!« Auch ihr stiegen nun Tränen in die Augen, als sie Maggie neben sich leise weinen hörte.

»Du darfst nicht sterben«, wiederholte Maggie immer wieder, während Wanda dem Mann am anderen Ende der Leitung alle Informationen gab, die sie ihm geben konnte.

»Sie schicken einen Wagen«, sagte sie schließlich, nachdem sie aufgelegt hatte. Ihre Hände zitterten. Wer wusste schon, wann der Wagen kam? Aus Münster, das konnte dreißig Minuten dauern oder sogar noch länger. Sie schluckte und drehte sich wie Maggie nach hinten.

»Du darfst nicht sterben, hörst du«, jammerte Maggie. »Wir müssen doch noch … was soll ich denn … und …« Plötzlich stieß sie einen kleinen Schrei aus und drehte sich wieder um. »Kleidung lockern! Oberkörper hochlagern!« Sie wischte sich die Tränen weg und suchte in ihrer Handtasche. »Hat er gesagt, hat er gesagt! Hier!« Triumphierend zog sie ein kleines Kärtchen hervor und hielt es Wanda hin. »Wir haben doch einen Arzt direkt …«

»Wer soll denn …«, begann Wanda, da riss Maggie ihr das Handy aus der Hand.

»Keine Zeit zu erklären«, sagte sie und wählte. Wanda hörte, wie jemand am anderen Ende der Leitung abnahm, dann stieß Maggie hervor: »Gertie, ein Notfall, sofort! Und Wanda blutet!«

Wanda wischte sich das Blut von der Stirn, es tröpfelte jedoch immer weiter nach. Obwohl ihr leicht schwindlig wurde, stieg Wanda aus, öffnete die hintere Tür und versuchte dann, Oma Gertie in eine halb sitzende Position zu bringen. Sie durfte nicht das Bewusstsein verlieren. Oh Gott, sie hatte solche Angst. Was, wenn der Rettungswagen aus Münster es nicht rechtzeitig …

»Wen hast du angerufen?«, fragte sie Maggie, die ihr jedoch unter Tränen nichts erklären konnte.

Erneut strich Wanda sich über die Stirn und die

Augen, das Blut verklebte ihr immer wieder die Sicht. »Hilf mir mal!«, rief sie Maggie zu.

Da hielt ein Auto neben ihnen, ein dunkles mit Münchner Kennzeichen. Heraus kam – ja, die Gestalt war unverwechselbar. Durch Blut und Tränen blinzelte Wanda hindurch, wischte sich mit dem Ärmel über die Augen, um sicherzugehen, dass es keine Einbildung war. Älter war er geworden, der Bartansatz stand ihm gut, sein Gesicht war markanter geworden, die Spuren von Kindlichkeit verschwunden – erkannt hätte sie dieses Gesicht aber unter Millionen. Sein Kinn schien kantiger, ganz kleine Fältchen hatten sich um die Augen gebildet, aber die Augen, die Augen blickten noch genauso warm wie damals.

Was machte Richard in Osterbüren?

»Was ist passiert?« Richard drehte sich zu ihr, und als er Wanda direkt ins Gesicht sah, durchfuhr es sie wie ein Blitz. Er schien etwas sagen zu wollen, blinzelte, wusste offenbar nicht, was er sagen konnte, und ihr ging es doch genauso.

»Du blutest«, sagte er schließlich, dann kam Leben in ihn. Er beeilte sich, aus seinem Auto ein kleines Köfferchen zu holen, vorsichtig bog er Wandas Kopf nach hinten.

Die Hände, die sie so gut kannte.

»Oma Gertie!«, keuchte sie. Das war jetzt wichtiger! *Reiß dich zusammen, Wanda, in Erinnerungen versinken kannst du später immer noch*, schimpfte sie innerlich. Sie machte Platz, um ihn hindurchzulassen, und mit ruhiger Stimme begann er, Oma Gertie Fragen zu stellen, die sie keuchend zu beantworten versuchte.

Arzt war er also geworden, wie er es immer schon vorgehabt hatte. Aus irgendeinem Grund machte sie das stolz.

Während er Oma Gertie eine Spritze gab, vernahm Wanda in der Ferne eine Sirene. Der Rettungswagen! Erleichterung durchflutete sie.

Mit Hochgeschwindigkeit raste er heran und hielt gleich neben ihrem Auto, die Sanitäter sprangen heraus, und Richard gab ihnen den Weg frei.

Als Erstes wurde Oma Gertie eine Atemmaske angelegt, bevor sie auf eine Trage gehoben wurde. Ein Rettungssanitäter leuchtete auch Maggie in die Augen, die relativ träge auf seine kleine Lampe reagierte.

»Ich glaube nicht, dass es was Ernstes ist.« Richard war neben Wanda getreten. »Nur ein Schwächeanfall. Vielleicht zu viel Aufregung in letzter Zeit.« Er hob seine Hand und berührte ganz sacht ihre Wange. »Lass mich mal sehen.«

Sie drehte ihren Kopf so, dass das Licht einer Straßenlaterne auf die Stirn fiel, und obwohl ihr Tausende Fragen im Kopf umherschwirrten, blieb sie still, um seine Hand nicht von ihrem Gesicht zu verscheuchen.

»Eine kleine Platzwunde«, sagte er leise.

In diesem Augenblick wurde Oma Gerties Trage in den Rettungswagen gehoben, und ein Sanitäter kam auf Wanda zu.

»Die Wunde sollten Sie ebenfalls checken lassen«,

sagte er und fragte: »Wollen Sie mitfahren? Ihre Oma sitzt schon händchenhaltend neben … Ihrer anderen Oma?«

Richard in Osterbüren. Maggie und Oma Gertie händchenhaltend. Wanda war sich noch nicht ganz sicher, ob die Welt verrückt geworden war oder sie vielleicht alles einfach nur träumte?

»Ich komm mit«, sagte sie zu dem Rettungssanitäter. Aber was sollten sie mit dem Auto machen? Das hatte sie nun gegen die Gartenmauer gesetzt, und es stand halb auf dem Gehweg, halb auf der Straße.

Richard hatte sie offenbar zögern bemerkt. »Ich kümmere mich darum«, sagte er und lächelte sie an.

»Ich …«

Der Rettungssanitäter stieg schon ein, und Wanda beeilte sich, ebenfalls in den Rettungswagen zu kommen.

»Danke!«, rief sie Richard noch zu. Als sich die Türen schlossen und der Wagen losfuhr, hoffte sie sehr, dass es kein Traum gewesen war.

13. Kapitel

Es dauerte Stunden um Stunden, die Platzwunde an ihrer Stirn war das kleinste Problem. Aber zunächst wurde Oma Gertie untersucht, und dann bestand eine Ärztin darauf, Wanda unbedingt über Nacht im Krankenhaus zu behalten, sie könne sich eine Gehirnerschütterung zugezogen haben. Und so wurde es schließlich Vormittag, bis Wanda endlich zu Oma Gertie vorgelassen wurde. Nur die Information, dass es ihrer Großmutter gutging, hatte Wanda davon abgehalten, handgreiflich zu werden. Da ihre Ärztin sie aber beruhigte, dass Oma Gertie – wie Richard es schon vermutet hatte – tatsächlich nur einer kleineren bis größeren Aufregung erlegen war, fügte sie sich und wartete geduldig.

Als Wanda schließlich nach ihrer letzten Untersuchung entlassen wurde, konnte sie sich mit eigenen Augen davon überzeugen, dass es Oma Gertie gutging.

Maggie saß schon an ihrem Bett und las ihr aus einer Klatsch-Zeitschrift vor, die sie im Krankenhaus-Kiosk gekauft haben musste.

Die beiden schienen ja unzertrennlich zu sein, da hatte Wanda offenbar einiges verpasst.

»Ach, Oma Gertie, ich bin so froh, dass bei dir alles in Ordnung ist!« Wanda fiel ihr um den Hals. Sie konnte es sich nicht erklären: Am Abend vorher war sie ängstlich gewesen, aufgeregt, aber sie hatte nicht geweint, und nun, wo es ihrer Großmutter wieder blendend ging, kamen ihr die Tränen. Sie schniefte, und das Bettlaken wurde nass, während ihr Oma Gertie mit der Hand, in der eine Kanüle steckte, den Kopf tätschelte, und Maggie von der anderen Seite über ihren Rücken streichelte.

Schließlich setzte Wanda sich gerade hin, nahm das von Oma Gertie gereichte Taschentuch dankbar an und schnäuzte sich ausgiebig.

»Du hast mir solch einen Schrecken eingejagt!«, sagte sie schließlich, verschwieg aber ihre Vermutungen und Ängste der letzten Woche, dass Oma Gertie möglicherweise todkrank sein könnte.

»Mach das nicht noch mal!«, stimmte auch Maggie ihr zu.

»Ein Glück, dass Richard in Osterbüren war! Woher wusstest du das eigentlich?« Wanda drehte sich zu Maggie. »Und wieso hattest du seine Nummer? Hast du ihn gestern getroffen?«

Urplötzlich schien sich Maggie furchtbar für ihre Klatschzeitung zu interessieren. »Hier, ein Foto von Prinz George, ist er nicht knuffig?«

»So ein süßer Spatz!« Auch Gertrud schien völlig fasziniert von dem kleinen Prinzen.

Es klopfte an der Tür, und der Bauer Schulze-Meerbusch steckte seinen Kopf herein. »Wir haben's schon gehört«, sagte er und trat ins Zimmer, einen Blumenstrauß in der linken Hand schwenkend. »Die schickt Almut aus ihrem Blumenladen.«

Wanda stand auf, um eine Vase zu suchen, doch seine nächsten Worte ließen sie aufhorchen.

»Doch nicht mehr so übel, der Junge, oder?« Er zwinkerte Wanda zu, die langsam, ganz langsam begann, eins und eins zusammenzuzählen.

»Ihr wusstet es?«, fragte sie Maggie und Oma Gertie ungläubig. »Ihr wusstet, dass Richard in Osterbüren ist, und ihr habt mir nichts gesagt?«

»Wir …« Maggie sah zu Gertrud, die wiederum zu Schulze-Meerbusch sah.

»Seit wann?«

»Letzte Woche Montag«, griff nun der Bauer hilfreich ein. »Er ist Doktor Lehmkuhls Urlaubsvertretung. Aber deine …«

»Seit über einer Woche?«, unterbrach Wanda ihn. Das war doch nicht zu fassen. »Wie lange wolltet ihr das vor mir geheim halten?«

Maggie zuckte mit den Schultern. Gertrud studierte konzentriert ihre Bettdecke. »Bis er wieder weg gewesen wäre«, sagte sie schließlich.

»Entschuldigung, Wanda, aber wir dachten alle, wir tun dir einen Gefallen«, sagte Schulze-Meerbusch.

»Alle?« Nun gingen Wanda weitere Lichter auf: Das seltsame Verhalten ihrer Großmütter, des ganzen Dorfes, die plötzliche Idee, Wanda einen Freund zu suchen, Wanda vom Jäger fernzuhalten … Das hatte alles ungefähr vor einer Woche angefangen. Ihre Großmütter hatten erfahren, dass Richard in Osterbüren aufgetaucht war, und hatten das gesamte Dorf mobilisiert, um ein zufälliges Treffen zu verhindern?

»Wie könnt ihr euch so in mein Leben einmischen?«, fragte Wanda.

»Aber Schätzchen, wir wollten doch nur das Beste für dich.«

»Indem ihr mich belügt? Ich habe euch vertraut!« Wanda musste raus aus dem Zimmer, weg von Maggie und Gertrud, sie musste sich sortieren, musste mit Richard sprechen, sie musste wissen, was er …

»Wanda!«, riefen ihr beide Großmütter hinterher, aber sie achtete nicht darauf.

Richard übernachtete im Jäger, und da würde Wanda auch mit Melanie noch ein Wörtchen zu reden haben.

Sie machte sich auf den Weg zur Bushaltestelle, als ihr einfiel, dass der Bauer Schulze-Meerbusch ja sicherlich auch wieder zurück nach Osterbüren wollte. Und da das Dorf ihr eindeutig was schuldete, suchte sie auf dem Parkplatz nach seinem Auto, das leicht an den Strohresten im Reifenprofil zu erkennen war, lehnte sich an die Fahrertür und wartete.

Es dauerte auch tatsächlich nicht lang, bis Schulze-Meerbusch auf dem Parkplatz erschien.

»Sie haben es wirklich nicht böse gemeint«, sagte er, während er ihr die Beifahrertür so selbstverständlich öffnete, als hätte er damit gerechnet, sie mitnehmen zu müssen.

»Sie haben …«

»Ich weiß«, unterbrach er sie. »Aber nur, weil sie dich so gern haben. Sie hatten Angst, dass dir der Junge wieder das Herz bricht.«

»Die Entscheidung möchte ich aber bitte selber treffen!«

»Ach«, seufzte der Bauer, »so etwas ist keine Entscheidung.«

»Vielleicht ja doch.« Außerdem war das ja auch egal. »Sie hatten kein Recht, sich so einzumischen.«

Er brummte zustimmend, und der Rest der Fahrt verlief schweigend, bis sie am Ortseingang von Osterbüren ankamen.

»Du willst sicher mit ihm sprechen?«, fragte Schulze-Meerbusch.

Das wollte Wanda. Aber nicht nach einer Nacht im Krankenhaus ohne Dusche und frische Kleidung. »Bring mich einfach nach Hause.«

Sogar Frau Köchlin hatte am Morgen bei seiner Begrüßung gelächelt. Also beinahe. Sieg auf der ganzen Linie für Richard Mensing, dachte er und warf einen Massageball in den Papierkorb – getroffen aus drei Meter Entfernung.

Er holte den Ball wieder heraus, legte ihn auf seinen Schreibtisch und drückte auf den Knopf der Telefonsprechanlage, um Frau Köchlin mitzuteilen, dass er nun den nächsten Patienten in Behandlungsraum drei empfangen würde.

Mit ihrer Handtasche auf dem Schoß saß Frau Hagedorn dort auf dem Stuhl und – vor Schreck musste Richard sich setzen – lächelte ihn an. *Lächelte.* Frau Hagedorn!

Nachdem er sich zusammengerissen und die alte Dame begrüßt hatte, sah sie ihn prüfend an. »In Ihrem Alter hört man ja noch gut«, sagte sie schließlich. »Ist schon nicht schlecht.«

»Ich …«, begann Richard einen Satz, von dem er keine Ahnung hatte, wie er ihn fortführen sollte.

»Maggie hat mich angerufen und mir alles erzählt. Doktor Lehmkuhl hört ja nachts das Telefon nicht mehr.« Jetzt beugte Frau Hagedorn sich vor und tätschelte ihm die Hand. »Und so ein richtig schlechter Arzt sind Sie auch gar nicht.«

Richard kam aus dem Staunen nicht mehr heraus. »Danke!«

»Ist es nicht rührend, dass im Grunde Sie die beiden zu besten Freundinnen gemacht haben? Ich glaube, jetzt hätten sie auch gar nichts mehr gegen Sie als Schwieger-Enkelsohn.«

Was?

»Der Sieg der Liebe über die Feindschaft.« Frau Hagedorn seufzte tief und glücklich. Dann stand sie auf. »Ich muss jetzt ins Krankenhaus, Gertie besuchen.«

Vielleicht sollte er auch Blumen schicken. Es

schien nicht das Verkehrteste, sich mit den Matriarchinnen von Osterbüren gutzustellen. »Grüßen Sie sie bitte von mir.«

»Ich werde ihr meine Meinung über Sie mitteilen.« Frau Hagedorn nickte gnädig. »Ihre Tabletten sind … annehmbar. Vielen Dank dafür.«

Beinahe hätte er laut aufgelacht.

»Ich mach noch Karriere in diesem Dorf«, sagte er zu sich selbst, als er die Tür hinter Frau Hagedorn schloss.

»Wir haben es wirklich verbockt«, sagte Gertrud traurig.

Auch Maggie schien nicht mehr so unbekümmert wie sonst.

»Wir haben es doch nur gut gemeint mit dem Kind.« Gertrud nestelte an ihrer Bettdecke herum. Die Kanüle in ihrer Hand fühlte sich unangenehm an.

»Und es war auch ein sehr vernünftiger Plan«, stimmte Maggie ihr zu. »Er hätte aufgehen können!«

»Wenn ich nicht zusammengeklappt wäre.« Unglücklich ließ Gertrud sich in die Kissen zurücksinken.

»Niemand ist perfekt.« Maggie zuckte mit den Schultern. »Ich hätte den Joint vielleicht besser auf heute verschoben.«

»Das konntest du doch vorher nicht wissen.«

»Meine Damen, Sie glauben gar nicht, wie glücklich Sie mich machen«, tönte in diesem Moment eine sonore Stimme von der offen stehenden Tür her.

Nachdem Wanda hinausgestürmt war, hatte Pfarrer Wittkemper dort anscheinend unbemerkt von Gertrud und Maggie einige Augenblicke gestanden und ihnen zugehört.

»Ich habe schon ziemlich viele Männer glücklich gemacht, Pastoren haben da bisher aber noch nie zugezählt«, sagte Maggie. »Obwohl, stopp. Da war mal dieser eine katholische …« Sie runzelte die Stirn.

»Vor nicht einmal einer Woche hätten Sie sich gegenseitig mit Vorwürfen überhäuft, und heute?« Freudestrahlend kam der Pfarrer auf Gertrud zu. »Heute nehmen Sie sich an, so wie Sie sind, mit all Ihren Fehlern und Schwächen.«

»Von denen ich nicht viele aufweise.«

Wieder Maggie. Die konnte auch nie ihren Schnabel halten. Gertrud dachte das beinahe mit so etwas wie … Zuneigung. Sie lächelte. Dann fiel ihr jedoch wieder Wanda ein, und sie sagte: »Schöner Tausch. Eine Freundin gewonnen, eine Enkelin verloren.«

»Hey«, protestierte Maggie.

Aber der Pfarrer brachte sie mit einer Handbewegung zum Schweigen. »Die Macht der Liebe und Versöhnung ist stark. Alles wird in Ordnung kommen.« Mit einem erneuten Lächeln legte er einen Briefumschlag auf Gertruds Nachttisch, dann verabschiedete er sich.

»Das ist … ist das der …«

»Der Gutschein von der Grundschultombola?« Maggie schnappte sich den Umschlag. »Tatsache.

Wellness-Wochenende im Romantik-Hotel für zwei.« Ein Lächeln stahl sich über ihr Gesicht, als sie sagte: »Du bist ja leider krank und kannst nicht. Marco würde sicher gern gemeinsam mit mir …«

»Wellness würde mir wieder auf die Beine helfen. Paul würde sicher ebenso gern gemeinsam mit mir …«

»Du wolltest doch überhaupt keinen Mann!«

»Du wolltest nicht nur *einen* Mann!«

»Weißt du was?« Maggie legte den Umschlag auf den Nachttisch zurück. »Wanda ist schon wütend genug auf mich. Da möchte ich wenigstens mit dir Frieden haben. Fahr du mit Paul.«

Gertrud zögerte. Kniff die Augen zusammen. War das ein Trick? Nein, Maggies offenes Gesicht zeigte nichts als Ehrlichkeit. Gertrud schürzte die Lippen. Würde sie sich von Maggie in puncto Großzügigkeit übertrumpfen lassen? Ganz sicher nicht.

»Fahr du mit Marco. Du hast schon recht, ich bin krank und sollte mich erholen.«

Jetzt war es an Maggie, misstrauisch auszusehen.

»Weißt du was? Wieso fahren nicht einfach *wir* beide?«

Nachdem sie geduscht und sich umgezogen hatte, überlegte Wanda kurz, legte dann doch ein wenig Make-up auf und machte sich auf den Weg in die Praxis.

Frau Köchlin zog die Augenbrauen hoch, als Wanda die Anmeldung betrat, winkte sie dann aber einfach weiter durch in eines der Behandlungszimmer. Patienten schien es heute nicht zu geben, das Wartezimmer war leer. Ganz Osterbüren war vermutlich bei Oma Gertie im Krankenhaus. Die falsche Schlange.

Wanda holte Luft, klopfte und öffnete die Tür des Behandlungszimmers, das Frau Köchlin ihr gewiesen hatte.

»Hallo«, sagte sie, als Richard aufblickte.

»Hallo.« Er stand auf, und wenn sie seinen Händen nach urteilte, die den Saum an der Hüfte seiner Jeans ein paar Mal entlangfuhren, dann schien er genauso nervös zu sein wie sie.

Wie sollte sie ihn begrüßen? Ihm die Hand geben? Einen Kuss auf die Wange? Unsicher blieb sie vor ihm stehen. »Ich wusste nicht, dass du in Osterbüren bist«, sagte sie schließlich.

»Ich auch nicht.« Auf ihr Stirnrunzeln erklärte er: »Also, ich wusste auch nicht, dass du hier bist. Sie haben mir gesagt, du wärst im Urlaub. Seychellen oder Malediven oder Norderney.«

»Seychellen?« Meine Güte, was für eine ausgefuchste Lügengeschichte. Ihre Omas konnten Intrigen spinnen, da sah jedes Soap-Sternchen blass aus. »Unglaublich«, murmelte Wanda, dann sah sie ihn direkt an. »Ich freue mich, dass du … hier bist. Dass ich es doch noch erfahren habe. Und danke, dass du gestern so schnell zur Stelle warst.«

»Sie haben es genäht«, bemerkte er mit Blick auf ihre Stirn. Ganz der Arzt.

Sie lächelte, und dann hob er wieder seine Hand, um an der Seite der Wunde entlangzufahren. So leicht, dass sie die Berührung kaum spürte. Nickend ließ er die Hand wieder sinken. »Haben sie gut gemacht.«

Beinahe hätte Wanda laut aufgelacht. Ihr Herz klopfte bis zum Hals. »Es ist schön, dass du dir deinen Traum erfüllen konntest«, sagte sie leise. »Menschen helfen, Leben retten.«

Er verzog schmerzhaft das Gesicht, dann lächelte er wieder. »Nach einigen Anfangsschwierigkeiten habe ich festgestellt, dass das Leben als Landarzt nicht ganz ohne ist. Nicht ohne seine Gefahrenzonen, aber auch nicht ohne Freude.«

»Man ist erst richtiger Landarzt, wenn man einmal eine Kuh entbunden hat.« Damit gab Doktor Lehmkuhl immer an.

Richard nickte und lachte so ansteckend, dass sie mit einfiel. Der ganze Stress der letzten Nacht, die Aufregung, die sich vorhin bei Oma Gertie mit Tränen entladen hatte, lösten sich nun in diesem Lachen auf.

Richard.

Richard hier, in Osterbüren. Wanda konnte es immer noch kaum glauben. Ihr Lachen wich einem Lächeln, und sie sah ihn an. Genau wie sie gestern gedacht hatte: Er sah noch besser aus als damals. Älter, was ihm gut stand. Am liebsten wäre sie die feinen Linien an den Augen, an den Mundwinkeln nachgefahren. Immer schon hatte Richard gern gelacht, bereitwillig gelacht, war wie sie ein Mensch gewesen, der das Lachen genoss. Schöne Fältchen waren das.

»Wanda, ich …«, begann er. Er hob wieder eine Hand, strich ihr eine Locke aus der Stirn und ließ seine Finger federleicht über ihre Lachfältchen an den Augen tanzen. »Du bist wunderschön«, sagte er, und es klang heiser.

»Ich …«

Er beugte sich leicht nach vorn, sie hob ihren Kopf, und im selben Augenblick wurde mit einem Knall die Tür aufgerissen, und eine junge Frau stürzte herein.

Wanda und Richard fuhren auseinander. Mit immer noch klopfendem Herzen sah Wanda die Frau erschrocken an.

»Janine!« Richard sah von ihr zu Wanda, und noch bevor die Blondine ein Wort sagte, wusste Wanda … erkannte sie an seinem verwirrten, entschuldigenden, unglücklichen Blick, wer sie war.

»Schatz!«, rief die Frau und umarmte einen Richard, der ebenso steif dazustehen schien wie Wanda selbst.

Sie hatte sich von der Vergangenheit hinreißen lassen, sie hatten sich beide in der Erinnerung vergessen und … Schluss. Was vorbei war, war vorbei. Wanda straffte die Schultern, zwang sich zu einem Lächeln und streckte der Blondine die Hand entgegen. Geschauspielert hatte sie immer schon gut, sie war nicht umsonst in der Theater-AG dreimal hintereinander die Hauptdarstellerin gewesen.

»Nach deinem verzweifelten Telefonanruf dachte ich, erlöse ich dich hier aus der Hölle!« Die junge Frau lachte. »Nicht jeder ist für das Landleben geschaffen. Ich freu mich jedenfalls, wenn du zurück in München bist. Und so lange werde ich dich hier unterstützen!«

Wandas Mundwinkel schmerzten. »Herzlich willkommen in Osterbüren.« Für die Anstrengung, die diese Worte sie kosteten, verdiente sie mindestens den Oscar.

»Ach, das ist ja nett!« Die Blondine streckte nun ihr die Hand entgegen. »Ich bin übrigens Richards Verlobte.«

Nachdem Wanda verschwunden war, drehte Richard sich zu Janine. »Die Verlobung war ja eine ziemlich spontane Sache.« Er versuchte nicht einmal, ein Lächeln aufzusetzen. »Was machst du überhaupt hier?«

Janine trat einen Schritt zurück und machte ein unglückliches Gesicht. »Ich wollte dich überraschen. Ich dachte, du freust dich.«

Richard rieb sich die Stirn. Er war unfair, das wusste er. Sein schlechtes Gewissen, weil er beinahe Wanda geküsst hatte, weil er drauf und dran gewesen war, seine Freundin – Verlobte, ha! – mit der Exfreundin zu betrügen, die er zehn Jahre nicht gesehen hatte, ließ er nun an besagter Verlobter aus. Er war unfair. Ein unfaires Arschloch. Er stieß einen Seufzer aus. »Es tut mir leid.«

»Schon gut.« Janine kam näher. »Du hast harte Tage hinter dir, lebendig begraben in diesem Kaff.«

»Dieses Kaff ist meine Heimat.« Das klang ebenfalls schärfer als beabsichtigt.

»München ist deine Heimat.« Janine konnte Schärfe ebenfalls ganz gut.

»Du weißt, was ich meine.« Plötzlich fühlte Richard sich unwahrscheinlich müde. »Es tut mir leid«, sagte er. »Ich glaube, es war die letzten Tage einfach zu viel Aufregung.«

Janine zog eine Augenbraue hoch. »Hier? Ach ja, die Kuh.« Sie lachte.

Und weil es wesentlich ungefährlicher war, seine momentane Gefühlsverwirrung auf eine durchwachte Nacht am »Krankenbett« einer Kuh zu schieben als auf die Exfreundin, von der er Janine nie erzählt hatte, nickte er. »Es sind ja nur noch zwei Wochen.«

»Du willst hierbleiben? Ich dachte, wir fahren morgen zurück. *Heim.*«

Nach Hause. Damit hätte er sie vor ein paar Monaten noch geneckt. Heute schüttelte er nur den Kopf. »Doktor Lehmkuhl ist im Urlaub. Osterbüren kann nicht so lange ohne ärztliche Vertretung bleiben.«

»Du und dein Pflichtbewusstsein.«

»Da würde dein Vater mir recht geben.«

Sie rollte mit den Augen und seufzte. »Na gut, na gut. Machen wir eben …«, sie drehte sich einmal im Kreis, breitete die Arme aus und rollte mit den Augen, »Urlaub in Osterbüren.«

»Du willst hierbleiben?« Und weshalb störte ihn das? Wo war die Freude, dass seine Verlobte seine Entscheidung – zumindest ein bisschen – unterstützte und bei ihm sein wollte?

»Hier nicht.« Sie blickte sich um. »Aber die werden ja möglicherweise auch ein Zimmer haben, das größer ist als eine Besenkammer.« Sie nahm ihre Handtasche und machte Anstalten, die Tür zu öffnen.

»Nur … nimm das Wort Besenkammer besser nicht in den Mund«, sagte Richard. Er hatte gerade eben die Gnade der Osterbürener gewonnen, er wollte sie nicht sofort wieder verlieren.

Mit Wucht warf Wanda den Hefeteig auf ihren Küchentisch. Sie würde es Oma Gertie beweisen, sie hatten einfach nur das Falsche gebacken! Gewalt war gerade genau das Richtige, und sie würde diesem Hefeteig zeigen, was 'ne Harke war. Mit dem nächsten Rumms landete der Teigklumpen auf dem Tisch. Rumms. Rumms.

Keuchend suchte Wanda nach einem festen Stand, dann hieb sie mit beiden Händen auf den Teig ein. Als es klingelte, konnte sie das Geräusch im ersten Augenblick nicht mal richtig einordnen, so vertieft war sie in ihre Aufgabe, den Hefeteig zu verprügeln.

Doch dann hörte sie draußen Stimmen, ließ den Teigklumpen Teigklumpen sein und öffnete die Tür.

»Wanda!«

Beide Großmütter standen dort vor der Tür. Oma

Gertie trug ein abgedecktes Tablett, Maggie eine Whiskeyflasche und zwei selbstgedrehte Zigaretten, die verdächtig nach Joints aussahen.

»Keine Drogen in meinem Haus«, sagte Wanda, drehte sich um und marschierte zurück in die Küche. Die Tür ließ sie offen. Sollten die beiden doch entscheiden, ob sie Lust auf eine schlechtgelaunte Wanda hatten.

Hatten sie offenbar. Wanda konnte Schritte hinter sich hören und dann Maggies Stimme.

»Cannabis hätte man schon längst legalisi…«

Sie wurde aber unterbrochen durch Oma Gertie, die Maggie in die Seite knuffte. Dann stellte sie ihr Tablett ab und sah Wanda an.

»Was macht ihr überhaupt hier? Solltest du nicht im Krankenhaus sein?«, fragte Wanda.

»Wir haben mich entlassen.«

»Das geht so einfach?«

»Du unterschätzt meine weiblichen Reize, Kind«, sagte Maggie.

Oma Gertie rollte mit den Augen. »Ich habe ein Formular unterschrieben, dass es mir gut geht und dass ich mich hier in Osterbüren morgen und übermorgen von unserem Arzt durchchecken lasse.«

»Von Richard.« Wanda stieß Luft durch die Nase aus. Dann wandte sie sich wieder ihrem Teig zu. »Ihr hättet euch die ganze Arbeit sparen können. Er hat eine Freundin. Verlobte«, fügte sie in ätzendem Ton hinzu. Rumms, der Klumpen landete auf dem Tisch.

»Er hat … er …« Ihre beiden Großmütter sahen sich verwirrt an. »Aber … aber …«, Gertrud musste sich offenbar setzen, während Maggie grimmig das Kinn vorschob. »Ich habe es ja gewusst«, sagte sie, »dieser … dieser …«

»Schuft!«, rief Gertrud.

»Er kann doch nichts dazu!«, sagte Wanda und hob ihren Teig erneut in die Höhe. »Das mit uns ist zehn Jahre her, damals hätte ich es schon kapieren sollen. Wir haben 800 Kilometer entfernt gelebt, er hat sich verliebt, das ist der Lauf der Dinge.«

»Es tut mir so leid, Schätzchen.« Oma Gertie stand auf.

»Ach, das ist doch überhaupt nicht schlimm. Es ist, wie gesagt, so viele Jahre her, und ich habe doch auch gar nicht mehr an ihn gedacht und – warum ist das Leben so unfair?« Jetzt konnte Wanda nicht mehr verhindern, dass ihr die Tränen die Wangen hinunterliefen. Oma Gertie nahm sie in den Arm, Maggie drängte sich von der anderen Seite an sie und streichelte ihr über den Rücken.

»Kind, alles wird gut«, murmelte Oma Gertie. »Wir sind für dich da.«

14. Kapitel

Das Leben musste weitergehen, entschied Wanda. Richards Verlobung war nicht das Ende der Welt, sie brauchte immer noch einen Raum für ihre Yogagruppe. Die letzten zehn Jahre war sie auch wunderbar ohne ihn klargekommen, sie brauchte ihn nicht zum Glücklichsein, das war nur ein ganz, ganz kurzer Augenblick gewesen, gestern, an dem sie sich von der Vergangenheit hatte hinreißen lassen zu Gedanken an … Schluss damit.

Sie wischte die unliebsamen Erinnerungen weg und machte sich auf den Weg, um den Teil ihres Lebens in Ordnung zu bringen, der ihr wichtig war: den Yogakurs. Kaum hatte sie das Haus verlassen und war in Richtung Marktplatz gelaufen, kam ihr natürlich gerade die Person entgegen, die sie nicht hatte sehen wollen: Richard.

So lange hatte das Dorf ihn nun von ihr ferngehalten, konnten sie ihre Aktion nicht auch noch ein paar Tage länger aufrechterhalten?

Er hielt zwei Kaffeebecher in der Hand und strahlte über das ganze Gesicht, als er sie sah. »Schon auf?« Er hielt ihr einen der beiden Becher hin.

Wanda hatte zwar nicht vor, mit ihm zu sprechen, aber den Kaffee würde sie nicht verschmähen.

»Hab viel zu tun«, nuschelte sie zwischen zwei Schlucken.

Er lachte. »Ich bin auch viel zu früh geweckt worden! Aber …«, er brach ab.

»Janine.«

»Sie ist joggen gegangen.«

Wanda kniff die Augen zusammen.

Auch Richard selbst schien bei der Erwähnung seiner Verlobten zusammengezuckt zu sein. Schnell wechselte er das Thema. »Wie wär's also, wenn die beiden Langschläfer über einem Kaffee ein bisschen quatschen? Ich muss erst später in die Praxis.« Er lachte. »Frau Köchlin hat mich zum Ausschlafen nach Hause geschickt, ich hätte mir zu oft die Nächte um die Ohren geschlagen.«

»Ich hab leider wirklich viel zu tun«, begann Wanda. Ganz sicher wollte sie nichts von Richards Verlobung hören oder von seinem tollen Leben in München. »Mein Yogakurs, weißt du.«

»Du machst Yoga?«

»Ich unterrichte Yoga.«

»Das ist ja toll.«

Misstrauisch sah Wanda ihn über den Rand des Kaffeebechers an.

»Ich empfehle meinen Patienten nach orthopädischen Operationen auch immer, es mit sanftem Sport zu versuchen, und gegen Stress ist es sowieso gut.«

»Du bist also Chirurg.«

Wieder verzog er schmerzhaft das Gesicht, wie schon in der Praxis, als sie ihm gratuliert hatte, Arzt geworden zu sein. Er rieb sich mit einer Hand den Nacken, dann beschäftigte er sich ebenfalls mit seinem Kaffee.

»Und du hast jetzt Unterricht?«, fragte er schließlich, nachdem sie einige Sekunden Kaffee schlürfend und schweigend voreinander gestanden hatten. »Nein, Moment. Melanie hat doch über Asbest im Gemeindezentrum gejammert. Deshalb kann der Yogakurs nicht stattfinden.«

Wanda seufzte. »Ich bin auf der Suche nach einem Raum.«

»Oh!« Richards Augen leuchteten. »Bei Doktor Lehmkuhl gibt es einen nicht vollkommen ausgebauten …«

»Danke«, unterbrach Wanda ihn. Bei Doktor Lehmkuhl? Bei Richard? Das war ja wohl nicht sein Ernst! Sie brauchte unbedingt eine Ausrede, sie musste sich etwas anderes einfallen lassen. »Nils hat mir seine Scheune angeboten.«

»Nils.« Richard nickte langsam.

Damals war er eifersüchtig gewesen auf den Bauernsohn, der gleichzeitig Wandas bester Freund war. Sie hatte es ziemlich albern gefunden, Nils war schließlich … Nils. Während Richard Richard war. Da war einfach kein anderer herangekommen. Meine Güte, sie schüttelte den Kopf. Sie war schon eine ziemlich dämliche Gans gewesen. Vielleicht war es in dieser Hinsicht gut, dass Richard in Osterbüren war – mit seiner Verlobten. So konnte er das Idealbild, das sie von ihm hatte, zerstören.

»Genau. Nils und ich, wir sind …« Sie zuckte mit den Schultern.

»Oh.« Richard schluckte. »Na dann … Ich will dich auch gar nicht länger … Also, dann, viel Spaß beim Yoga.« Er lächelte ein wenig steif, dann trat er zurück, drehte sich um und ging in die Richtung davon, aus der er gekommen war.

Na, das war doch prima gelaufen. Gab überhaupt keinen Grund, wieso ihr schon wieder die Tränen kamen. Keinen einzigen.

»Nils!«, rief Wanda schon beim Betreten des matschigen Hofs. Auf der rechten Seite lag das Bauernhaus, links war die offene Scheune, in der sich der Traktor und anderes Gerät befanden, die jedoch zu einem großen Teil leer stand.

»Nils!«, wiederholte Wanda, bis er schließlich heranschlurfte, Kopfhörer über den Ohren und das Smartphone, offenbar mit laufender Musik, in der Jackentasche.

»Ich brauch deine Scheune.« Er runzelte die Stirn. Also zog sie ihm die Kopfhörer von den Ohren und erklärte: »Meine Yogagruppe. Wir brauchen einen Raum zum Üben, das weißt du doch?«

»Und das willst du in meiner Scheune tun?«

»In der Hälfte steht eh nix drin.« Wanda deutete auf den rechten Teil, der abgesehen von Schmutz und Spinnweben nur ein paar Regale mit allerlei Krimskrams – hauptsächlich kaputtem – beherbergte.

»Aber den brauch ich doch bald fürs Heu.«

»Bald hab ich vielleicht auch einen anderen Raum fürs Yoga. Aber jetzt brauch ich deine Scheune.« Ungeduldig schwenkte sie den Kaffeebecher, den sie immer noch in der Hand trug.

»Na, meinetwegen.«

Maggie stellte die Stereoanlage an, summte die ersten Takte der CD von Manfred Mann mit und machte es sich auf der Couch gemütlich. Barfuß und in einer bunt gemusterten leichten Bluse genoss sie bei weit geöffnetem Fenster das warme Wetter. Ihre Armreifen klimperten, als sie nach ihrem Whiskeyglas griff. Das Leben war schön.

Das Leben könnte schön sein, korrigierte sie sich einen Augenblick später, als es ausgerechnet in diesem Moment an der Tür klingelte. Gertrud. Bei niemandem sonst wirkte schon das Klingeln ungeduldig.

Maggie seufzte, stellte »Mighty Quinn« leiser und öffnete die Tür. Das Thema »Wanda« hätte sie gern für heute noch beiseitegeschoben. Sie wollte die Vorfreude auf ein Date mit Marco genießen, danach könnte sie sich gestärkt mit dem Liebeskummer ihrer Enkelin befassen.

Aber es schien dringend zu sein.

»Sie ist mit … sie will … Wanda und Nils!« Ohne Begrüßung – nicht mal ein angeekelter Blick zum Bikinifoto aus Goa von 1971, das Maggie gestern im Flur aufgehängt hatte – stürmte Gertrud an ihr vorbei. Nicht einmal die klebrigen Abdrücke, die ihr Whiskeyglas auf dem Couchtisch hinterlassen hatten, waren es Gertrud wert, die Nase zu rümpfen. Stattdessen griff sie nach dem Glas, fragte »Alkohol?« und stürzte es auf Maggies Nicken in einem Zug hinunter.

»Was ist denn …«, begann Maggie, als Gertruds Worte langsam in den Teil ihres Gehirns, der an einem warmen Sommernachmittag arbeitete, durchsickerten. »Nils? Wanda hat sich in Nils verliebt?«

Gertrud hob ihr Glas – eigentlich Maggies Glas – und wackelte auffordernd damit in der Luft herum. »Verliebt, verliebt, was weiß ich denn. Nils!«

»Nils!«, wiederholte Maggie stöhnend und nahm die Whiskeyflasche aus dem Schrank. Sie sparte sich ein zweites Glas und ließ sich neben Gertrud auf die Couch sinken. »Woher weißt du das?«, fragte sie.

»Jessica und Vanessa haben es mir erzählt. Aus Gewohnheit sind sie Richard heute früh gefolgt« – die Mädchen waren mit ihren beiden Kindern eindeutig unterbeschäftigt, dachte Maggie –, »und offenbar haben sich Richard und Wanda zufällig auf der Straße getroffen und miteinander gesprochen. Ihr Yogakurs findet in Nils' Scheune statt, hat sie ihm erzählt, und es scheint mehr zu sein als nur …« Gertrud machte eine unbestimmte Bewegung mit der Hand.

»So schnell nach Richard? Das Kind ist nicht bei Verstand.«

»Eine Trotzreaktion«, stimmte Gertrud zu.

»Nils hat nicht mehr Sex-Appeal als Ronald Pofalla!«

»Er ist Katharinas Enkel!« Gertrud goss sich mit leicht zittrigen Fingern noch einmal ein. Dann zog sie ein zerknittertes Blatt Papier aus ihrer Handtasche, faltete es auseinander, strich es glatt und deutete auf eine Stelle.

Maggie musste sich erst ihre Brille aufsetzen, um überhaupt zu erkennen, was es war: ein sehr kleinteilig und in akkurater Handschrift verfasster Familienstammbaum.

»Schau hier, Katharina ist die zweite Frau meines Schwagers Karl-Heinz.« Gertrud fuhr einer Linie nach. »Nach dem Tod von seiner Elsbeth war er ja untröstlich. Aber dann kam Katharina. Ihren Sohn Peter hat sie mit in die Ehe gebracht.« »Dieses Luder« verkniff sie sich, aber Maggie konnte den unausgesprochenen Vorwurf hören.

»Vielleicht etwas mehr Sex-Appeal als der Durchschnittspolitiker«, überlegte Maggie. »Aber viel zu brav. Wie soll es da bei Wanda kribbeln?«

»Oh Gott, es darf nicht kribbeln«, entfuhr es Gertrud. »Die sind doch praktisch verwandt!«

»Glaub mir, bei Nils wird nichts kribbeln.« Maggie blinzelte noch einmal durch ihre Brille, hielt den Stammbaum etwas weiter von sich weg. »Na ja«, sagte sie zweifelnd. Nils' Vater war an einem getrennten Baumstamm eingetragen.

Gertrud holte Luft. »Katharina hat 1965 …«

1965 war der Sommer auch so schön gewesen wie in diesem Jahr. Maggie hatte ihn in Italien verbracht, mit ihrer Tochter und einem unglaublich heißen Römer. Oder war er aus Florenz gewesen? »Ist ja schon gut!«, unterbrach sie Gertruds Ausführungen. Ob verwandt oder kein Sex-Appeal, Nils war einfach keine Option für Wanda.

»Was hab ich mit dem Mädchen nur falsch gemacht?«, murmelte sie schließlich und nahm einen Schluck Whiskey direkt aus der Flasche. Nein, sie wäre nicht Maggie Strassmann, wenn sie ihre Enkelin dem traurigen Schicksal überlassen würde, ein Leben ohne … Kribbeln führen zu müssen. Sie nahm noch einen Schluck, dann stand sie auf. »Wir müssen Wanda vor dem schlimmsten Fehler ihres Lebens bewahren«, sagte sie.

Als Richard die Tür zum nächsten Behandlungsraum öffnete, hätte er sie am liebsten wieder zugeschlagen. Gertrud und Maggie. Zwei Hyänen, die sich in friedlicher Eintracht auf ein Opfer stürzten: ihn.

Maggie in Pluderhose und bunter Bluse, Gertrud in dunkelrotem Rock und weißer Spitzenbluse, saßen sie beide nebeneinander auf der Patientenliege, ließen die Beine baumeln und sahen ihn gleichermaßen herausfordernd an.

»Kann ich Ihnen … helfen?«, fragte er.

»Wir müssen reden.«

Oh Gott. »Vielleicht sollten wir uns zum Reden nachher im Jäger treffen? Da hätten wir etwas mehr Platz.« Außerdem hätte er Zeit, sich für dieses Gespräch zu wappnen. Und es gäbe Zeugen, falls die beiden versuchen wollten, ihn umzubringen.

»Es dauert nicht lang.«

Also keine Zeugen.

Die beiden winkten ihn zu sich, und während er einen Stuhl zurechtrückte, fragte er sich kurz, weshalb er eigentlich solche Angst hatte vor zwei kleinen, über 70-jährigen Frauen. Ein Blick in die entschlossenen Gesichter beantwortete seine Frage.

»Wie kann ich denn helfen?« Mit einer Hand klickte Richard nervös mit dem Kugelschreiber in der Tasche seines Arztkittels. Der Kittel gab ihm wenigstens ein bisschen Illusion von Sicherheit, er war Arzt.

»Du hast von Wanda und Nils gehört?«, fragte Gertrud. Obwohl erst gerade aus dem Krankenhaus entlassen, schien sie die Wortführerin ihres dynamischen Duos zu sein.

Er nickte. »Eine schöne Sache. Ich freue mich für Wanda. Sie hat verdient, dass …«, begann Richard die Rede, die er mehrmals vor dem Badezimmerspiegel geübt und auch schon Janine vorgetragen hatte, die mittlerweile möglicherweise ahnte, wer bzw. was Wanda für ihn mal gewesen war.

»Papperlapapp«, unterbrach Gertrud ihn, und Maggie warf ein: »Firlefanz!«

Richard ließ sich in seinem Stuhl zurücksinken. »Okay. Keine gute Sache. Nils ist …«

»… mit ihr verwandt!«, rief Gertrud.

Das hörte Richard gerade zum ersten Mal.

»Außerdem total unsexy!«, fügte Maggie hinzu. »Die kennen sich doch schon ewig.«

Waren seit dem Kindergarten quasi unzertrennlich. Richard nickte grimmig. Er gab es ungern zu, aber es war wegen Nils gewesen, dass er als Teenager über ein Jahr gebraucht hatte, bis er sich endlich getraut hatte, Wanda nach einem Date zu fragen. Nils war schon immer scharf auf Wanda gewesen, nur hatte sie das nicht geschnallt. Schnallen wollen? Oder hatte sie es doch gewusst?

»Und was genau soll ich da jetzt tun?«, wollte Richard wissen, nachdem die beiden ihn eine ganze Zeitlang schweigend angesehen hatten.

»Na, willst du dir das so gefallen lassen?«, fragte Maggie.

»Wanda hat unsere Beziehung damals beendet.«

»Was?« Unisono drehten sie die Köpfe zu ihm.

»Natürlich war es irgendwie meine Schuld, weil ich ja weggegangen bin«, erklärte Richard. »Aber den Schlussstrich hat sie gezogen. Hat mir eine SMS geschickt, dass sie das nicht mehr aushält, nicht mehr kann mit der Entfernung.« Verbittert presste er die Lippen aufeinander. Jahrelang hatte er sich eingeredet, dass sie ihn dennoch liebte, zu verletzt war und deshalb nicht auf seine Anrufe und SMS reagierte, dass es die Umstände waren, die sie auseinandergetrieben hatten. Er hatte sich arrangiert, irgendwann. Aber vielleicht war es ja ganz anders gewesen. Vielleicht … vielleicht hatte sie wirklich nicht gewollt, war die Entfernung nur eine Ausrede gewesen, weil sie in Wirklichkeit schon längst in einen anderen …

»Und hast du um sie gekämpft?«, fragte Gertrud kämpferisch.

»Ich habe sie eine Million Mal angerufen! Sie ist nicht ein einziges Mal an ihr Handy gegangen!«

»*Angerufen.*« Maggie schnaubte. »Entfernung, mein lieber Junge. Entfernung überbrückt man mit dem Zug oder dem Auto. Nicht mit einem Handy.«

Wollten sie ihm jetzt ein schlechtes Gewissen einreden? Hatte er eins?

»Möglicherweise war sie schon in Nils verliebt.«

Gleichzeitiges Schnauben war die Antwort.

Dann gab es aber immer noch das Problem, dass Richard … »Ich weiß nicht genau, wie ich es sagen soll, aber ich habe mich mittlerweile … ich bin verlobt.«

»Papperlapapp!«, wiederholte Gertrud sich.

»Firlefanz«, rief auch Maggie wieder. »Die Schnecke, die heute früh um sieben über die Felder gejoggt ist? Junge, das ist nicht dein Ernst.«

»Natürlich ist es das!«

»Eine Münchnerin?« Jetzt klang Gertrud beinahe wie Frau Hagedorn.

»Wie ist der Sex?«, fragte Maggie.

Langsam ging ihm das Gespräch aber zu weit.

Da stand Maggie auf, kam zu ihm herüber und hockte sich dicht neben ihn. Mit leichter Besorgnis sah Richard sie an. »Jetzt hör mir mal zu«, begann sie, während Gertrud nickte und mit den Füßen wippte. »Du bist jetzt 30, du hast eine ganze Menge deines Lebens noch vor dir. Ich sage nicht, dass man Entscheidungen nicht revidieren kann oder dass man nicht auch durch falsche Entscheidungen auf den richtigen Weg gelangen kann«, sie zwinkerte ihm zu, »eine ganze Menge Männer sind lebende – oder inzwischen tote – Zeugen.«

Richard war sich nicht ganz sicher, worauf sie hinauswollte, da griff Gertrud ein. »Sie will dir sagen, du sollst dir diese Sache mit München und der Schönheitsklinik noch einmal gründlich durch den Kopf gehen lassen.«

Das wussten die beiden? Natürlich. Die schienen ja alles zu wissen.

In diesem Augenblick klopfte es an der Tür, und weil Richard über jede noch so verbitterte Frau Gruber und jeden noch so kuriosen Skatclub dankbar war, rief er: »Herein!«

Die Tür wurde geöffnet, und Janine kam von ihrem Ausflug nach Münster zurück. Sie hielt mehrere Einkaufstüten in der Hand.

»Oh.« Etwas unschlüssig blieb sie in der Tür stehen. »Frau Köchlin hat mir gesagt, es sei schon Feierabend.«

»Kleine Nachuntersuchung.« Gertrud stand auf. »Nur unter der Bedingung haben sie mich aus dem Krankenhaus entlassen.«

Während Janine noch zu überlegen schien, ob sie gehen oder bleiben sollte, drehte Maggie sich zu Richard und nickte vielsagend.

»Wir gehen wohl besser«, sagte Gertrud.

Immerhin war eine Person hier vernünftig.

In der Tür drehte Maggie sich dann erneut zu ihm um. »Frauen, die Gymnastik machen, sind flexibler und Kanonen im Bett«, flüsterte sie ihm zu. »Ich sag nur: Yoga.«

Nachdem Richard die Tür hinter ihnen geschlossen hatte, holte er tief Luft.

»Hui, sind deine Patienten alle so?« Janine lachte, ließ ihre Einkaufstüten fallen und schlang ihm die Arme um den Hals. »Ich freu mich so auf daheim.«

Richard schluckte, dann löste er Janines Arme und machte einen Schritt zurück. Er wusste, was mit ihm los war, was schon die ganze letzte Zeit mit ihm los gewesen war. Nur hatte er nicht den Mut gehabt, es sich einzugestehen. Dazu hatte es offenbar die beiden Hyänen gebraucht. »Ich glaube, ich *bin* daheim. Nein«, korrigierte er sich. »Ich bin *zu Hause*.«

Wanda riss die Tür zur Gaststube des Jägers auf und prallte nicht einmal zurück, als sie Melanie und Timo im leeren Lokal knutschend über die Theke gebeugt vorfand. Laut klopfte sie im Vorbeigehen auf einen der Tische. »Ich brauch einen Schnaps.«

Melanie fuhr hoch. »Es ist nicht so, wie es aussieht!«

»Es sieht aus, als hättest du gerade Timo geküsst.«

»Das … nun …« Melanie wurde rot, strich sich die Schürze glatt und sah sich zu Timo um, der in die Küche floh. »Vielleicht ist es tatsächlich so, wie es aussieht. Na und?« Sie stellte zwei Gläser und die Schnapsflasche auf die Theke.

»Ich freu mich für euch«, sagte Wanda ohne rechte Begeisterung. Heute war ihr nicht nach Freude zumute. Nächste Woche würde sie darüber noch einmal mit Melanie sprechen.

»Was ist denn passiert?« Melanie goss beide Gläser voll und reichte Wanda eines, ihr eigenes stürzte sie sofort hinunter.

»Richard.« Wanda trank ihren Schnaps ebenfalls auf ex, musste im Gegensatz zu Melanie aber im Anschluss husten. »Tu noch mal einen«, sagte sie und zeigte auf die leeren Gläser.

»Erst erzählst du, was passiert ist«, befahl Melanie.

Wanda seufzte und ließ den Kopf in die Hände sinken. »Ich bin so eine dumme Gans.« Nachdem Melanie ihr auf diese Selbsterkenntnis gnädigerweise einen weiteren Schnaps einschenkte, erzählte sie der Wirtin von Richard, seiner Verlobten und Wandas dummer, dummer Hoffnung.

»Aber damit ist jetzt Schluss«, sagte sie und schnäuzte sich. »Ich habe wirklich lang genug in der Vergangenheit gelebt. ›Alexander hat keinen Humor, und Manuel mag keine Fahrradtouren‹«, sagte sie mit der piepsig-jammerigen Stimme, die Melanie dazu benutzt hatte, um sich über sie lustig zu machen. »Weißt du was? Richard ist nach München gegangen und hat sich keinen Augenblick mehr um mich gekümmert. Während ich mir hier die Augen ausgeweint habe, ist er auf eine Party nach der anderen und hat zwei Wochen später vermutlich schon ›Wanda wer?‹ gefragt.« Als Melanie ihr einen dritten Schnaps eingoss, winkte sie ab. Sie fühlte sich schon viel besser. Ein wenig schwummerig, aber warm im Bauch und gar nicht mehr traurig. Eher wütend. »Ich habe seine Nummer wohl versehentlich aus meinem Handy gelöscht. Aber ihm Briefe geschrieben, zwölf Stück. Seine Familie war ja gerade umgezogen, sie hatten noch kein Telefon, oder ich hatte zumindest die Nummer nicht. Nur die Adresse.« Sie zuckte entschuldigend mit den Schultern, da hatte sie auf diese altmodische Art der Kommunikation zurückgreifen müssen.

»Vielleicht hättest du hinfahren sollen«, sagte Timo in diesem Augenblick, der einen Kasten Weißbier – mistiges Münchner Bier! – heranschleppte und die Vorräte auffüllte.

»Ich hab ihm zwölf Briefe geschrieben, am Anfang mit Küssen, am Schluss mit Tränen!«, redete Wanda sich in Rage. »Wenn er es da nicht nötig gehabt hat zu antworten, dann habe ich es ja wohl nicht nötig, ihm hinterherzufahren!«

»Recht hast du.« Melanie trank ihren dritten Schnaps. »Ganz abgesehen davon, dass Telefone in zwei Richtungen funktionieren. Du hast seine Nummer vielleicht gelöscht, aber wieso hat er dich nicht angerufen? Nein, du brauchst Richard nicht. Wenn er sich verloben kann, kannst du das auch!«

»Recht hast du!«, rief Wanda ebenfalls und nahm nun doch einen dritten Schnaps. Noch etwas wärmer im Bauch war auch nicht schlecht. »Und das hab ich ihm auch gesagt.«

Auf Melanies fragenden Blick hin fügte sie hinzu: »Mehr oder weniger. Nicht direkt. Ich hab ihn glauben lassen, dass Nils …«

»Nils?«

»Warum nicht Nils?«, verteidigte Wanda ihren Kumpel. »Ich meine, er sieht nicht schlecht aus, er ist nett, und je länger ich darüber nachdenke, warum eigentlich nicht Nils?« Ihr wurde immer wärmer im Bauch, schwummeriger vor Augen, und Nils schien eine gute Idee zu sein. Richard war Vergangenheit. Nils die Zukunft.

»Er steht morgens um fünf auf.«

»Für so was hat Gott den Kaffee geschaffen.«

»Ihr kennt euch ewig!«, rief Melanie.

»Ja und? Das heißt, ich kenne seine guten Eigenschaften, seine schlechten …«

»Als ob es jemals bei dir funken würde. Wäre Nils der Richtige, hätte es schon längst eingeschlagen.«

»Liebe muss ja nicht immer gleich die ganz große Leidenschaft sein«, probierte Wanda es anders. »Manchmal ist Liebe eben …«

»Leidenschaftslos?« war Melanies Vorschlag.

»Ruhig«, korrigierte Wanda. »Bei Richard hatte ich Schmetterlinge im Bauch und Herzklopfen und schweißnasse Hände. Und was ist passiert? München, unbeantwortete Liebesbriefe, monatelang Herzschmerz.«

»Jahrelang«, korrigierte Melanie.

»Wenn ich mich zur Abwechslung mal auf jemanden ohne Herzklopfen einlassen würde …«

»Das hast du schon hundertmal probiert.«

»Du übertreibst.«

»Alexander, Manuel, Kai, Markus, Ansgar, Heiko …«

»Es gab nie einen Ansgar!«

»Der Punkt ist …« Melanie stellte den Schnaps weg und zapfte zwei Bier. »Beziehung ohne Leidenschaft, das funktioniert nicht.« Dabei blickte sie in Richtung Küche, in der Timo lautstark herumfuhrwerkte.

»Aber ich mag Nils«, wandte Wanda ein. »Wir kennen uns ewig, und er war immer mein Freund. Aus Freundschaft kann Liebe entstehen.«

»*Kann* ist hier wohl das Stichwort.« Melanie war heute aber auch wirklich unkooperativ. »Ist bei dir jemals Liebe entstanden?«

Bisher hatte sie das zwar nicht gedacht, aber seit der Gedanke heute Morgen in ihrem Kopf war … »Er gibt mir seine Scheune fürs Yoga.«

Melanie gab einen Grunzlaut von sich. »Findet er unser ›Turnen‹ nicht mehr albern?«

Wieso war die eigentlich so gegen Nils? Langsam stellte sich bei Wanda Trotz ein. »Nils ist toll. Nils ist der Anti-Richard.« Melanie sah sie zweifelnd an, und Wanda seufzte. »Ich weiß doch auch nicht!«, sagte sie. »Aber ich werde jetzt 30 und bin nicht in der Lage, eine vernünftige Beziehung zu führen. Da muss ich doch mal mein … Schema durchbrechen.«

»Das allerdings ist durchaus richtig.« Melanie prostete ihr zu. »Versprich mir nur eins: Triff die Entscheidung für Nils nicht mit drei Schnaps und einem Bier. Maggie ist dann noch verhandlungsfähig, ich fahrtüchtig, du, mein Schatz, bist betrunken.«

»Es funktioniert nicht, oder?« Mit Tränen in den Augen stand Janine in der Tür, die gepackten Koffer neben sich. »Ich hätte es mir so gewünscht. Aber in den letzten Wochen, Monaten eigentlich, ist es immer deutlicher geworden, dass wir nicht zusammenpassen.« Sie wischte mit dem Handrücken über ihre Wange, und Richard kamen ebenfalls die Tränen.

»Es ist meine Schuld, ich …«

Sie schüttelte heftig den Kopf. »Wir sind einfach zu verschieden. Nicht meine, nicht deine Schuld.«

Er dachte an Wanda. München war im Ganzen

okay. Mit der Schönheitsklinik hätte er sich unter Umständen anfreunden können, eine Ehe mit Janine wäre schön gewesen, wenn nicht ... ja, wenn er nicht Wanda zuerst kennengelernt hätte. Mit einem konnte er sich niemals anfreunden, und zwar damit, Wanda aufzugeben, wenn er wusste, dass es noch eine Chance gab. Als sie ihm damals – nach seinem Umzug – diese SMS geschickt hatte und auch auf seine Anrufe nicht reagiert hatte, einfach nicht mehr ans Telefon gegangen war oder seine Nummer blockiert hatte, das hatte ihn verletzt. Wochenlang hatte er versucht, sie zu erreichen, aber nicht einmal auf seinen letzten verzweifelten Versuch eines zugegebenermaßen ziemlich kitschigen Liebesbriefs hatte sie geantwortet. Damals war er am Boden zerstört gewesen und hatte sich geschworen, ihr diesen Verrat nie zu verzeihen. Eine Fernbeziehung – sie hatten es probieren wollen, sich auf Schulze-Meerbuschs Wiese alles geschworen, von ewiger Liebe bis zu immerwährender Treue. Am nächsten Tag war er mit seinen Eltern umgezogen, und Wanda hatte nichts mehr von ihm wissen wollen. »Die Unbeständigkeit der Jugend« hatten seine Eltern es damals genannt, ein wenig wehmütig gelächelt und ihm von den vielen tollen Frauen erzählt, die ihm im Leben noch begegnen würden.

Eine davon war Janine. Denn bei den Dingen, die ihn an ihr störten ... Wer war er eigentlich, dass er ihr Oberflächlichkeit vorwerfen konnte? Als ob er wie Franz von Assisi seine Kleider wegwerfen und den

Armen helfen wollte. Er würde auch als gewöhnlicher Arzt ganz komfortabel leben.

»Es tut mir so leid«, begann er erneut. Er war wirklich ein Arsch. Und seine Gefühle für Wanda vermutlich eine Illusion, der Tatsache geschuldet, dass er Gelegenheit gehabt hatte, sie zehn lange Jahre zu vermissen. Trotzdem konnte er Janine nicht mehr lieben. Er musste es probieren, und wenn er auf die Nase fiel. Alles oder nichts. Nach Osterbüren und Wanda wären die Schönheitsklinik und Janine ein Trostpreis. Das konnte er ihr nicht antun, das hätte er sich noch weniger verziehen. »Du bist eine tolle Frau, und ich wünschte …« Ich wünschte, es gäbe Wanda nicht? Was für ein bescheuerter Gedanke.

»Du bist ein toller Mann.« Janine straffte sich. »Und ich wünsche dir eine Frau, die besser zu dir passt als ich. Eine, die dich so nehmen kann, wie du bist, die nicht den perfekten Schwiegersohn für Doktor Erlenbach aus dir machen will.« Ein bisschen wehmütig lächelte sie, dann gab sie ihm einen Kuss auf die Wange. »Pass auf dich auf.«

Warm war es immer noch in ihrem Bauch, und das Gehen war ganz federleicht heute. Sie sollte öfter einen Schnaps trinken, wenn sie an Richard dachte, fand Wanda. So zufrieden wie heute war sie selten gewesen. Und die Idee, es mit Nils zu probieren, gefiel ihr immer noch ganz ausgezeichnet. Melanie hatte irgendetwas dazu gesagt, aber was? Wanda zog die

Nase kraus. Ihr fiel nicht mehr ein, was sie gewollt hatte, und so machte sie sich zum zweiten Mal an diesem Tag auf den Weg zu Nils' Bauernhof.

»Hey!«, rief sie schon von Weitem, als sie Nils in der Scheune herumfuhrwerken sah. Zur Sicherheit, damit er sie auch wirklich erkannte, winkte sie noch ausgiebig mit beiden Armen.

»Alles okay mit dir?«, fragte er, als sie näher kam.

Was sollte das Problem sein? Ihr ging es gut wie lange nicht mehr. »Richard ist ein riesiges Arschloch«, sagte sie. »Oh, du mistest aus?« Nils und seine Eltern hatten den unbenutzten Teil der Scheune als Abstellkammer benutzt, in der hohe Regale, vollgestopft mit Kisten, Kästen, Büchern und Schnickschnack, standen.

»Du wolltest hier doch turnen, oder?« Etwas unsicher zuckte er mit den Schultern. »Dass Richard ein Arsch ist, habe ich immer schon gesagt.«

Hatte er. »Es tut mir leid, dass ich dir nicht geglaubt habe. Er hat mich nie geliebt«, zumindest nicht so wie sie ihn, »er hat mich einfach vergessen, sich nicht mehr um mich geschert und sich stattdessen eine Verlobte gesucht.« Während sie selbst ihm hinterhergetrauert hatte. Vergeudete Zeit, die sie schnell nachholen musste.

»Und jetzt?« Nils sah sie an.

»Und jetzt …« Sie sah Nils an. Ihre Überlegungen, die sie bei Melanie angestellt hatte, erschienen ihr immer noch schlüssig. Nils war nett, sah gut aus, er war schon lange ihr Freund. Es war eigentlich nur logisch, dass sich eine Liebesbeziehung zwischen ihnen entwickelte. In ihrem Bauch war es immer noch warm, Schnaps war viel besser als Schmetterlinge. »Ich …« In dem Augenblick, in dem sie einen Schritt auf ihn zutrat, kam er ihr schon näher.

Offenbar war sie doch betrunkener, als sie dachte, denn plötzlich, sie hatte gar nicht mitbekommen, wie, waren seine Hände in ihren Haaren, an ihrem Gesicht, es roch nach Bauernhof, nach Gras, das sie doch so sehr liebte, wieso roch Nils nach Gras, war das nicht … und auf einmal war sein Mund auf ihrem.

Er hatte ein schlechtes Gewissen. Ganz wegschieben konnte er es nicht, er hatte gerade eben mit Janine Schluss gemacht, der er doch so viel versprochen hatte. Trotzdem war er auf dem Weg zu Wanda, zur Scheune, in der sie ihre Yogakurse abhalten wollte – Melanie hatte ihn zwar böse angeschaut, ihm aber dennoch verraten, dass Wanda auf dem Weg dorthin war.

Wenn er ehrlich war, hatte die Beziehung mit Janine schon vor einiger Zeit geendet, trotzdem fühlte er sich schlecht, dass er sozusagen von einer Frau zur anderen hetzte.

Aber er musste mit Wanda sprechen. Zehn Jahre hatten sie nicht miteinander gesprochen, jede weitere Minute war zu viel.

Am Morgen hatte ihn Wandas Enthüllung über sie

und Nils getroffen, doch das Gespräch mit Maggie und Gertrud, so seltsam es gewesen war, hatte ihm Mut gemacht, ihn letztendlich sogar in seiner Entscheidung bezüglich Janine gestärkt.

Damals hatte es Nils schließlich auch schon gegeben, und Wanda hatte sich für ihn, Richard, entschieden.

Er trat auf den Hof, wollte gerade rufen, da sah er beide in der Scheune: Wanda in Nils' Arme geschmiegt, die er besitzergreifend um sie herumgeschlungen hatte.

Richard wurde schlecht.

»Entschuldigung, ich glaub, mir wird schlecht.« Wanda musste ein bisschen nachdrücklicher schubsen, bis Nils schließlich von ihr wegrückte. Der viele Alkohol … Sie schluckte, atmete tief durch, dann ging es wieder besser. Sie sah Nils an. Die blonden Haare, der Bartansatz, das Gesicht, das sie schon so ewig kannte. »Ich …« Sie konnte es nicht. In der Theorie hatte es sich so gut angehört. Freundschaft statt Leidenschaft, Vertrauen statt Schmetterlinge. In der Praxis hatte sie bei dem Kuss nichts gefühlt, hatte sogar bei dem Geruch von Gras an Richard gedacht, nur an Richard, wollte Nils nicht und … »Es tut mir so leid.« Sie unterdrückte ein Schluchzen, atmete tapfer weiter, straffte die Schultern. »Ich helf dir ausmisten.«

»Wanda …«

»Nein. Das war eine dumme Idee, und ich hätte nicht …«

»Weißt du, wie lange ich darauf gewartet habe?«

Oh nein. Hatte er. Das schlechte Gewissen regte sich, wurde wütend, schimpfte mit ihr. Wie konnte sie nur so herzlos mit Nils umgehen? Dem Freund, der ihr – im Gegensatz zu Richard – immer treu zur Seite gestanden hatte. Wie konnte sie ihn als Experiment für ihre Freundschaft-statt-Liebe-Theorie missbrauchen, ihn zum Versuchskaninchen machen und dann mit einem »Tut mir leid, ich hab doch keine Lust« abspeisen?

Statt alles besser zu machen, hatte sie nur alles schlimmer gemacht. Typisch Wanda. Sie fuhr sich mit dem Ärmel über die Augen, dann fiel ihr Blick auf einen der Kartons, den Nils schon halb gepackt hatte, und den Stapel Briefe darin. Die Schrift kannte sie doch. »Du hast meine Urlaubsbriefe aufbewahrt?« So sentimental war er, und sie war so niederträcht … Nein. Moment. Sie kniff die Augen zusammen. Da stand nicht Nils' Adresse. Da stand … »Das darf doch nicht wahr sein!«

»Wanda, ich kann …«

Sie hielt eine Hand in die Höhe, und Nils brach ab. Dann kniete sie sich hin, zog die Briefe aus der Kiste und ging sie durch. Wanda an Richard, in München, alle 12 Briefe, die ersten mit Herzchen, die letzten mit verschmierter Tinte, und einer von Richard an Wanda, in Osterbüren – alle ungeöffnet. Niemals angekommen, niemals gelesen. Ihre Hände begannen zu zittern, vor ihren Augen flimmerte es, und ihr wurde wieder schlecht.

»Er hat nicht … er hat … aber …« Sie hielt Nils die Briefe hin, der sich mit einem Stöhnen neben sie auf den Boden kniete. Er versuchte ihre Hand zu nehmen, aber sie schlug seine weg. »Was hast du gemacht?«, rief sie.

Er zuckte unglücklich mit den Schultern. »Es tut mir leid.«

»Was hast du gemacht?«, wiederholte sie und schlug ihm gegen die Schulter. Ihr Handy fiel ihr ein. »Ich habe seine Telefonnummer nicht versehentlich gelöscht.«

»Nein.« Nils schluckte. »Es tut mir leid, Wanda. Wirklich so leid.«

Wanda war sich nicht sicher, ob sie ihm glauben sollte.

»Du warst so verliebt, und ich war so eifersüchtig, und als ich zufällig …«

»Zufällig!« Sie schrie jetzt.

»Du hast dein Handy doch immer überall rumliegen lassen, und da hat er angerufen. Also hab ich ihn weggedrückt. Und …«

»Und?«

»Und eine SMS geschickt.«

Fassungslos sah sie ihren besten – ehemals besten – Freund an.

»Die Briefe?«, fragte sie dann.

»Ich habe zu der Zeit doch Bernie mit der Post geholfen. Es war wirklich nur … ich dachte, ich könnte dem Schicksal vielleicht auf die Sprünge helfen.«

»Das hast du geschafft.« Ihr war schwindlig vor Augen.

»Wirklich, Wanda, es war nur … ich wollte nicht … Und dann warst du so traurig, aber ich wusste nicht, wie ich es wieder geraderücken sollte.«

»Und deshalb hast du mich einfach zehn Jahre lang glauben lassen, dass die Liebe meines Lebens mich verlassen hat, ohne einen weiteren Gedanken an mich zu verschwenden?« Sie stand auf. Sie musste weg, sie musste zu Richard, musste ihm die Briefe zeigen. Seine Verlobte wollte sie ihm nicht wegnehmen, wollte sein Glück nicht zerstören, aber sie musste ihm doch sagen, wie es wirklich gewesen war. Er hatte an sie gedacht, hatte sie nicht leichtfertig vergessen, hatte gelitten wie sie auch, er hatte ein Recht zu erfahren, dass alles ein furchtbares, schreckliches Missverständnis war.

Noch einmal griff Nils nach ihr, bekam sie aber nicht zu fassen. Wanda lief über den Hof, die Straße entlang und hörte nicht auf zu laufen, bis sie am anderen Ende des Dorfes vor dem Jäger stand. Das Auto mit dem Münchner Kennzeichen war nicht mehr da. Ihr Herz klopfte bis zum Hals.

»Wie siehst du denn aus?«, fragte Melanie entsetzt.

»Richard?« Wanda konnte nur noch keuchen, so außer Atem war sie. Yoga konnte viel, nur bei der Kondition nicht helfen. Die Briefe in der einen Hand, hielt sie sich mit der anderen die heftig stechende Seite.

»Der ist gerade abgereist. Er war … ich weiß nicht, irgendetwas ist passiert. Aber er ist weg«, erklärte Melanie. »Und das ist doch gut so. Du wolltest ihn vergessen, jetzt musst du ihn nicht mehr sehen.«

»Nein!« *Es ist doch alles ganz anders*, wollte Wanda schreien, aber sie musste immer noch um Luft ringen und konnte nicht sprechen.

Da kam Timo aus dem Gastraum, und sie wusste, was sie tun musste. Timo hatte den Finger in die Wunde gelegt: Sie hatte alles getan, nur war sie ihm nicht hinterhergefahren. Wäre sie persönlich nach München gefahren, wäre alles wieder gut geworden, aber sie hatte ihren Stolz gehabt, wollte sich nicht blamieren, und dann war es so gekommen.

»Ich brauch dein Auto«, sagte sie zu Melanie.

»Aber …«

»Es regnet nicht, es ist helllichter Tag, ich bin wieder vollkommen nüchtern, und es geht um Leben und Tod.« Sie würde das mit dem Autofahren hinkriegen. Irgendwann hatte sie es doch mal gelernt.

»Aber …«

»Jetzt!«

Und dann schnappte sie sich Melanies Schlüssel zu ihrem glücklicherweise kleinen Auto, warf die Briefe auf den Beifahrersitz und stellte den Motor an. Anschnallen, Spiegel, Rückwärtsgang … Verdammt, ach, da war er ja.

Gott sei Dank war auf Osterbürens Straßen nie viel los, und an die Autobahn, die später kommen würde, wollte sie lieber noch nicht denken. Vielleicht hatte sie auch Glück und holte ihn vorher ein. Das Münchner Auto hatte zwar schnell ausgesehen, schneller als Melanies altes Möhrchen, aber dafür kannte Wanda sich besser aus.

Schon etwas selbstsicherer drückte sie nach der nächsten Kurve etwas fester aufs Gaspedal.

Wütend schlug Richard aufs Lenkrad. Was hatte er sich denn gedacht? Dass er einer Kuh beim Kalben half, eine alte Frau ins Krankenhaus brachte, und schon hatte das Dorf ihn in sein kollektives Herz geschlossen? Ja, gestern war der beste Arbeitstag seines Lebens gewesen, aber dass das nicht anhalten konnte, hätte ihm klar sein müssen. Er hatte sich von Janine getrennt, hatte die Schönheitsklinik in München aufgegeben, und wofür?

Dennoch war die Entscheidung die richtige gewesen, sagte eine innere Stimme ihm. Weder Janine noch die Schönheitsklinik hatten zu ihm gepasst. Aber Wanda und Doktor Lehmkuhls Praxis offenbar auch nicht.

Nachdem er Melanies Feindseligkeit noch gleichgültig ertragen hatte, hatte ihn der Anblick von Wanda und Nils bei einem leidenschaftlichen Kuss mehr erschüttert, als er es für möglich gehalten hatte. Wanda, seine Wanda, in den Armen eines anderen.

Er hatte gedacht, in Osterbüren glücklich werden zu können, dort als Arzt zu arbeiten, auch wenn die Liebe zwischen ihm und Wanda unwiederbringlich verloren wäre. Aber als er sie dann gesehen hatte, in Nils' Armen, hatte er erkannt, dass er sich auch da etwas vorgemacht hatte. Osterbüren ohne Wanda wäre ein Albtraum. Und war er nicht selbst schuld? Ja, sie hatte die Beziehung beendet, hatte ihn ignoriert, weder seine Anrufe entgegengenommen noch auf seinen Brief geantwortet. Aber wenn er ehrlich war, musste er zugeben: Er hatte sie verlassen. Er war derjenige, der – mit seinen Eltern, aber dennoch – weggezogen war. Die Entfernung überbrücken, hatte Maggie gesagt, ging nicht mit Anrufen und Briefen. Warum war er nicht zu ihr gefahren? Warum hatte er sich nicht in den nächsten Zug gesetzt und war zurück nach Osterbüren gefahren?

Erneut schlug er aufs Lenkrad ein. Er hatte sie damals gehen lassen, weil er dachte, das wäre das gewesen, was sie wollte. Trotzdem war es der größte Fehler seines Lebens gewesen. Wenn er doch nur …

»Verdammt!« Heftig trat er auf die Bremse.

Wanda konzentrierte sich auf die Straße vor ihr, es war kein einziges Auto zu sehen, hinter ihr ebenfalls nicht. Vielleicht konnte sie die Geschwindigkeit auf 60 erhöhen. Sie war mutig und dann noch mutiger, 100 waren hier schließlich erlaubt, und ja, die meisten Menschen, die hier 100 fuhren, besaßen einen

Führerschein, aber solange kein Auto ... Halt, da kam ihr eines entgegen! Vorsichtig bremste Wanda auf 80 ab, weniger wollte sie dann doch nicht riskieren, sonst würde sie Richard niemals einholen.

Das blaue Auto kam näher und näher, Wanda sah starr geradeaus, nur nicht das Lenkrad verreißen, genau in der Spur bleiben, das Auto war jetzt beinahe auf gleicher Höhe und ... war das nicht Richard? Wanda riss den Kopf herum und blickte in genau dem Augenblick zur Fahrerseite des blauen Autos. Richard starrte sie völlig baff an.

Bremsen! Bremsen! Beinahe erwischte sie das falsche Pedal, aber dann stand das Auto. Wo war dieser verflixte Rückwärts...? Ach, egal, sie riss die Fahrertür auf, stürmte aus dem Auto und rannte dem blauen Wagen – entgegen! Richard wusste, wo sich der Rückwärtsgang befand.

Oh nein, die umliegenden Felder gehörten Schulze-Meerbusch. Dessen neugierige Schafe schienen den Zaun, den er errichtet hatte, niedergetrampelt zu haben, und jetzt näherte sich eine neugierig blökende Herde den beiden Autos.

»Richard!«, rief Wanda.

»Wanda!«, rief Richard.

»Mäh«, machten die Schafe und drängten sich auf die Straße. Wanda versuchte, sich einen Weg zu bahnen, wollte ein Fellknäuel zur Seite schieben, das jedoch keinen Millimeter zur Seite wich und sie nur mit dem Kopf gegen den Oberschenkel schubste.

Richard, kaum fünf Meter entfernt, kämpfte mit gleich zwei schwarzköpfigen Schafen.

»Wanda!«

Sie kam keinen Zentimeter vorwärts. Schafe, Schafe, nur Schafe. Vor ihr, neben ihr, mittlerweile auch hinter ihr.

»Ich liebe dich!« Wer von ihnen es zuerst gesagt hatte, wusste Wanda nicht, aber da standen sie, von einer Schafherde getrennt, fünf Meter voneinander entfernt, und dann musste sie so laut lachen, während ihr gleichzeitig die Tränen kamen – sie war glücklich, so glücklich, wie sie in den letzten zehn Jahren nicht gewesen war.

Und auf einmal teilte sich das Meer aus Schafen. Langsam, ganz langsam watete Richard auf sie zu, noch einmal stupste das vorwitzige Schaf sie in den Oberschenkel, aber das spürte sie kaum noch, weil er da schon vor ihr stand.

»Die Briefe …«, begann sie, weil sie ihm doch unbedingt davon erzählen musste.

»Ich liebe dich«, wiederholte er.

Da waren ihr die Briefe erst einmal egal. Sie hob den Kopf, während er ihr über die Wangen fuhr und die Tränen wegwischte. Dann stellte sie sich auf die Zehenspitzen, er beugte sich vor, und dann konnte sie seine Lippen auf ihren spüren.

1 Jahr später

»Namaste«, verabschiedete Wanda sich von ihrer Yogagruppe.

Als sie aufblickte, sah sie Richard im Türrahmen stehen, und sie konnte es nicht verhindern, dass sich ein Lächeln auf ihre Lippen stahl. Er hatte die Ärmel seines Hemdes hochgekrempelt und hielt eine Flasche Sekt in der Hand.

»Wir gehen feiern?«, fragte Wanda.

»Wir gehen feiern«, bestätigte er. »Deinen Yogaraum.«

»Ich habe Müller & Müller sogar um 50 Euro heruntergehandelt«, sage Wanda stolz, während sie die Tür hinter sich abschloss. In ihrer Yogahose und einem T-Shirt folgte sie Richard auf die Straße.

Trotzdem hätte sie sich auch 650 Euro Miete leisten können: Ihre Kurse waren gut besucht, sie hatte eine Anmeldeliste, die bis nach Münster reichte, und hatte ihr Programm auf Lach- und Power-Yoga, Yoga in der Schwangerschaft sowie Rücken- und Aufbaukurse ausgeweitet.

Seitdem Timo als Geschäftspartner im Jäger eingestiegen war und Jessica sich über die Stunden als

Aushilfe in Klaus' Post-Shop freute, unterrichtete Wanda in Vollzeit. Sie war, nicht zuletzt allerdings wegen Richard, glücklicher denn je.

»Außerdem habe ich auch etwas zu feiern. Meine Anmeldung zur Facharztprüfung.« Er sah sie stolz an, nahm ihre Hand und führte sie das Dorf hinunter.

»Dann bist du bald unser zuständiger Dorfarzt.« Wanda lächelte. »Ich wette, Frau Hagedorn ist vor Freude in die Luft gesprungen.«

»Sie hat mir möglicherweise einen Kuss aufgedrückt«, sagte Richard nickend. »Pass auf, da hast du noch Konkurrenz.«

Lachend knuffte Wanda ihn in die Seite. »Wohin gehen wir eigentlich?«

»Das siehst du noch früh genug.«

Er führte sie durchs Dorf, bis zur Wiese des Bauern Schulze-Meerbusch, wo eine Picknickdecke, ein kleiner Korb mit Kirschen und mehrere Stücke Apfelkuchen bereitstanden.

»Du hast gebacken?«, fragte Wanda, als sie stehen blieb, um das liebevoll angerichtete Ensemble zu betrachten.

»Oma Gertie hat mir möglicherweise ein klein wenig unter die Arme gegriffen«, gab Richard zu.

Wanda drehte sich zu ihm und sah ihm in die Augen. »Es ist wunderbar.«

Er fasste sie um die Taille. »Herzlichen Glückwunsch zum Einjährigen.«

Sie schmiegte sich an ihn. »Zum Fünfjährigen«,

murmelte sie. »Mit einer kleinen Unterbrechung.« Dann hob sie den Kopf und küsste ihn.

Der Kuss schmeckte nach Richard und Gras und Heimat und Glück.

Drei Schwestern, ein großes Schiff und jede Menge Verwicklungen!

288 Seiten. ISBN 978-3-7341-0075-8

Eine Kreuzfahrt mit ihren beiden streitlustigen Schwestern? Nie im Leben! Schon gar nicht nach dem großen Krach vor fünf Jahren. Ausgetrickst von der Ältesten, landet die 35-jährige Ricarda schlussendlich doch auf dem Schiff, wo sie Juliane und Trixie davon abhalten muss, sich gegenseitig an die Gurgel zu gehen. Doch trotz aller Skepsis beginnt sie, die Reise zu genießen – was auch an dem sehr attraktiven Ersten Offizier liegen könnte … Aber warum verhält sich der Kapitän so komisch? Und kommt es ihr nur so vor, oder häufen sich die seltsamen Vorfälle an Bord? Irgendwas ist doch da im Busch, oder?

Lesen Sie mehr unter: **www.blanvalet.de**